LETTRES JAPONAISES
série dirigée par Rose-Marie Makino-Fayolle

LA MARCHE DE MINA

DU MÊME AUTEUR CHEZ ACTES SUD

LES ABEILLES, Actes Sud, 1995.
LA PISCINE, Actes Sud, 1995.
LA GROSSESSE, Actes Sud, 1997.
LA PISCINE / LES ABEILLES / LA GROSSESSE, Babel n° 351, 1998.
LE RÉFECTOIRE UN SOIR ET UNE PISCINE SOUS LA PLUIE suivi de *UN THÉ QUI NE REFROIDIT PAS*, 1998 ; Babel n° 833, 2007.
L'ANNULAIRE, 1999 ; Babel n° 442, 2000.
HÔTEL IRIS, 2000 ; Babel n° 531, 2002.
PARFUM DE GLACE, 2002 ; Babel n° 643, 2004
UNE PARFAITE CHAMBRE DE MALADE suivi de *LA DÉSAGRÉGATION DU PAPILLON*, 2003 ; Babel n° 704, 2005.
LE MUSÉE DU SILENCE, 2003 ; Babel n° 680, 2005.
LA PETITE PIÈCE HEXAGONALE, 2004 ; Babel n° 800, 2007.
TRISTES REVANCHES, 2004.
AMOURS EN MARGE, 2005.
LA FORMULE PRÉFÉRÉE DU PROFESSEUR, 2005 ; Babel n° 860, 2008.
LA BÉNÉDICTION INATTENDUE, 2007.
LES PAUPIÈRES, 2007.

Titre original :
Mina no koshin
Editeur original :
Chuo Koron Shinsha Co., Ltd.
Traduit en français avec l'accord
de Chuo Koron Shinsha
représenté par le Japan Foreign-Rights Centre

ISBN 978-2-7427-6910-0

YOKO OGAWA

La Marche de Mina

roman traduit du japonais
par Rose-Marie Makino-Fayolle

ACTES SUD

1

La première voiture dans laquelle on m'a transportée après ma naissance était un landau arrivé de la lointaine Allemagne à travers les mers, avec une frise de laiton ciselé appliquée tout autour. La nacelle était soutenue par un entrelacs de courbes élégantes et un tissu de dentelle tapissait généreusement l'intérieur doux comme du duvet. Le guidon bien sûr, mais aussi les soufflets de la capote et les ferrures des roues étaient étincelants. L'oreiller où je posais ma tête était brodé d'un "Tomoko" en lettres enluminées rose pâle.

Il avait été envoyé à ma mère par ma tante comme cadeau de naissance. Le mari de ma tante avait pris la suite de son père à la tête d'une société de boissons et sa mère était allemande. On pouvait faire le tour de la famille, non seulement il n'y avait personne pour avoir des liens avec l'étranger, mais aucun d'entre nous n'avait même jamais pris l'avion, si bien que lorsqu'on l'évoquait dans la conversation, on ajoutait toujours, comme si cela faisait partie de son nom : "Celle qui s'est mariée avec quelqu'un de l'étranger."

A l'époque, mes parents et moi vivions tous les trois dans une maison en location de la banlieue d'Okayama, et certainement que ce landau était ce qui avait le plus de valeur dans notre mobilier. Sur une photographie prise devant la maison, le landau, disproportionné par rapport à l'aspect de la vieille maison de bois, tient à peine dans le jardin exigu, et on le remarque plus que le bébé qui devrait tenir le rôle principal. Lorsque ma mère le poussait sur les routes de campagne, tous les gens qu'elle croisait se retournaient, et lorsqu'il s'agissait de familiers, il paraît qu'ils s'approchaient pour le toucher ici ou là. Ils s'extasiaient alors en disant : "Quel magnifique landau !" puis s'en allaient sans dire s'ils trouvaient mignon le bébé à l'intérieur.

Malheureusement, je ne me rappelle plus s'il était confortable. Lorsque je me suis rendu compte de ce qui se passait autour de moi, c'est-à-dire lorsque je suis devenue trop grande pour prendre place à bord du landau, celui-ci trônait déjà au milieu du débarras. La dentelle qui avait un peu jauni gardait des taches du lait que j'avais régurgité, mais il n'avait rien perdu de son élégance d'antan. Même entouré de jerricanes en plastique ou de rouleaux de stores en bambou, il continuait à dégager un parfum de lointain pays étranger.

Tout en respirant ce parfum, j'aimais laisser vaguer mon imagination à propos de mon enfance. En réalité, j'étais une princesse d'un pays lointain enlevée par un serviteur renégat qui m'avait abandonnée avec le landau dans la forêt. Si l'on enlevait les fils qui avaient brodé le nom "Tomoko", on trouverait certainement dessous trace de mon véritable nom laissée par l'aiguille. Elizabeth ou Angela… Pour inventer ce genre d'histoire, le landau remplissait un rôle important.

Le véhicule qui me transporta ensuite dans le monde extérieur fut la bicyclette de mon père. Une bicyclette noire, sans aucun ornement, qui émettait un grincement triste. En comparaison du landau de fabrication allemande, il fallait bien admettre qu'elle était plutôt austère. Mon père tous les matins attachait son sac sur le porte-bagages et partait travailler dans une administration. Les jours de congé, il m'installait sur ce même porte-bagages pour m'emmener au jardin public.

Je me souviens encore des sensations que me procurait cette bicyclette. Les solides mains qui me soulevaient avec aisance, le dos imprégné d'odeur de cigarette, le courant d'air généré par les roues.

— Accroche-toi bien. Ne me lâche pas, hein.

Mon père se retournait, et après avoir vérifié que je me retenais aux côtés de son pull, commençait à pédaler. La bicyclette, indifférente aux côtes abruptes et aux tournants brusques dans les rues étroites, passait partout. Agrippée au dos de mon père, j'étais persuadée qu'il pourrait ainsi m'emmener n'importe où dans le monde.

Alors que, suivant ses instructions à la lettre, je n'ai jamais lâché son pull, c'est lui qui est parti au loin tout seul sans prévenir. A cause d'un cancer à l'estomac découvert trop tard. En 1966, peu après mon entrée à l'école primaire.

Le 15 mars 1972, jour de la remise des prix à l'école, a été inaugurée la première liaison du Sanyo Shinkansen entre Shin-Osaka et Okayama. Le lendemain, à douze ans, j'ai pris le train seule, accompagnée par ma mère à la gare d'Okayama encore parée de ses décors d'inauguration.

Ce fut totalement différent de tous les véhicules que j'avais empruntés jusqu'alors. C'était solide mais froid, bruyant, et je n'ai pas trouvé de main secourable à laquelle j'aurais pu me retenir.

Jusqu'à notre arrivée sur le quai, ma mère a ressassé sans arrêt les mêmes recommandations (ne pas manquer l'arrêt, ne pas perdre mon billet, et si je le perdais demander de l'aide au contrôleur) et lorsque je suis montée à bord du train, elle s'est soudain arrêtée de parler, des sanglots dans la voix. Elle a pleuré beaucoup plus que lors de la mort de mon père. De grosses larmes roulaient lourdement de ses faux-cils à moitié décollés.

Depuis la mort de mon père, elle gagnait notre vie en travaillant dans une usine textile et comme couturière à domicile. Mais un peu avant mon entrée au collège, je crois qu'elle a repensé sa vie dans une perspective plus large. Elle avait décidé d'aller étudier pendant un an dans une école spécialisée de Tokyo pour améliorer sa technique de couture, afin de trouver un travail plus stable. Après en avoir discuté toutes les deux nous étions tombées d'accord : elle vivrait dans le foyer de l'école, tandis que je serais confiée à la famille de ma tante qui habitait Ashiya. Louer un appartement en ville étant impensable financièrement, je n'avais plus qu'à accepter les bontés de ma tante.

Mais je ne ressentais pas autant d'anxiété que ma mère. Parce que cette tante était celle qui m'avait offert le landau.

A cette époque, mon oncle était déjà directeur de la société de boissons. Il avait deux enfants, mes cousins, un garçon de dix-huit ans et une fille d'un an plus jeune que moi, qui était encore à l'école primaire. L'aîné, qui venait de partir poursuivre ses études en Suisse, n'habitait pas la maison pour le moment. Mais une autre personne, la grand-mère allemande, vivait avec eux. Mon oncle avait une moitié de sang occidental qui coulait dans ses veines, mes cousins un quart.

Je ne les avais jamais rencontrés, mais puisqu'ils étaient les plus singuliers de nos proches, j'avais pour eux une affection arbitraire et croyais tout connaître de la famille dans les détails. J'étais persuadée sans aucune raison que, dans la mesure où ils m'avaient fait présent d'un si beau landau, ma nouvelle vie se déroulerait certainement très bien même si maman n'était pas là.

— Allez, vas-y.

Bien que nous ayons encore du temps avant le départ, elle me poussa à vite monter dans le train. Lorsque je fus arrivée à ma place, de l'autre côté de la vitre, elle me fit par gestes ses dernières recommandations (mets tes affaires dans le filet à bagages, si tu as chaud enlève ton gilet, vérifie une dernière fois que tu as bien ton billet). Quand enfin le train se mit en marche, essuyant ses larmes d'une main, elle ne cessa d'agiter l'autre pour me dire au revoir.

En descendant à la gare de Shin-Kobe, j'eus la certitude de ne pas me tromper. Alors qu'il n'avait aucun signe particulier, je sus au premier coup d'œil que celui qui se trouvait là était mon oncle. En costume gris impeccablement repassé et cravate élégante, il s'appuyait au capot de la voiture, les jambes croisées d'une manière désinvolte. Il avait des cheveux marron souples et frisés, il était plus grand que toutes les personnes qui se trouvaient alentour, et ses traits creusés autour des yeux ressortaient dans la lumière printanière. Lorsqu'il m'aperçut, il leva une main en disant "Yah" avec un grand sourire.

N'arrivant pas à croire qu'un aussi bel homme pût m'adresser un sourire à moi seule, je l'ai salué d'une manière maladroite.

— Tu es la bienvenue. Ce voyage en Shinkansen, c'était comment ?

Mon oncle s'est penché pour me regarder, il a pris mon sac et, comme si j'étais une princesse, a ouvert pour moi la portière de la voiture.

— Aah, je vous en prie, mademoiselle.

Sa voix basse et profonde, ses gestes raffinés, ses yeux de la même couleur marron que ses cheveux, tout me donnait des palpitations.

— Je vous remercie, ai-je enfin réussi à prononcer.

Assise au milieu de la banquette arrière, j'ai réalisé qu'il s'agissait d'une voiture de luxe. L'intérieur était aussi vaste qu'un bureau et il y flottait une odeur extraordinaire. Le cuir des sièges luisait, il y avait des tas de boutons, autour du siège du conducteur, bien sûr, mais aussi sous les fenêtres, dont la symétrie avait été soigneusement étudiée. Je n'avais pas encore entendu démarrer le moteur qu'elle se mit à avancer en douceur, avec beaucoup de classe. Le véhicule correspondait parfaitement à la conduite de mon oncle. J'ai su beaucoup plus tard qu'il s'agissait d'une Mercedes.

Pour détendre l'atmosphère, mon oncle me posa des questions au sujet d'Okayama puis me parla du collège où j'allais faire ma rentrée, mais absorbée dans la contemplation de son profil, je ne lui faisais que de courtes réponses. Il lui suffisait de toucher le levier du changement de vitesse ou même le bouton du climatiseur pour qu'ils deviennent attrayants. Ma mère en pleurs sur le quai m'apparut bientôt comme une scène issue d'un lointain passé.

Au bout d'une demi-heure environ, la voiture a tourné à gauche sur la nationale, puis a roulé en direction de la montagne sur la route qui longeait le fleuve. La chaîne des monts Rokko était plus proche que je ne l'aurais pensé. Nous sommes passés sous la voie ferrée aérienne puis nous avons franchi un pont et à partir de là, la route a commencé à grimper tandis qu'elle devenait plus étroite. Le feuillage des arbres débordait au-dessus, on entendait gazouiller les oiseaux. Des murets de pierres suivaient de chaque côté les ondulations de la route, on apercevait les toits des maisons noyés dans la végétation. Mon oncle a emprunté calmement un chemin abrupt où deux véhicules pouvaient à peine se croiser. Bientôt la voiture a passé en douceur un portail dont les deux battants étaient ouverts, puis a contourné à moitié la colline avant de s'arrêter sous un porche.

— Nous sommes arrivés, mademoiselle.

Mon oncle a ouvert la porte et pris ma main.

— C'est la maison ? ai-je demandé, c'est vraiment la maison ?

2

Je n'oublierai jamais la maison d'Ashiya dans laquelle j'ai vécu entre 1972 et 1973. L'ombre du porche d'entrée en forme d'arche, les murs crème qui se fondaient dans le vert de la montagne, les pampres de la rambarde de la véranda, les deux tourelles à fenêtres ornementées. Cela, c'est pour l'aspect extérieur bien sûr, mais l'odeur de chacune des dix-sept pièces, leur luminosité, et jusqu'à la sensation froide des poignées de porte au creux de la main, tout est resté gravé en mon cœur.

Maintenant que trente ans ont passé, il n'y a déjà plus trace de la maison. Les deux cycas au feuillage abondant qui en défendaient courageusement l'entrée sont morts et ont été arrachés, le bassin à l'extrémité sud du jardin a été comblé. Le terrain qui est alors passé en d'autres mains a été divisé, on y a construit un immeuble sans cachet et un foyer pour célibataires d'une société de produits chimiques, tous les deux habités par des inconnus.

Mais c'est justement parce que la réalité est tout autre que mes souvenirs ne peuvent plus être abîmés par qui que ce soit. Dans mon cœur, la maison de mon oncle est toujours là, et les personnes de la famille, celles qui sont mortes comme celles qui sont âgées, y vivent comme autrefois. Chaque fois que je reviens sur mes souvenirs, leurs voix sont encore plus animées, leurs visages souriants sont pleins de chaleur.

Grand-mère Rosa, devant sa psyché, pièce du trousseau qu'elle avait apporté d'Allemagne, étale avec soin de la crème de beauté sur son visage. Ma tante dans le fumoir cherche passionnément des fautes typographiques. Mon oncle en tenue impeccable même à la maison lance sans arrêt des plaisanteries. Les employés de maison madame Yoneda et monsieur Kobayashi travaillent activement chacun dans son domaine, l'animal domestique Pochiko se prélasse dans le jardin. Et ma cousine Mina lit un livre. On savait tout de suite quand elle était là. A cause du bruit des boîtes d'allumettes qu'elle avait toujours dans ses poches. C'était sa précieuse collection, et aussi ses porte-bonheur.

Tout en prenant soin de ne pas les déranger, je me promène discrètement au milieu d'eux. Mais il y a toujours quelqu'un qui m'aperçoit et me dit avec naturel, comme si trente années ne s'étaient pas écoulées, "Comment ça, tu étais là, Tomoko ?" et je réponds oui à mes souvenirs.

C'est le père de mon oncle qui a construit cette résidence sur un terrain dans la montagne à deux cents mètres au-dessus de la mer au nord-ouest de la gare Hankyu d'Ashiya, le long de la Koza, un affluent de l'Ashiya. Deuxième directeur de la société de boissons, il avait une vingtaine d'années lorsqu'il est parti poursuivre ses études à l'université de Berlin, pour se spécialiser en pharmacie, et c'est là qu'il a rencontré et épousé grand-mère Rosa. A son retour, il a développé la société en commercialisant une boisson rafraîchissante au radium appelée Fressy, et c'est lui qui a fait l'acquisition d'un terrain de mille cinq cents tsubo au pied de la colline d'Ashiya, où l'on commençait à aménager des terrains à bâtir suite à l'inauguration de la ligne de train Hankyu, afin d'y construire une maison occidentale de style hispanique. C'était en 1927. La deuxième année de Showa.

Le style hispanique de la maison, avec les arches de son porche et de ses terrasses, son solarium en demi-cercle construit dans l'angle sud-est et ses tuiles orange, était source de douce gaieté plutôt que de faste. On avait apporté le plus grand soin jusque dans les plus infimes détails, et l'équilibre de l'ensemble était empreint d'élégance. Même si l'extérieur était hispanique, les meubles, la vaisselle et le linge étaient de norme allemande, pour éviter que grand-mère Rosa ne souffre du mal du pays. Le jardin côté sud était en pente douce ouvert sur la mer, afin de recevoir le maximum de soleil. La route au nord était peu fréquentée par les voitures, il y avait des arbres à feuilles persistantes alentour, et le brouhaha de la ville était lointain.

Les vents de mousson étant arrêtés par la chaîne des monts Rokko, la douceur des hivers et la fraîcheur de la brise marine qui rendait les étés faciles à supporter furent peut-être à l'origine de la naissance, douze ans après leur mariage, d'un premier enfant. C'est la naissance de mon oncle.

La vie de mon oncle a suivi à peu près le même itinéraire que celle de son père. Après des études en Allemagne, il a amélioré le produit phare Fressy et raffiné le design de son packaging en augmentant ainsi le chiffre d'affaires. La seule différence est qu'il ne trouva pas d'épouse en Allemagne. Mon oncle s'est marié avec ma tante, assistante de recherches dans le laboratoire d'exploitation, qui lavait les béchers et testait les nouveaux produits.

Le couple, qui vécut ses premières années de mariage dans la maison d'Ashiya sur une terre saine, n'eut pas besoin d'attendre douze ans pour se voir accorder un enfant. Bien au contraire, sept mois plus tard, un garçon, Ryuichi, naquit.

Comme pour contrebalancer cette première naissance un peu trop précipitée, il fallut sept ans pour la naissance suivante. Mina, celle qui m'a tant donné et qui ne m'a rien demandé en échange, celle dont le corps était trop faible pour partir au loin mais dont le cœur voyageait jusqu'au bout du monde, la petite dernière choyée par toute la famille, est née au cours de l'hiver de l'année 1960.

Lorsque je suis arrivée dans l'entrée, précédée par mon oncle, ils étaient tous rassemblés dans le hall pour m'accueillir. Ils étaient plus tendus que moi. Grand-mère Rosa, appuyée sur sa canne, esquissait un sourire gêné, et ma tante était désorientée de ne pas trouver les mots adéquats à adresser à sa nièce qu'elle rencontrait pour la première fois. Le regard de Mina était empreint de sérieux, comme si elle voulait s'assurer de la nature véritable de cette nouvelle recrue.

En dehors de la famille, étaient présentes deux personnes âgées que je n'arrivais pas à situer. Je ne fus pas longue à apprendre que le vieil homme qui paraissait le plus jeune était monsieur Kobayashi, le jardinier qui venait de l'extérieur, et que la femme qui paraissait plus vieille était madame Yoneda, l'employée de maison à demeure. Comme monsieur Kobayashi s'occupait des arbres et madame Yoneda préparait les repas, j'ai tout de suite mémorisé leur nom grâce aux caractères "petite forêt" et "champ de riz" dont ils étaient formés.

— Tout d'abord, vous allez monter à l'étage porter vos bagages. Votre chambre est la deuxième au coin en face. On y a déjà déposé les cartons qui sont arrivés d'Okayama. Vous pouvez y ranger tranquillement vos affaires comme vous en avez envie. Mina, tu lui feras découvrir la maison. Où se trouvent les toilettes, comment avoir de l'eau chaude, il y a toutes sortes de choses n'est-ce pas ? Le thé est servi à trois heures. Vous viendrez alors dans la salle de séjour. Aujourd'hui pour l'occasion j'ai préparé un cake aux fruits.

Madame Yoneda avait été la première à ouvrir la bouche pour exposer la situation. Pendant ce temps-là, mon oncle arborait le même visage souriant et détendu qu'à la gare de Shin-Kobe. Puis tout le monde s'est dispersé depuis le hall d'entrée selon les instructions de madame Yoneda.

Ma première impression à leur égard fut de l'étonnement devant une famille aussi riche en particularités. La couleur des cheveux, par exemple, il y avait le blanc (grand-mère Rosa et madame Yoneda), le noir mélangé de blanc (monsieur Kobayashi), le marron clair (mon oncle), le marron foncé (Mina) et le noir (ma tante). Et ce n'était pas tout. Les noms mélangeaient allègrement le syllabaire katakana et les caractères chinois (le nom officiel de mon oncle était Erich-Ken, le nom véritable de Mina, Minako) et le langage était différent pour chacun. Madame Yoneda, monsieur Kobayashi et Mina parlaient tous les trois avec naturel le dialecte du Kansai, l'accent de mon oncle et de sa femme était celui de la langue standard avec environ quarante pour cent d'intonation du Kansai. Quant à grand-mère Rosa, elle parlait un japonais particulier parfois difficile à comprendre.

Mais cela ne constituait pas que des éléments négatifs. Comparée à ma vie avec ma mère, seules toutes les deux dans notre petite maison, l'atmosphère était quelque peu différente, et c'est pourquoi je me suis dit que quelqu'un d'aussi perdu que moi pourrait y trouver sa place.

Respectant les instructions de madame Yoneda, Mina me fit visiter la maison de fond en comble. Il y avait autant de portes à ouvrir que l'on voulait, et derrière ces portes apparaissaient des pièces toutes plus attrayantes l'une que l'autre. Un salon de réception avec un lustre auquel un simple coup d'œil donnait le vertige et une cheminée en marbre noir. Un bureau silencieux où pénétrait un rayon de lumière à travers un vitrail. Une chambre d'amis avec un lit à baldaquin comme je n'en avais vu que dans les livres d'images. L'excitation qui s'était emparée de moi dès que j'étais descendue de voiture ne faisait qu'augmenter.

Mais Mina, insensible à mon émoi et sans en tirer vanité, continuait ses explications avec l'accent chantant de la région.

"C'est ici que maman boit de l'alcool en cachette de grand-mère. C'est pour ça que le tapis est plein de brûlures de cigarettes." "J'aimerais bien qu'on m'explique pourquoi on a choisi des rideaux aussi horribles." "Ici c'est la pièce pour les travaux ménagers de madame Yoneda." "La couleur de la tapisserie est différente à cet endroit à cause de la trace du fer à repasser qu'elle a jeté un jour qu'elle s'est mise en colère."

Elle ne cessait de parler sur ce ton. Mais je n'eus pas le temps de m'appesantir sur son attitude, car j'étais sous le charme de cette maison qui ressemblait à un château et j'attendais avec impatience le cake aux fruits de trois heures dont madame Yoneda avait parlé.

On avait préparé pour moi la chambre de Ryuichi qui poursuivait ses études en Suisse. Elle était juste à côté de celle de Mina et par la fenêtre au sud qui recevait bien le soleil on avait une belle vue sur le jardin, d'ailleurs elle avait aussi une véranda. En tant que chambre de garçon, la tonalité générale manquait légèrement de romantisme, et en plus, il n'y avait pas de lit à baldaquin, mais comment aurais-je pu m'en plaindre ?

Mina et moi, nous sommes sorties sur la véranda. Même le mécanisme de la fenêtre qu'il fallait pousser après avoir tourné la poignée à angle droit était étrange à mes yeux. Ce fut alors que je pus enfin découvrir le jardin. Il était si vaste qu'on avait l'illusion qu'il se poursuivait jusqu'à la mer, et tout au bout, il y avait de la végétation et une pièce d'eau. Quelque chose remua au milieu de la végétation. Une masse noire à laquelle j'aurais été bien incapable de donner un nom.

— On dirait que quelque chose vient de bouger, là-bas ? ai-je dit en désignant l'endroit.

— Aah, ça c'est Pochiko, le ton de la voix boudeuse de Mina s'était adouci, notre hippopotame Pochiko.

C'est ainsi que j'ai su qu'il y avait un habitant important dans cette maison.

3

— Eh… Comment ça, un hippopotame…

C'était normal de poser cette question, mais Mina me répondit sur le ton de celle qui ne pouvait comprendre pourquoi on lui demandait une chose aussi évidente.

— On l'élève à la maison.

— Un hippopotame ?

— Oui, c'est ça.

— Ici ?

— C'est ça.

Elle qui ne tirait aucun orgueil des lustres ni des lits à baldaquin arbora pour la première fois une expression de triomphe.

— A l'origine, c'est bon papa qui en a fait cadeau à papa pour ses dix ans.

— J'insiste peut-être mais, un hippopotame, comme cadeau ?

— Un hippopotame nain, pour être exact. De l'ordre des artiodactyles, famille des hippopotames, genre hippopotame nain. C'est beaucoup plus petit et mignon qu'un hippopotame ordinaire. Bon papa l'a achetée au Liberia, en Afrique de l'Ouest. A cette époque, il n'y en avait pas du tout dans les jardins zoologiques japonais, ça lui a coûté l'équivalent du prix de dix voitures.

— C'est tonton qui le voulait ?

— Ça. Bon papa était un papa gâteau, je crois.

Mina s'accouda à la balustrade sans quitter le buisson des yeux. Pochiko y formait toujours une tache noire immobile.

Etait-ce parce qu'elle avait reçu du sang de grand-mère Rosa ? à moins que ce ne fût à cause de son asthme chronique ? sa peau était blanche comme un fin papier transparent qui laissait deviner non seulement les vaisseaux sanguins mais aussi le sang qui coulait à l'intérieur. Elle était si jolie que n'importe quelle petite fille aurait aimé lui ressembler. Mais un peu frêle pour une élève qui allait entrer en dernière année de primaire, et sa poitrine ne paraissant pas vouloir gonfler, elle ressemblait plus à une petite de deuxième année. Les attaches de ses doigts et de ses chevilles étaient si fines que l'on avait instinctivement envie de les effleurer.

Ses cheveux étaient ce que l'on remarquait le plus dans son corps. Bouclés et souples à partir de la racine, ils étaient longs à peu près jusqu'au milieu de son dos. A la lumière, leur couleur brune était encore plus douce, et il suffisait d'un léger courant d'air pour qu'ils se mettent à flotter en ondoyant.

— Papa n'était pas le seul à être content, tu sais. Ses camarades d'école et les gens du voisinage étaient curieux, ils voulaient tous voir Pochiko. C'est pour ça que bon papa a été de plus en plus enthousiaste et qu'il a transformé le jardin en zoo. Il a acheté des paons, des singes de Taiwan, des chèvres, des varans, pour le jardin zoologique Fressy qui n'ouvrait qu'en fin de semaine. Bien sûr, c'est Pochiko qui avait le plus de succès.

— Un jardin zoologique ?

J'allais de surprise en surprise.

— Mais la guerre a commencé aussitôt, et je crois que le zoo a fermé au bout de deux ans. A ma naissance, bon papa était déjà mort, et Pochiko était la seule survivante de tous les animaux.

J'ai essayé d'imaginer l'étendue du jardin zoologique Fressy. Ce n'était pas difficile. Il y avait beaucoup d'espace, et aussi une pièce d'eau, des rochers, l'ombre des arbres, des endroits que les animaux aiment. Les enfants pouvaient s'agiter autant qu'ils le désiraient, les singes de Taiwan pousser leurs cris aigus, le brouhaha était aspiré par les arbres de la montagne.

Quelle chance j'avais de vivre désormais dans une maison qui avait abrité un jardin zoologique. Il avait certainement été paisible et agréable. Pour autant, je n'étais jamais allée de ma vie dans un endroit portant le nom de jardin zoologique.

Sans tarder, nous sommes allées, Mina et moi, dire bonjour à Pochiko.

— Dis, ça ira ? Elle ne va pas nous attaquer ?

Cachée derrière Mina, j'avançais craintivement. Il n'y avait ni cage ni enclos. La masse noire se rapprochait de nous petit à petit.

— Elle ne ferait pas une chose aussi vilaine. Pochiko est vraiment sage, tu sais. Hein, Pochiko ?

Elle la dorlotait comme un chat, et elle tendit les bras vers la masse noire pour frotter sa joue contre la sienne. Mais j'ai fini par m'apercevoir que c'était son derrière. La preuve, c'est que sa queue remuait en suivant le rythme de ses mains. On aurait dit un petit boudin de pâte à modeler collé sur une fente.

— Tomoko, viens par ici lui faire une caresse.

— Eh ?

J'ai reculé d'un pas.

Pochiko avait toujours la moitié avant de son corps plongée dans les buissons. En dehors de sa queue, rien ne remuait sur elle. Dormait-elle ? attendait-elle que je la caresse ? était-elle seulement intimidée ? je n'en avais aucune idée, mais il est vrai qu'elle n'avait pas du tout l'air brutal. La rondeur de son gros derrière était charmante, ses pattes arrière à moitié décalées étaient si courtes que l'on pouvait se demander si elles lui servaient vraiment à quelque chose, c'était un peu idiot.

— Allez, viens vite.

Mina me faisait signe de la main. Persuadée que si je voulais à l'avenir être en bons termes avec elle, je ne devais pas me montrer intimidée, je me suis décidée. J'ai tapoté la naissance de sa queue avec le majeur, avant de laisser glisser le bout de mes doigts le long de la courbe de son derrière.

Ce n'était pas aussi rugueux que je l'aurais pensé. La surface de la peau était couverte de petites protubérances et de rides, mais elle était lisse au toucher. Elle devait avoir des mucosités un peu comme de la transpiration, car c'était humide et tiède. Pochiko là encore a répondu à mon salut en agitant la queue.

— Alors, qu'en dis-tu ? Elle ne fait pas du tout peur, hein ?

Mina me regardait comme si elle voulait absolument connaître mon opinion.

— Tu ne trouves pas qu'il n'y a pas plus intelligent qu'elle comme hippopotame ?

— Hmm, c'est vrai, elle est intelligente, très intelligente.

Je ne savais pas comment étaient les autres hippopotames, mais j'étais du même avis que Mina, et lui caressai encore une fois le derrière avec précaution.

Soudain, sans aucun signe avant-coureur, quelque chose jaillit à la naissance de sa queue. Et parce que Pochiko secoua la queue avec encore plus de vivacité, cela se dispersa un peu partout. J'ai poussé un cri et, voulant me protéger, j'ai trébuché.

— Oh non, Pochiko. Tu ne trouves pas que pour dire bonjour à une invitée que tu vois pour la première fois ce n'est pas très poli ?

Mina a éclaté de rire. J'avais tellement peur qu'elle en ait projeté sur mes mains ou mes vêtements que je me précipitai, mais Mina ne paraissait pas s'en soucier. Au lieu de s'éloigner, elle piétina ce qui était tombé au sol et se rapprocha encore plus de Pochiko.

A ce moment-là, le feuillage se mit à bruisser, Pochiko apparut enfin en entier. Je me préparais à la voir se tourner vers nous, mais elle se contenta de reculer de deux ou trois pas pour sortir la tête du buisson, ne se coucha pas, n'entra pas dans l'eau, retrouva son immobilité. C'était bien ça, des pattes aussi courtes ne lui permettaient sans doute pas de se déplacer rapidement.

Comme le disait Mina, Pochiko était assez différente des hippopotames ordinaires. Tout d'abord, elle n'était pas grande au point de surprendre. La longueur de sa tête à sa queue était comparable à la taille d'un homme adulte et sa hauteur m'arrivait à peu près à la taille. Sa peau que je croyais toute noire avait çà et là à la lumière des reflets verts, et sous le cou en allant vers le ventre, la couleur d'une peau foncée.

Ce qui ressemblait le moins à un hippopotame, c'était sa physionomie. Elle était simple, sans aucune rusticité. Les trous de son nez et la grandeur de sa bouche étaient discrets, ses yeux et ses oreilles, en particulier, n'étaient là qu'en manière d'excuse. En réalité, on aurait tout aussi bien pu dire que l'existence de cet hippopotame femelle se résumait à un corps rond auquel on aurait ajouté une queue, des pattes et un visage.

— Tiens, Pochiko, je te présente Tomoko, ma cousine, qui va vivre avec nous à partir d'aujourd'hui. Dis-lui bonjour.

Mina enleva les feuilles mortes collées autour de sa bouche, enfonça son pouce dans ses oreilles pour les nettoyer. Pochiko leva seulement les yeux d'un air ennuyé en gonflant ses trous de nez. Ce fut son salut.

Mina et moi, nous étions assises sur la pelouse. Le bassin bordé de rochers était suffisamment vaste et profond pour que Pochiko puisse y nager à l'aise. L'eau était trouble, mais en regardant bien, on pouvait voir des herbes onduler au fond. D'une cabane derrière les buissons, on entendait sans arrêt le bruit mécanique d'un système de filtration.

Comme il n'y avait apparemment aucun doute que pour Mina la question la plus importante était Pochiko, je ne fis que l'interroger à son sujet. Ce qu'elle mangeait ? (deux kilos d'aliment en granulés pour animaux herbivores, sept kilos de fourrage compacté, un peu de graines et de fruits) son poids ? (cent soixante kilos) son âge ? (approximativement trente-cinq ans) son lit ? (une tanière qu'elle avait creusée elle-même sous le tertre) son cri ? (une voix rauque à faire rougir de honte) son talent particulier ? (faire semblant de ne pas entendre)…

Mina paraissait absolument ravie de pouvoir répondre à mes questions concernant Pochiko. Pour lui faire plaisir, je lui posai toutes celles qui me venaient à l'esprit. Ne sachant pas qu'elle était le sujet de la conversation, la principale intéressée restait dans la même position, à fixer vaguement un point dans l'espace.

— Mesdemoiselles, votre quatre-heures est prêt.

C'était la voix de mon oncle.

Mais oui. Nous devions avoir un cake aux fruits. Les fruits étaient-ils sur le dessus du gâteau ? Ou alors, des fruits confits avaient-ils été mélangés à la pâte ? Je frottai sur l'herbe mes mains qui avaient peut-être été salies à cause de Pochiko, secouai ma jupe et courus avec Mina jusqu'à la terrasse.

4

Après Pochiko, je fus étonnée de constater que les rênes de la maison étaient tenues non pas par grand-mère Rosa ni par ma tante, mais par madame Yoneda.

Madame Yoneda n'avait cessé de s'occuper de la maison depuis le mariage de grand-mère Rosa en 1916, la cinquième année de l'ère Taisho. Cela faisait en réalité cinquante-six ans. Un temps inimaginable pour moi qui en avais douze.

Quand on la regardait travailler, on sentait à quel point elle était persuadée que personne d'autre qu'elle ne connaissait la maison jusqu'au moindre recoin. Elle n'hésitait pas à donner son avis à tout le monde dans la maison, se fâchait parfois et ne se gênait pas pour faire de l'ironie. Mais cela ne créait pas de malaise, tout le monde en tenait compte. Lorsqu'il y avait des problèmes dans la famille, en général, on finissait par se rallier à son avis. "Si madame Yoneda dit ça, c'est qu'on ne peut pas faire autrement", était la phrase qui mettait fin à toute discussion.

Madame Yoneda et grand-mère Rosa qui étaient toutes les deux du même âge, quatre-vingt-trois ans, avaient un caractère, des goûts et une apparence complètement différents. Grand-mère Rosa était de petite taille, avec de l'embonpoint, le dos courbé, et des genoux déformés par l'arthrite, tandis que madame Yoneda, qui avait un corps de cigogne sans aucun amas de graisse, passait son temps à s'agiter dans la maison. On avait l'impression que l'une était affaiblie, vaincue par l'âge, alors que l'autre ne voulait pas céder et se rebellait.

Et pourtant, elles s'entendaient bien. Leurs chambres étaient contiguës à l'extrémité ouest du rez-de-chaussée et communiquaient par une porte intérieure qui leur évitait de passer par le couloir. A table également, elles étaient l'une à côté de l'autre. Elles se retrouvaient souvent en tête à tête à se raconter des secrets, et sans madame Yoneda, grand-mère Rosa ne sortait pas. Je vois encore grand-mère Rosa à l'heure des préparatifs du dîner, assise dans un coin de la cuisine à essayer de se rendre utile en enlevant les yeux des pommes de terre ou en épluchant de l'ail, et faisant attention à ne pas déranger madame Yoneda s'affairant debout.

Je pense que c'est madame Yoneda qui a entouré de soins affectueux et soutenu grand-mère Rosa arrivée seule au Japon, dans un pays dont elle ne connaissait pas la langue, où elle n'avait pas d'amies. Pour elle, madame Yoneda était tout à la fois une sœur aînée, un professeur et une amie.

Ceux qui parlaient le moins dans la famille étaient ma tante et monsieur Kobayashi. En principe on appelait ce dernier le jardinier, mais sa tâche quotidienne consistait à s'occuper de Pochiko. Il avait pris la relève de son père, le premier gardien du jardin zoologique Fressy. En silence, il apportait à Pochiko ses repas, nettoyait ses crottes, frottait son corps au lave-pont.

Ils formaient tous les deux une bonne paire. Sans parler inconsidérément, il faisait des gestes et elle agitait la queue, des signes et elle ouvrait et fermait ses trous de nez, ils communiquaient ainsi avec le cœur.

En comparaison, le calme de ma tante était beaucoup plus profond. Plutôt que de parler, elle préférait tendre l'oreille à la conversation des autres. Au cas où il devenait nécessaire qu'elle parle, comme si elle réfléchissait à la meilleure manière de rassembler sa pensée avec le moins de mots possible, à moins qu'elle n'attende que quelqu'un d'autre prenne la parole à sa place, il lui fallait un long temps de silence avant de pouvoir prononcer un mot.

Mais ce n'était pas du tout une question de mauvaise humeur. Ma tante tendait toujours l'oreille avec attention. Elle ne négligeait jamais le moindre murmure de qui que ce soit.

En plus, je le savais, elle était la première à sourire d'un air heureux aux plaisanteries de mon oncle. Elle laissait échapper une petite voix, si légère qu'on ne pouvait la distinguer d'un soupir, sa bouche se détendait, et les cils baissés, elle souriait d'un air timide.

Oui. Mon oncle était un virtuose pour rendre les gens heureux. Tout le monde l'aimait. Même madame Yoneda le chouchoutait en l'appelant "le petit monsieur Ken". Tout le monde avait envie d'écouter ses histoires et aussi de lui faire entendre les siennes. Il lui suffisait d'être là pour deviner aussitôt lequel d'entre nous s'ennuyait ou n'était pas en forme, et il trouvait le sujet de conversation le plus approprié à cette personne. Il avait l'art de transformer tous les échecs en histoires amusantes pleines d'humour, et d'ajouter un peu de fiction aux petits bonheurs qui devenaient avec lui de grandes joies. Le seul fait de parler avec lui permettait de sentir que l'on était particulièrement respecté.

Trois jours après mon arrivée à Ashiya, un samedi, je suis allée avec mon oncle chez un fournisseur de Nishinomiya commander mon uniforme de collégienne. Je me demandais avec curiosité pourquoi il avait choisi un magasin aussi éloigné alors que j'entrais au collège public Y d'Ashiya, mais la ville de Nishinomiya était beaucoup plus proche que je ne l'avais imaginé. Nous avons suivi vers le sud la route qui longeait le fleuve, et nous n'avions pas roulé cinq minutes sur la nationale qui passait sous l'autoroute que nous étions déjà à Nishinomiya. J'étais un peu désappointée, car j'aurais voulu profiter un peu plus de cette promenade en voiture avec lui.

Au pied des montagnes, le paysage urbain s'ouvrait largement, et même à l'intérieur de la voiture, on sentait la proximité de la mer. Tout en conduisant, mon oncle esquissait de la main une carte dans l'espace, avec la forme d'Ashiya, étroite et allongée du sud vers le nord, en m'expliquant comment les lignes de train Hankyu, Kokutetsu et Hanshin se succédaient en parallèle à partir du nord. Le magasin de vêtements se trouvait au centre du quartier commercial de la gare Hanshin de Nishinomiya.

— Nous voudrions pour mademoiselle un joli petit uniforme, a dit mon oncle, la main posée sur mon épaule, à l'employée du magasin.

— Oui oui, je vois. Vous pouvez nous faire confiance.

C'était une femme d'un certain âge, et j'ai remarqué qu'elle était complètement fascinée par l'allure et les manières de mon oncle.

Elle devait certainement penser qu'il était mon père et moi sa fille. Envier le bonheur de pouvoir faire des courses avec un père aussi bel homme. Se dire à quel point ce serait bien si son propre mari était aussi élégant que lui. Oui, certainement qu'elle m'enviait. Je me disais ça fièrement en mon cœur.

Ce magasin semblait spécialisé dans les uniformes pour les écoles, et il en exposait plusieurs très chic avec l'écusson du collège de filles Konan, des instituts Shukugawa ou Nigawa. Mais celui du collège Y qui me concernait, avec sa jupe à bretelles, son boléro en tissu assorti et son blazer un peu lourd, était d'un modèle pas très intéressant. En me regardant dans la cabine d'essayage, j'eus l'impression de traîner derrière moi le côté campagnard d'Okayama.

Ma mère aurait sans doute privilégié le profit au détriment de l'apparence en choisissant une grande taille pour que l'uniforme fasse les trois ans, mais mon oncle ne fit pas ce genre de stupidité. Il donna des directives à l'employée pour le mettre correctement à mes mesures, rectifier l'ourlet des manches et de la jupe, cintrer la veste. Lorsque, sa pelote d'aiguilles à la main, elle lui demandait si c'était bien comme ça, il reculait de quelques pas pour observer ma silhouette avant de donner son avis avec précision en demandant à ce que ce soit un peu plus long ou un peu plus court.

Au bout d'un moment, mon oncle a posé sa main sur son menton, et après avoir vérifié que rien ne clochait, il a dit :

— Hmm, il te va vraiment bien.

A ce moment-là, mon uniforme est devenu citadin et de bon goût, rien à voir avec ceux d'Okayama.

En rentrant à la maison, nous sommes passés par un salon de thé. La pâtisserie occidentale A, tout près de la gare Hanshin d'Ashiya. La lumière printanière pénétrait par les grandes baies vitrées orientées au sud et qui donnaient sur la rue. Recevant la lumière, toutes sortes de petits gâteaux alignés dans la vitrine resplendissaient comme des joyaux. Tout scintillait : la crème, les fraises, la génoise, les serviettes en papier, les rubans et même la caisse enregistreuse.

— Tu peux demander ce que tu veux, me dit mon oncle en croisant sous la table ses jambes trop longues.

— Du thé… lui répondis-je tête baissée, incapable de regarder son visage qui était tout près.

— C'est tout ? Il avait l'air déçu. Tu n'aimes pas les sucreries ? Les gâteaux d'ici sont les meilleurs d'Ashiya.

— Bien sûr que si je les aime, lui répondis-je précipitamment en secouant la tête pour lui montrer que je n'avais aucune intention de le décevoir, mais je pense que ce n'est pas gentil pour Mina.

— Ah ! Dans ce cas, ne t'inquiète pas. Nous allons acheter des madeleines pour lui rapporter. Mina et madame Yoneda adorent celles d'ici.

Son regard venu d'un point marron tout au fond de ses pupilles arrivait droit sur moi.

— Je te suggère les crêpes Suzette.

Je n'avais aucune idée de ce que c'était, mais je fus aussitôt d'accord avec lui.

— Oui, je prends ça. S'il vous plaît.

Les crêpes Suzette sont arrivées sur une table roulante. Trois ronds de pâte aussi fins que des mouchoirs étaient pliés en forme d'éventail au milieu de l'assiette. L'apparence était plus sobre que je l'imaginais. Le serveur s'inclina avant de soulever un pot en argent. J'ai retenu mon souffle en attendant sans bouger ce qui allait suivre. Un liquide fut généreusement versé sur les mouchoirs. Quand il eut vidé le contenu du pot, le serveur sortit une allumette et mit le feu à l'assiette.

L'instant d'après s'élevaient des flammes bleues. Ephémères, menaçant de s'éteindre à tout moment, elles continuèrent à vaciller indéfiniment entre mon oncle et moi, en émettant une lumière bleue très pure.

5

Le lendemain du jour où il m'avait emmené manger des crêpes Suzette, mon oncle n'est pas rentré à la maison. Le premier puis le deuxième jour, me disant qu'il était sans doute parti en mission, je n'y ai pas attaché trop d'importance. Je pensais que puisqu'il était directeur, c'était normal qu'il soit occupé. Mais au bout de quatre puis cinq jours, ne le voyant toujours pas revenir, j'ai commencé à me faire du souci.

L'usine de boissons rafraîchissantes Fressy se trouvait en bordure de mer au sud d'Osaka, et mon oncle allait à son bureau en conduisant lui-même sa voiture. Jeter un coup d'œil au garage était la première chose que je faisais le matin au réveil, mais la Mercedes n'était pas là, sa place était vide.

Seul manquait mon oncle, mais l'atmosphère de la maison était curieusement morose. Au lieu des rires, les soupirs de grand-mère Rosa qui se plaignait de ses douleurs articulaires et les remontrances concernant la politesse que madame Yoneda nous adressait à Mina et à moi augmentèrent. Auparavant, même après dîner, tout le monde s'attardait dans la salle de séjour pour rester le plus longtemps possible avec lui, mais maintenant chacun se retirait dans ses appartements aussitôt la fin du repas. Grand-mère Rosa dans sa chambre, madame Yoneda à la cuisine, et Mina avec son livre sur une chaise longue du solarium.

Même Pochiko avait l'air triste et n'avait plus d'entrain. Elle qui était un animal nocturne, lorsque le soleil se couchait, elle mangeait au bord du bassin le repas que monsieur Kobayashi lui avait préparé, et même si elle était à l'origine un animal lent, elle semblait manger encore plus lentement.

Et ma tante devenait de plus en plus silencieuse. Elle avait soit une cigarette à la bouche, soit les lèvres humectées de whisky.

Tout le monde faisait semblant de ne pas s'apercevoir qu'il y avait une place vide à table. Nous nous comportions tous comme si à l'origine personne ne l'occupait. Madame Yoneda ne mettait pas de couvert devant sa chaise, et ne gardait pas de surplus de cuisine.

— Où est mon oncle ?... ai-je fini par demander, ne pouvant plus me retenir.

Je regrettai aussitôt cette question que je n'aurais pas dû poser. Il y eut un silence, tout le monde s'interrompit. Mina qui mettait dans sa bouche un morceau de hamburger, madame Yoneda qui se reservait de riz, ma tante toujours aussi silencieuse.

— Quand papa va-t-il rentrer ? Il ne le sait sans doute pas lui-même, répondit enfin grand-mère Rosa alors que le repas était presque terminé et que j'avais déjà à moitié oublié la qucstion à laquelle elle venait de répondre.

Cette nuit-là, Mina eut une crise d'asthme. Au début, en me réveillant, je n'ai pas réalisé que le bruit qui me parvenait à travers le mur était celui de sa toux. Il était aussi discret qu'une souris grignotant quelque chose ou griffant le plancher dans un coin au-dessus du plafond. Et petit à petit il enfla, devint plus net et douloureux. J'entendis des bruits de pas et des chuchotements d'adultes dans le couloir.

Prise d'inquiétude, je suis sortie de ma chambre juste au moment où ma tante, Mina sur son dos, s'apprêtait à descendre l'escalier. Madame Yoneda et grand-mère Rosa la soutenaient de chaque côté, tout en frottant le dos de Mina.

— Tomoko, ne t'inquiète pas. Bonne nuit, tu peux dormir. Tout va bien, me dit grand-mère Rosa qui s'était aperçue de ma présence et se tournait vers moi.

Des phares éclairèrent la vitre dépolie du hall d'entrée, il y eut un bruit de voiture qui s'arrête, et monsieur Kobayashi arriva, un pull-over simplement enfilé par-dessus son pyjama. Il souleva Mina doucement dans ses bras en faisant attention à ne pas la faire souffrir davantage et la transporta dans la camionnette. Ma tante, tout en glissant la carte d'assurance et son porte-monnaie dans son sac à main, souffla deux ou trois mots à l'oreille de madame Yoneda, tandis que grand-mère Rosa enlevait son châle pour le poser sur ses épaules.

Chacun remplissait son rôle. On pouvait deviner qu'il ne s'agissait pas de la première crise et qu'ils avaient déjà surmonté plusieurs fois ce genre de situation. Sans s'affoler inconsidérément, ils s'assuraient d'un coup d'œil de ce qu'ils devaient faire ensuite, s'efforçant que tout se passe pour le mieux. Néanmoins, la manière de faire de chacun montrait à quel point ils s'inquiétaient. J'étais la seule qui ne servait à rien.

La toux de Mina se poursuivait sans relâche. Chaque expiration laissait échapper un cri de douleur qui ébranlait sa cage thoracique, à tel point que j'avais l'impression de ne plus pouvoir respirer moi-même. Dans les bras de monsieur Kobayashi, Mina paraissait encore plus fine.

Moi, grand-mère Rosa et madame Yoneda, alignées sous le porche d'entrée, nous avons regardé s'éloigner la camionnette, comme aspirée dans les ténèbres. Au fur et à mesure, la toux de Mina s'éloignait, et nous avons fini par ne plus l'entendre. Même si nous étions à la fin du mois de mars, l'air nocturne était froid, et insensiblement nous nous sommes rapprochées, nous prenant par la main. Celle de madame Yoneda était noueuse et rêche, tandis que la poitrine pendante de grand-mère Rosa était douce. Les alentours étaient uniquement éclairés par la lampe sous le porche et la lune qui paraissait accrochée au sommet d'une des tourelles.

— Allez, va te recoucher.

C'est la première fois que j'ai entendu madame Yoneda parler sur un ton aussi gentil.

Mais ce fut difficile pour moi de retrouver le sommeil. La lumière de la cage d'escalier qui était restée allumée au cas où Mina reviendrait filtrait sous la porte. Les deux vieilles dames s'étaient sans doute retirées dans leur chambre, car je n'entendais aucun bruit provenir d'en bas. Après m'être retournée plusieurs fois sur mon lit, je me suis levée et j'ai marché pieds nus, errant sans but au premier étage. J'avais beau prendre toutes les précautions, le plancher grinçait comme s'il murmurait. Le clair de lune qui entrait par les faîtières et les lucarnes du palier formait ici ou là des traits de lumière vague. La chambre de Mina et celle de ma tante étaient hermétiquement fermées ainsi que toutes les autres.

Quand j'arrivai au cabinet de toilette des chambres d'amis, au coin ouest de la maison, je découvris une autre petite porte tout au fond. Mina ne m'avait pas montré cet endroit. Je tournai la poignée, et derrière ne trouvai pas une pièce mais un escalier étroit et poussiéreux se dressant tout droit. Il conduisait à une petite chambre sous les toits qui servait de débarras.

Boîtes de toutes formes, meubles abîmés, skis, appareils électriques cassés, jouets, piles de magazines etc. Diverses choses étaient abandonnées là en désordre. Contrairement au débarras de la maison d'Okayama, il flottait même autour du bric-à-brac un certain raffinement. La seule chose identique était le landau déposé là bien en évidence.

A la marque sur les roues, je sus qu'il s'agissait du même landau de fabrication allemande que celui qui m'avait été offert. Mais manifestement, la voiture semblable à un coffre à bijoux n'entrait pas dans la catégorie répondant au doux nom de landau.

Le mien était tendu de dentelle de coton, mais celui-là était abondamment garni d'un drapé de soie, décoré en plus de deux ou trois rangs de volants et de rubans en satin. Comme pour mieux clamer que le bébé était l'enfant du jardin zoologique Fressy, l'oreiller de plumes était joliment brodé de petits animaux tels qu'un singe, une chèvre, un paon et un Pochiko. Les ferrures qui n'étaient pas en laiton mais dorées, jusqu'au crochet qui retenait la sucette, rien n'avait perdu son éclat, même dans le clair de lune.

A l'endroit où était fixé le guidon, non loin de l'oreille du bébé, était attachée une petite boîte en bois munie d'un remontoir. Je le tournai. La berceuse de Shubert s'écoula doucement, note après note, et se fondit dans l'obscurité, avant de s'interrompre au milieu de la troisième phrase.

A ce moment-là, soudain, mes larmes se mirent à couler. Cela me troubla, car je n'y étais pas préparée. Je les essuyai précipitamment à la manche de mon pyjama, mais elles ne tarissaient pas.

Je n'enviais pas le landau de Mina, beaucoup plus luxueux que le mien. Je savais très bien qu'il aurait pu m'apparaître avec une boîte à musique en or massif de dix-huit carats et en soie, il n'aurait pas été plus beau que le mien et n'aurait pas abîmé le moins du monde le souvenir que j'en avais gardé.

C'était plutôt la colère qui m'avait assaillie. Pourquoi, dans un moment aussi grave, mon oncle était-il absent ? Alors que sa fille précieuse au point d'avoir été enveloppée dans un coffret à bijoux avait une crise et souffrait, que faisait ce père si important pour elle ? Mina était-elle sortie d'affaire ? Sa respiration n'était-elle pas arrêtée ? Si mon oncle avait été là, on n'aurait pas été obligé d'aller chercher monsieur Kobayashi en pleine nuit. Il aurait pu l'emmener aussitôt à l'hôpital dans la Mercedes dont il était si fier. C'était une tâche beaucoup plus importante que d'aller commander mon uniforme. La dame du magasin avait certainement pensé dans le secret de son cœur que nous formions un drôle de couple. Elle avait dû deviner qu'un aussi bel homme n'avait pas pu donner naissance à une fille au visage aussi plat que le mien. Et le serveur qui nous avait servi les crêpes Suzette avait été respectueux en apparence, mais on ne pouvait pas savoir ce qu'il avait pensé au fond de son cœur.

J'étais triste pour tout. Je me suis précipitée pour descendre l'escalier et me blottir dans mon lit. Me remémorant le visage de ma mère qui avait pleuré sur le quai du Shinkansen à la gare d'Okayama, j'ai pleuré avec elle. J'avais tellement envie de la voir.

6

Tôt le lendemain matin, Mina revint dans les bras de monsieur Kobayashi comme elle était partie. Elle ne toussait plus, mais elle était encore pâle et sans force. Elle alla directement au lit et continua à dormir sans faire le moindre bruit jusqu'en début d'après-midi. Tout le monde faisait attention à ne pas la réveiller. Grand-mère Rosa avec sa canne, madame Yoneda en étendant la lessive et monsieur Kobayashi en appelant Pochiko, ils prenaient tous des précautions pour se faire discrets.

Ma tante, sur sa chaise habituelle sur la terrasse, but un café en prenant tout son temps. Elle avait toujours sur les épaules le châle de grand-mère Rosa. Elle paraissait encore plus fatiguée que Mina. C'était une matinée sans soleil, avec un vent froid qui faisait bruisser les bouquets d'arbres, mais elle ne bougea pas de la terrasse.

— Excuse-nous pour l'agitation d'hier soir. Tu n'as pas pu dormir, n'est-ce pas ? dit-elle en me regardant.

— De rien. Et Mina ?...

— Ne t'inquiète pas. Elle a l'habitude de ces crises.

Le dos arrondi, elle aspira une gorgée de café.

— Vous allez attraper froid.

— Merci, tu es gentille, Tomoko.

A ce moment-là, pour la première fois, je m'aperçus que le profil de ma tante ressemblait beaucoup à celui de ma mère.

Je suis restée assise à côté d'elle sur la terrasse jusqu'à ce qu'elle ait terminé son café. J'ai regardé avec elle la fumée de ses cigarettes flotter entre nous avant de finir par disparaître je ne sais où. Alors, enfin, le reste de larmes de la veille qui imprégnaient encore ma poitrine commença peu à peu à sécher.

L'attention que portaient les habitants de la maison d'Ashiya à la santé de Mina était stupéfiante. Empêcher ses crises était la priorité de toute la famille. Au moindre toussotement, les adultes se précipitaient pour lui donner un cardigan, un cache-col, une chaufferette, un gargarisme. Le bruit de sa toux, comme une alarme se déclenchant quelque part dans la maison, mettait tout le monde en état d'alerte. C'était à peu près l'ambiance.

Comparés au luxe de la maison, les repas quotidiens étaient frugaux, mais bien pensés sur le plan nutritionnel. Il y avait toujours en réserve dans la cuisine des aliments particulièrement bons pour l'appareil respiratoire, comme du radis daikon, du miel, des ignames, du lycium chinois, des feuilles de dokudami, et toutes sortes d'autres herbes aromatiques et médicinales que je ne connaissais pas.

Par ailleurs, madame Yoneda se souciait tout particulièrement de la fraîcheur des aliments. Elle disait toujours qu'il n'y avait rien de plus mauvais pour le corps que la nourriture qui commençait à s'abîmer et rejetait impitoyablement les produits qui avaient changé de couleur, subi l'humidité, ou commençaient à présenter un aspect douteux.

Ses narines d'où sortaient quelques poils blancs ne laissaient pas passer la moindre odeur de pourriture qui avait échappé à tous. Là où madame Yoneda avait l'air le plus sérieux, c'était lorsque, assise devant le réfrigérateur, elle approchait son nez d'un plat mijoté la veille ou d'une bouteille de lait entamée.

Naturellement, la boîte à pharmacie était complète. Il y avait bien sûr un médicament en poudre pour l'asthme et un liquide aérosol, mais également des pastilles Asada, du Ryukakusan, des pastilles pour la gorge, de l'Isodine, des granules de Kyushin et des pilules de Seirogan, des comprimés de Biofermin, de la poudre pour l'estomac Ohta, des lavements Ichijiku, du Kakkonto, de l'eau Konjisui, de la Travelmin, des granules miracle Hiya, de la pommade Oronaïn, du Mercurochrome, de l'Oxyfull, de l'huile de foie de morue, il y avait de tout.

Mais ce en quoi la famille avait sans doute le plus confiance était le Fressy. Si on avait mal à la tête ou au cœur, ou si on se sentait triste, il fallait d'abord du Fressy. Il suffisait d'en boire pour aller mieux. Si l'on n'en buvait pas on ne guérirait jamais. Tous en étaient persuadés. En principe, cette boisson rafraîchissante bonne pour l'estomac était préparée avec de l'eau des monts Rokko qui contenait du radium, disait le slogan, mais ce n'était qu'une boisson sucrée. Et elle avait une position plus importante que n'importe quel autre médicament de la boîte à pharmacie. Puisque c'était le produit phare mis en valeur par le directeur de la génération précédente, je comprenais qu'on le traite avec égard, néanmoins je trouvais que leur confiance était très naïve.

Dans la cuisine se trouvait un réfrigérateur spécial où l'on mettait à rafraîchir les bouteilles de Fressy nouvellement préparées, qui étaient livrées une fois par semaine, toujours le même jour. Les enfants, c'est-à-dire Mina et moi, nous avions interdiction de prendre de la nourriture dans la cuisine sans la permission des adultes, sauf s'il s'agissait de Fressy. Nous pouvions nous servir de bouteilles à volonté, que nous ouvrions avec le décapsuleur posé sur le haut du réfrigérateur (un décapsuleur en forme d'étoile, la marque symbolique de Fressy, offert aux clients qui en commandaient une caisse) et que nous buvions ensuite à grands traits.

Quand je pense qu'à Okayama, à cause des caries, on ne me laissait pas boire de Fressy en dehors du jour de mon anniversaire, avoir l'accès libre au réfrigérateur spécial constituait un grand luxe après la vie dans une résidence occidentale.

On peut sans doute dire qu'une autre particularité de la maison d'Ashiya concernant la santé se manifestait à travers l'existence de la "salle de bains de lumière". Il s'agissait d'une petite pièce sans fenêtre, au sol carrelé, qui se trouvait dans le coin est du premier étage, décorée du sol au plafond de motifs géométriques musulmans. Au centre de la pièce deux couchettes recouvertes d'un drap, dans un coin une lanterne, et au plafond pendaient deux coupoles de forme très étrange comme des bassines en cuivre à l'envers, il n'y avait rien d'autre. Rouge foncé, bleu marine, vert profond, toutes sortes de fils entourés de tissu ignifuge pendaient du plafond qui retenaient les coupoles. Tout autour en bordure, comme des pétales, huit ampoules étaient fixées qui, lorsqu'on les allumait, se mettaient à tourner lentement sur elles-mêmes en diffusant une jolie lumière orangée.

Prendre un bain de ces rayons lumineux était considéré comme bon pour la santé. Il s'agissait semble-t-il d'un appareil à la pointe du progrès que le grand-père de Mina avait fait venir d'Allemagne avant la guerre. Pour se reposer physiquement et retrouver son énergie après ses crises, Mina passait toujours un moment dans cette pièce.

Cet appareil de santé devait sans doute consommer beaucoup d'électricité, car la salle de bains de lumière était éclairée par une lanterne.

Mina sortit une boîte d'allumettes de la poche de sa jupe. Je n'eus pas le temps de m'étonner qu'une enfant ait des allumettes sur elle, que ses petites mains virevoltèrent joliment. L'instant suivant, la lumière s'élevait de la mèche de la lanterne. Une odeur de phospore brûlé effleura mon nez, un petit bruit étouffé vint chatouiller le fond des mes oreilles. Un filet de fumée s'éleva de l'allumette au bout de ses doigts.

Je suis montée maladroitement sur la couchette.

— C'est pas difficile. Il suffit de s'allonger. Et de temps en temps, on change de position pour que les rayons se répartissent équitablement. Mais il faut pas regarder la lumière, parce que ça abîmerait les yeux. C'est comme quand on observe une éclipse, tu sais.

Ensuite, d'un geste sûr, elle appuya sur un bouton à côté des coupoles et tourna le minuteur qui grinçait. Après ça, elle se déshabilla et, ne gardant que sa combinaison et sa culotte, s'allongea. Elle avait l'air beaucoup plus en forme que le matin.

— C'est efficace ? lui demandai-je, sceptique.

— Ça… répondit-elle les yeux fermés, d'une petite voix.

Les rayons orange, tellement denses qu'ils donnaient l'impression que si on les touchait ils couleraient le long des doigts, éclairèrent aussitôt la pièce plongée dans la pénombre, reflétant les motifs musulmans du plafond sur nos combinaisons blanches. Les ferrures étaient-elles rouillées ? les ampoules continuaient à tourner sans relâche malgré l'énorme grincement. Bientôt, je commençai à sentir un peu de chaleur au niveau du ventre.

— Les crises, comment c'est ? questionnai-je, ne pouvant m'empêcher de trouver curieux que Mina, qui souffrait tant, se fût remise en une nuit.

— C'est comme si la sortie était bloquée, répondit-elle les yeux toujours fermés. L'air ne peut ni sortir ni entrer, il n'a pas d'endroit où aller, on est enfermé à l'étroit et on a l'impression qu'on va exploser en mille morceaux.

— Ooh, murmurai-je.

Comme je l'avais imaginé, la poitrine de Mina était plate, c'était tout juste si l'on remarquait la trace discrète de ses mamelons sur sa combinaison, il n'y avait pas de renflement. Sur ses jambes allongées seuls ses genoux se remarquaient, et la culotte toute blanche fraîchement lavée que l'on voyait dépasser sous sa combinaison était trop grande pour envelopper ses fesses.

— Le pire, c'est quand il y a des dépressions atmosphériques.

Sa poitrine se soulevait au rythme chantant de son accent du Kansai.

— Quand il y a des masses d'air en colère qui se forment en bas du ciel, ça me prend immédiatement. Je sais à peu près comment est la pression atmosphérique au mouvement des cils vibratiles de mes bronches.

— Les cils vibratiles, c'est quoi ?

— Les poils qui poussent dans les bronches. Ils ondulent comme des plantes aquatiques et poussent le mucus vers l'extérieur, fut-elle capable de m'expliquer en détail avec sa jolie petite bouche qui n'était pas encore entièrement développée. Au moment où je me rends compte que je ne peux plus respirer, mon champ visuel se rétrécit et j'aperçois des choses qui ne devraient pas se trouver là. Elles ne devraient pas être là, mais elles ont quand même une forme et une couleur, et elles tourbillonnent ou clignotent. Pendant que je les observe fixement, je finis par m'énerver parce que je crois que je suis partie très loin, et bientôt, je me rends compte que c'est le contraire. Je ne suis pas loin mais trop près. Je suis dans mon propre cœur.

Mina se retourna sur le ventre et appuya son menton sur ses mains posées l'une sur l'autre. Je l'imitai et me mis dans la même position. Les dessins musulmans se mirent à tourner sur notre dos.

— C'est douloureux ?

— Hmm, quand j'en arrive là, pas tant que ça. Au contraire, je finis par me dire que c'est bien. Mais la voix de maman qui m'appelle me ramène toujours. Je m'en rends compte brusquement, je cligne des yeux de toutes mes forces, mais c'est trop tard. Je ne vois plus l'endroit qui est trop près, me dit-elle.

7

— Non, dis-je à Mina, en me tournant vers elle, toujours sur le ventre, après avoir redressé la tête. Il faut absolument que tu reviennes. Vite, avant que ta mère t'appelle. Si tu traînes dans un endroit pareil, tu finiras par ne plus pouvoir revenir. Et alors, ce sera vraiment trop tard.

Elle laissa échapper un vague "Hmm" et inversa les mains qui soutenaient son menton.

— Mais, c'est plutôt joli comme endroit, tu sais.

A ce moment-là, il y eut un petit bruit sec comme un élastique de culotte qui craque, la minuterie était revenue à zéro et les lumières orange s'arrêtèrent. La rotation des ampoules s'arrêta également dans un tremblement des coupoles. Ce n'était sans doute qu'une impression, mais ça sentait le brûlé. Cependant, tout devait se dérouler comme d'habitude, puisque Mina se redressa sans y prêter attention, tourna la tête et respira profondément comme si elle vérifiait l'effet des rayons.

Toujours en combinaison, nous nous sommes assises l'une en face de l'autre sur la couchette, pour manger le goûter que nous avions préparé à l'avance. Des Bolo et comme boisson, bien sûr, du Fressy. Cela faisait bien longtemps, depuis que j'étais bébé, que je ne mangeais plus de Bolo, mais dans la maison d'Ashiya, on les considérait comme une alimentation saine, à haut pouvoir nutritionnel et digeste. Le bon sens, dans la maison d'Ashiya, voulait que boire du Fressy et manger des Bolo renforçent l'effet du bain de lumière.

Mais le plus curieux était qu'on les appelait des Bololo. A Okayama, personne ne les nommait ainsi. On aurait dû dire Bolo aux œufs. Cependant, les habitants de la maison d'Ashiya, non seulement madame Yoneda et Mina mais même monsieur Kobayashi répétaient sans la moindre honte "Bololo, Bololo".

Cette appellation évoquait pour moi des seins, en particulier des mamelons. Il est vrai que leur couleur chair légèrement dorée et leur forme ronde qui donnait instinctivement envie de les faire rouler dans la main les faisaient beaucoup ressembler à des mamelons. C'est justement pour cela que j'étais un peu honteuse des résonances de ce mot cru et un peu idiot.

Nous avons partagé les Bolo qui étaient sur une assiette. Mina les prenait un à un pour les porter à sa bouche en cul de poule et les croquer dans un joli bruit. Ses jambes ballantes étaient découvertes jusqu'aux cuisses à cause de sa combinaison trop courte.

De près, la silhouette adorable de Mina se détachait avec encore plus de fraîcheur, comme si elle se rapprochait de moi, au point que j'avais peur de la regarder. Ses yeux étaient grands ouverts, et d'un point au plus profond de ses pupilles émanait de la lumière. Son nez droit se découpait nettement sur son visage auquel il donnait un relief significatif. Ses joues pleines en regard de la minceur de son corps n'avaient pas une seule imperfection. Elle avait un front intelligent, des lèvres candides. On avait envie de demander à la cantonade comment il fallait faire pour donner naissance à une petite fille aussi jolie.

En totale disproportion avec la perfection de ce visage, son corps était vraiment immature. Etait-ce parce qu'elle n'avait cessé d'avoir des crises depuis l'enfance ? son dos était courbé pour lui permettre de tousser plus facilement, et ses côtes se creusaient. Même en temps ordinaire, si l'on tendait l'oreille, on entendait à la naissance de sa gorge un léger sifflement comme le vent d'hiver. Un bruit embarrassé, comme si son corps était confus de soutenir un visage trop beau.

— Qu'est-ce que ça te fait d'avoir un papa aussi beau que Tonton ? lui demandai-je.

Considérant la lignée de visages ordinaires de ma tante, ma mère et moi, il était manifeste quc Mina avait hérité des gènes de son père.

— Je ne sais pas trop…

Ce que je trouvais enviable n'était pour elle pas du tout important.

— A ta place, j'aurais envie de m'en vanter à tout le monde.

— C'est bizarre, tu sais, de se vanter de son papa.

Penchant la bouteille, Mina but une gorgée de Fressy. Le bruit de vent d'hiver s'arrêtait seulement lorsqu'elle avalait quelque chose.

— Enfin, on ne peut pas le choisir. Il est déterminé à la naissance. C'est pas un sujet de fierté si on n'a pas eu à faire d'effort, tu crois pas ? On peut se vanter d'un boyfriend qu'on a choisi soi-même.

Jamais je n'aurais pensé qu'un mot tel que boyfriend pouvait sortir de sa bouche, et je fus surprise.

— Tu as un boyfriend ?

— Hmm, dit-elle en secouant légèrement la tête.

Je faisais rouler les quelques Bolo qui restaient dans l'assiette. Je ne sais pourquoi, sans raison, l'impression m'était venue que je mangeais les mamelons de Mina. Sans doute avaient-ils cette couleur d'œuf et étaient-ils mous au point de fondre facilement dans la bouche ? Et ils ne donnaient pas l'impression qu'ils allaient enfler, ce n'étaient que de simples petits ornements qui se trouvaient là silencieux. J'avais cette impression.

Je n'étais cependant pas moi-même en position de pouvoir me vanter. En dernière classe du primaire, seules quelques filles portaient un soutien-gorge, et bien sûr j'étais parmi les nombreuses autres qui n'en portaient pas. Ma mère en avait glissé un dans mes bagages afin que je le porte à la cérémonie d'entrée au collège, mais il y avait peu de chances pour que ma poitrine soit suffisamment développée à ce moment-là.

— Ah, je me souviens d'une fois où j'étais contente que papa soit beau, dit Mina en balançant encore plus les jambes. Parce qu'il a un nez qu'on a envie d'attraper. Il a un grand nez, hein ? Il est juste bien pour s'amuser à le pincer.

Et elle glissa dans sa bouche le dernier Bolo.

Grâce au bain de rayons lumineux, nous n'avions pas besoin de nous rhabiller pour avoir chaud. Le reste de lumière teintait l'arrière de mes paupières et j'avais beau cligner des yeux l'orange ne disparaissait pas.

A partir de ce jour-là, la salle de bains de lumière devint pour Mina et moi la pièce la plus importante de la maison. Nous pouvions y rester enfermées toutes les deux de longues heures durant, les adultes rassurés nous y laissaient.

A l'instant où Mina frottait une allumette, le monde appartenait rien qu'à nous, personne ne venait nous déranger.

C'est dans la salle de bains de lumière qu'ayant apporté un globe terrestre, nous avons cherché le Liberia, pays natal de Pochiko (un petit pays à l'ouest de l'Afrique dont la forme ressemblait beaucoup à Pochiko assise quand elle boudait) ; nous l'avons également utilisée lorsque nous avons voulu essayer de faire du pain, pour la fermentation de la pâte (la température des rayons lumineux était parfaite, ce fut un grand succès) et ce fut aussi là que Mina me montra son album.

Sur toutes les photographies, Mina bébé dans les bras de mon oncle, au lieu de regarder l'appareil photo, cherchait à attraper le nez de son père ou introduire ses doigts dans ses narines. Elle avait le visage plein de curiosité pour cet objet pointu comme si elle se demandait ce que c'était, tandis que mon oncle avait celui de quelqu'un en adoration devant son bébé.

Peu après le début du mois d'avril, avant la rentrée du collège, il y eut d'abord celle de l'école primaire. Mina entrait en dernière année.

Le matin, après avoir fait natter ses cheveux par madame Yoneda, elle y noua un ruban de velours bleu marine, et comme il n'y avait que la cérémonie de rentrée et pas de cours, elle s'en alla avec seulement un sac contenant des chiffons et des chaussons. En sortant pour lui dire au revoir, je découvris Pochiko qui avait fait je ne sais comment le tour par le jardin et se trouvait sous le porche, devant l'entrée. Monsieur Kobayashi était près d'elle.

Pochiko était complètement différente des autres jours. Ses yeux endormis et ses mouvements lents étaient pareils, mais elle avait une sorte de collier autour du cou, et sur le dos une espèce de petit siège en bois. Et pour fixer solidement ce petit siège, deux lanières de cuir faisaient le tour de son gros ventre rond. Monsieur Kobayashi était debout, qui tenait la cordelette tressée accrochée au collier. Un gland pendait au bout de la cordelette, le même ruban de velours que celui de Mina était noué au collier.

Je me demandais avec suspicion si un tel harnachement pouvait convenir à un hippopotame nain, mais tout était modérément usagé, chaque chose parfaitement ajustée au cou, au dos et au ventre de Pochiko. Le collier se nichait entre les trois grosses rides de son cou, et si le siège tenait fermement, les courroies ne semblaient pas serrer inconsidérément son corps. Au lieu de quoi, le cuir des lanières et la peau de Pochiko étant presque de la même couleur, ils s'adaptaient si bien qu'ils étaient indiscernables l'un de l'autre.

Mais il était difficile, malgré tout désir d'indulgence, de considérer que le ruban allait avec le corps tout rond, les pattes trop courtes et la nonchalance de ses traits. On avait l'impression que quelqu'un, ne pouvant faire autrement, l'avait accroché là par erreur.

— Alors, mademoiselle Mina. Nous y allons ?

Monsieur Kobayashi ayant posé à l'envers une caisse vide de Fressy, comme à un signal, Pochiko pencha la tête et plia ses pattes de devant. Se servant de la caisse comme d'un marchepied, Mina monta sur son dos.

Sur la série de mouvements il n'y eut pas un temps mort, entre eux et Pochiko flottait une atmosphère de confiance.

— A tout à l'heure, dit Mina, bien droite sur son siège, son sac posé sur les genoux.

— A tout à l'heure, répondirent ma tante, grand-mère Rosa et madame Yoneda.

Monsieur Kobayashi se saisit du gland de la cordelette, Mina se redressa en respectant les belles manières, Pochiko fit tourner deux ou trois fois sa queue, et ce fut le départ. Ils passèrent devant les cycas, descendirent la pente, franchirent le portail et disparurent.

8

Mina allait tous les jours à l'école primaire Y à dos de Pochiko, l'hippopotame nain.

C'est à cause de sa santé qu'elle n'allait pas à l'école primaire privée de Kobe que son frère aîné Ryuichi avait fréquentée. Qu'il s'agisse de l'autobus de ramassage scolaire ou de la Mercedes, l'odeur des gaz d'échappement était un des facteurs de ses crises. L'école Y avait été choisie parce qu'elle était la plus proche de la maison et que les allers et retours n'étaient pas une trop lourde charge. Elle se trouvait à environ vingt minutes de marche si l'on franchissait le pont Kaimori au-dessus de l'Ashiya. Le seul problème était la forte déclivité.

Avant d'entrer à l'école primaire, mon oncle avait négocié avec le directeur de l'école pour obtenir la permission que Mina fasse les allers et retours sur le dos de Pochiko. Il paraît que le directeur avait testé lui-même pour savoir si Pochiko était docile et si elle n'attaquait pas les gens. Il avait fait exprès de crier, de jeter çà et là des tranches de pain de la cantine et de lui tirer les oreilles, mais Pochiko avait conservé son calme en se contentant de renifler d'un air agacé. Elle avait passé le test avec succès.

C'est mon oncle qui avait fabriqué, en multipliant les essais et les échecs, les différents éléments pour transformer Pochiko en moyen de transport. Il avait utilisé comme selle une chaise de bébé dont il avait coupé les pieds, une ceinture comme collier et une cordelière et son gland d'embrasse de rideau comme laisse. Il avait réussi à réaliser la première selle pour hippopotame nain au monde. Le matin, monsieur Kobayashi installait Mina sur Pochiko pour l'emmener à l'école et après la classe, ils allaient l'attendre à la sortie. C'était devenu une habitude.

Alors qu'il y avait une Mercedes aussi magnifique, je pensais que c'était dommage, mais je changeai d'avis aussitôt. Puisque Pochiko avait coûté le prix de dix Mercedes, Mina utilisait le véhicule le plus coûteux de la maison.

Mina, monsieur Kobayashi et Pochiko avançaient dignement. Mina regardait droit devant elle, monsieur Kobayashi tenait fermement le gland, Pochiko foulait pas à pas le chemin en pente. Les gens qui balayaient devant leur porte, ceux qui se pressaient vers la gare Hankyu d'Ashiya, les enfant qui fréquentaient la même école primaire, tous lorsqu'ils rencontraient l'escorte de Mina s'arrêtaient pour la laisser passer. Monsieur Kobayashi saluait du regard, et réglait la direction d'une curieuse manœuvre de la cordelière.

Il arrivait qu'une connaissance du voisinage s'exclame :

— Alors, petite Mina, on va à l'école ?

Et sur le dos de Pochiko, Mina saluait poliment d'un :

— Bonjour madame.

Très rarement, il arrivait que quelqu'un qui n'était pas au courant de la situation leur lance un regard curieux, mais cela ne troublait en aucune façon leur marche. Mina ne baissait pas la tête, Pochiko s'appliquait avec ardeur à la tâche.

Car si Pochiko paraissait nonchalante, en réalité elle connaissait bien son travail. Pour ne pas pencher son corps vers l'arrière, elle gardait la tête baissée et lorsque Mina remuait, avançait un peu moins vite. Etait-ce pour ne pas l'inquiéter inconsidérément ? quelle que soit la déclivité, elle n'avait jamais une attitude empruntée. Au contraire, elle ne se départait jamais d'une certaine légèreté comme si personne ne se trouvait sur son dos, comme si elle marchait ainsi uniquement dans un but et des circonstances qui lui étaient propres.

Leur dos était éclairé par le soleil matinal. Le cartable à bretelles et le derrière de Pochiko brillaient. On entendait le bruit discret des ongles frappant l'asphalte. Le portail de l'école se trouvait tout de suite après le dernier tournant. Les rubans assortis de Mina et Pochiko se balançaient gentiment.

Jusqu'à la cérémonie d'entrée au collège, je ne pris place à mon bureau que pour écrire à ma mère. Elle avait glissé dans mes bagages des cahiers d'exercices de mathématiques et d'écriture de caractères chinois, afin que je ne sois pas en retard dans mon travail, au prétexte que le niveau des enfants des villes était plus élevé, mais je n'en avais pas ouvert un seul.

Ma mère m'avait écrit : "Ashiya est proche de Kobe et d'Osaka, et je pense qu'il y a beaucoup d'endroits intéressants. Est-ce que ta tante t'a emmenée quelque part ? J'ai entendu dire que le parc de l'exposition universelle d'Osaka est devenu un jardin public. Puisque tu n'as pas pu aller à l'exposition, si au moins tu pouvais voir la tour du soleil, cela te ferait sans doute un bon souvenir. Pendant que tu es en ville, profites-en pour voir beaucoup de choses intéressantes. Depuis mon arrivée à Tokyo, c'est ce que moi aussi je m'efforce de faire. A mon prochain congé, j'irai dans les grands magasins acheter quelque chose d'utile à t'envoyer. Et aussi à la petite Mina..."

Depuis mon arrivée à Ashiya, je n'étais sortie qu'une seule fois pour aller prendre mes mesures au magasin d'uniformes. Je n'étais jamais sortie avec ma tante. Elle n'était pas la seule à être casanière, les habitants d'Ashiya l'étaient aussi. Ils aimaient avant tout rester tranquilles à la maison, la plupart des choses pour lesquelles il fallait sortir étant considérées comme ennuyeuses et malheureuses. En dehors de mon oncle et de monsieur Kobayashi, personne n'avait le permis de conduire et comme pour la nourriture et les objets de la vie quotidienne on faisait confiance aux tournées des marchands du quartier commerçant, il était extrêmement rare que quelqu'un sorte pour une course ordinaire.

Toutefois, puisque mon oncle était un "amateur de sorties" au point de ne pas rentrer à la maison, cela compensait.

Je n'en ressentais pas pour autant de l'insatisfaction. Seulement deux ans plus tôt, lorsque j'avais su que nous ne pourrions pas aller à l'exposition universelle à cause du travail de ma mère, j'avais pleuré et crié. En apprenant que nous n'étions que trois dans la classe, moi y compris, à ne pas y aller, j'avais été au désespoir. Mais maintenant, des choses telles que la tour du soleil m'étaient devenues complètement indifférentes. Parce que la maison d'Ashiya recelait beaucoup de choses au moins aussi fascinantes que les pierres de lune américaines.

Ce qui me plaisait le plus, c'était la chambre de grand-mère Rosa. Lorsque Mina lisait sans s'occuper de moi, j'allais souvent frapper à sa porte. Elle m'accueillait toujours gentiment.

Sa chambre était plus vaste que les autres, mais dans la mesure où elle possédait plus de choses que nous tous, le domaine dans lequel on pouvait se déplacer était limité. Tout un mobilier magnifique venu d'Allemagne avec son trousseau, armoires, meubles à tiroirs, secrétaires se côtoyaient, décorés de poupées à tête de porcelaine, bonbonnières, services à thé, vases, flacons de parfum, boîtes à musique, réticules, chapeaux, maisons de poupée. Le lit, avec ses montants qui se dressaient plus haut que moi et sa tête sculptée de roses ajourées, était remarquablement impressionnant. Le couvre-lit toujours impeccablement tiré par les soins de madame Yoneda était brodé de l'initiale R. Comme elle avait de mauvaises jambes, toutes sortes de sièges étaient disposés çà et là pour lui permettre de s'asseoir tous les trois pas, tous d'une forme sophistiquée.

Et sur les murs, sans intervalles, étaient accrochées des photographies. Elles étaient vieilles et décolorées, et ne représentaient que des gens que je ne connaissais pas. On aurait dit que les heures vécues par grand-mère Rosa, formant des strates, étaient accumulées dans toute la pièce.

Quand j'entrais dans sa chambre, je croyais devenir archéologue et me demandais avec excitation par où commencer mes recherches. En principe, je faisais de mon mieux pour ne pas être indiscrète, mais bientôt passionnée, je me mettais à ouvrir des tiroirs sans même demander la permission en m'exclamant :

— Dites, dites. Ça, c'est quoi ?

La coiffeuse tout particulièrement avait de nombreux tiroirs que je ne pouvais pas m'empêcher d'ouvrir. Il y avait là toutes sortes de cosmétiques. Ils étaient tous, de la lotion démaquillante jusqu'au fond de teint pour blanchir la peau, de la même marque, la "série des beautés jumelles", illustrés d'un portrait de deux femmes l'une à côté de l'autre. Elles avaient un visage ovale, une grosse fleur rose dans les cheveux et fixaient un point dans l'espace d'un air affecté.

— Aah, ça, c'est très efficace. C'est une crème de beauté pour la peau. Plus on en met, plus la peau devient douce.

Grand-mère Rosa me faisait asseoir devant la coiffeuse, déployait sur mes épaules une cape de maquillage en soie, et me laissait utiliser sans retenue tous ses produits, même le plus coûteux. Il s'agissait d'une crème onctueuse qui paraissait avoir beaucoup d'effet, dans un petit pot de porcelaine translucide couleur de lait, avec un couvercle marron. Effectivement, sur l'étiquette il était écrit : "Crème épaisse nourrissante pour la peau".

— On en prend comme ça sur les doigts et on en applique un peu partout sur le visage. L'équivalent d'une amande, c'est juste bien. L'équivalent d'une prune, ça devient poisseux et les poussières s'y collent. L'équivalent d'une perle, ce n'est pas suffisant.

Grand-mère Rosa fixa ma frange avec une barrette et appliqua une touche de crème sur mon front, mes joues et mon menton.

— Tomoko, tu as une très jolie peau. Elle est riche.

— De quoi ?

— De santé, d'eau, d'élasticité, d'avenir, de tout.

Grand-mère Rosa, regardant attentivement mon visage par-dessus mes épaules, étala la crème avec ses doigts qui tremblaient, imprécis. Avec un soin méticuleux ne laissant échapper aucune imperfection, elle la fit pénétrer partout, jusqu'au coin des yeux, sur les ailes du nez ou à la naissance des oreilles. Sa respiration, ses cheveux blancs et vaporeux comme le duvet d'un nid d'oiseaux se trouvaient tout près de moi. De temps à autre, ses cheveux effleurant la cape à maquillage bruissaient. L'extrémité de ses doigts ridés me chatouillait terriblement.

— Tu ne le diras pas à madame Yoneda, promis ? me dit-elle avant de poser son index sur ses lèvres en faisant chut.

— Pourquoi ?

— Elle n'aime pas que les enfants se maquillent. Elle est persuadée que ce n'est pas bon pour le corps d'étaler trop de choses sur la peau. J'aimerais aussi étaler un peu de crème sur la peau de Mina, mais il paraît qu'il ne faut pas. Alors, c'est notre secret, hein ?

Et, face à mon reflet dans le miroir, elle m'adressa un clin d'œil.

Il est vrai que, concernant le maquillage, les deux femmes étaient complètement à l'opposé. Grand-mère Rosa, chaque matin, lorsqu'elle s'asseyait à table pour le petit déjeuner, était déjà complètement maquillée. Elle changeait de rouge à lèvres et d'épingles à cheveux de manière à les assortir à la couleur de ses vêtements, et il suffisait que l'ongle de son petit doigt fût écaillé pour qu'elle les vernisse tous à nouveau.

En contrepartie, madame Yoneda était nature. Elle n'utilisait rien d'autre qu'un peu de lotion au luffa. Au lieu de se maquiller elle trouvait son bonheur en cuisinant, au lieu de porter des vêtements élégants elle en confectionnait pour les autres.

Ensuite, grand-mère Rosa avec une houppette rose, déposa un tout petit peu de poudre, de manière à ce que madame Yoneda ne s'en aperçoive pas, étala de la crème sur mes lèvres, massa mes ongles avec un "liquide polissant pour les ongles". Après avoir enlevé le bouchon de tous les flacons de parfum alignés sur la coiffeuse et me les avoir fait sentir, elle mit derrière le lobe de mes oreilles une goutte de celui que je préférais. A dire vrai, tous les parfums pour moi se ressemblaient, je ne voyais pas la différence, et je choisis en fonction de la forme du flacon.

Les mains tremblotantes de grand-mère Rosa faisaient cogner ici et là en cliquetant les couvercles, les flacons ou les boîtes, mais ses doigts qui me touchaient étaient doux et tièdes. Ses gestes étaient souples, elle se penchait et ses hanches étaient presque aussi pleines que celles de Pochiko, lèvres pincées elle rajustait son dentier qui menaçait de tomber.

J'étais en extase devant les flacons aux formes si jolies, les liquides de différentes couleurs et les bonnes odeurs que je n'avais encore jamais senties. Seulement, voir de près son alliance enfouie dans son annulaire me faisait un peu peur. Incrustée dans la chair, on avait l'impression qu'elle en faisait partie et que les motifs gravés à la surface étaient en continuité avec ses rides. Dans une situation où il lui faudrait absolument l'enlever, elle n'aurait sans doute d'autre solution que de se couper le doigt. J'avais peur d'imaginer la scène. Lorsque j'étais assise devant la coiffeuse, quelque part en mon cœur, je priais pour que cette situation ne se présente pas.

— Voilà, c'est fait.

Grand-mère Rosa enleva la cape, et acquiesça avec satisfaction en regardant alternativement mon reflet dans le miroir et moi-même.

— Oui. C'est très joli. Tomoko, tu es jolie. Ne le dis pas à madame Yoneda.

A sa demande, j'écrivis pour grand-mère Rosa les caractères chinois de mon prénom Tomoko. Cela allait faire cinquante-six ans qu'elle était arrivée au Japon, et elle n'était pas très douée pour les kanjis. Elle avait toujours un dictionnaire dans sa poche, et dès qu'elle rencontrait un caractère qu'elle ne connaissait pas, questionnait la personne qui se trouvait à proximité. Alors que dans sa jeunesse elle pouvait en lire beaucoup, il semblait qu'avec l'âge elle les avait rapidement oubliés.

"Tomoko", ai-je écrit le plus grand possible, au stylo à plume sur une feuille de papier à lettres.

— Haa… grogna-t-elle d'une voix exagérée comme pour mieux montrer son intérêt, après avoir chaussé ses lunettes de presbyte qui pendaient au bout d'une chaînette autour de son cou. Il y a deux caractères pareils serrés l'un contre l'autre. Ils ont l'air de bien s'entendre ?

— Oui, c'est ça. Il y a deux lunes.

— Ce kanji a toujours existé ? Je ne le connaissais pas.

— Ça signifie ami, ou camarade.

— C'est bien. C'est un très beau kanji. Parce que deux lunes ça n'existe pas. Mais malgré tout, il y en a deux, l'une à côté de l'autre. Cela veut donc dire que ce sont deux précieuses compagnes. Elles sont de la même grandeur, mais pas l'une au-dessus de l'autre. A côté l'une de l'autre. C'est ça qui est bien, je trouve. C'est équilibré. Elles ne sont pas toutes seules. Comme ces produits de beauté.

Grand-mère Rosa montra la coiffeuse. Comme toujours, les beautés jumelles entourées de fleurs fixaient la même direction de leurs yeux en amande. Ensuite, grand-mère Rosa s'étira en chancelant et décrocha du mur un cadre contenant une photographie pour me la montrer.

— Là aussi c'est pareil. Nous sommes l'une près de l'autre. C'est équilibré.

La photographie était assez vieille. Deux petites filles en robe assortie à manches bouffantes et bordées de dentelle, qui paraissaient à peu près du même âge que Mina, s'y tenaient gentiment l'une à côté de l'autre. Comme les beautés jumelles, comme les kanjis de mon prénom.

— Grand-mère, tu avais une jumelle ?

— Oui…

— Où tu es ?

— Ici. Celle où le fossé entre le nez et les lèvres est le plus creux. Et le lobe des oreilles ronds.

Elle désignait la petite fille à gauche en face d'elle. Mais j'eus beau concentrer mon regard, je ne pus les distinguer l'une de l'autre.

— Et là, c'est ma sœur aînée. Grande sœur Irma.

— Elle est toujours en Allemagne ?

Grand-mère Rosa secoua la tête. Comme sa façon de le faire était ambiguë, au début je n'ai pas bien compris si cela signifiait qu'elle se trouvait en dehors de l'Allemagne ou si c'était quelque chose de différent. Mais en la voyant sortir son mouchoir de sa poche pour essuyer la poussière, je me suis rendu compte qu'il s'agissait d'une autre signification.

— En 1916, quand je suis partie pour le Japon, je lui ai dit adieu à la gare de Berlin. Et ce fut un adieu véritable.

J'ai pris le cadre des mains de grand-mère Rosa et je l'ai remis en place. En vérifiant qu'il était bien droit. Grand-mère Rosa a tiré vers elle la feuille de papier à lettres et, soulevant les branches de ses lunettes pour observer à nouveau le caractère que j'avais tracé, elle l'écrivit en tout petit, très lentement, avec une extrême prudence.

9

Le jour de la rentrée au collège arriva enfin. Le temps était nuageux et frais. Si mon oncle ne rentrait pas, j'étais résolue à m'y rendre seule, mais alors que je n'en avais parlé à personne, le jour venu, le camp des femmes s'agita pour les préparatifs.

— Je ne te laisserai pas y aller toute seule, déclara clairement ma tante, d'un ton qui ne lui était pas habituel.

Grand-mère Rosa, madame Yoneda et Mina se rassemblèrent toutes les trois devant sa penderie, chacune saisissant le vêtement qu'elle pensait le meilleur pour le présenter à tour de rôle devant elle.

— On voit bien que le décolleté est un peu fatigué, n'est-ce pas ? Madame, vous n'auriez pas encore un peu maigri ?

— On peut dire ce qu'on veut, c'est trop triste. Il ne faut pas donner une impression de tristesse. Parce que c'est un jour de fête. Vous n'auriez pas quelque chose d'une couleur plus gaie, avec des motifs plus importants ? Je vous prêterais bien quelque chose, mais pour la taille ça n'irait pas.

— Mais si c'est trop voyant, c'est gênant pour les enfants. Au lieu de ça, tu ferais peut-être mieux de mettre ta jeunesse en valeur.

Les goûts de trois personnes étant ainsi dispersés, ce ne fut pas facile de décider du vêtement qu'elle allait porter. La principale intéressée se contentait d'acquiescer en silence à toutes les propositions sans même essayer de donner son avis.

D'après cette scène, il était manifeste que ma tante était bien éloignée des frivolités et des sorties. Les vêtements accrochés dans son placard, qui paraissaient de qualité supérieure et de forme stricte, n'avaient été fabriqués que dans le but de ne pas s'afficher ni se faire remarquer. En plus, leur nombre étant réduit, entre les cintres on pouvait voir la planche du fond de la penderie.

Finalement, après bien des discussions, on se décida pour une robe en pongé de soie bleu marine, et sur les épaules une étole de vison qui tout en donnant une touche somptueuse dissimulait sa gorge amaigrie, tandis que ses cheveux relevés et retenus par une barrette de saphirs soulignaient sa jeunesse. L'étole et la barrette de saphirs avaient été extraites par grand-mère Rosa des strates de sa chambre. C'est aussi grand-mère Rosa qui rectifia son maquillage en lui appliquant du rouge plus lumineux sur les lèvres et en rajoutant du rose à ses joues.

En comparaison, ce fut plus simple pour moi qui tenais le rôle principal. J'eus seulement à revêtir l'uniforme tout juste arrivé du magasin de confection de Nishinomiya et mettre des chaussettes blanches. Grâce aux indications de mon oncle, l'uniforme m'allait à merveille. Puisque c'était interdit par le règlement de l'école, je ne pouvais pas nouer de ruban, à la manière de Mina et Pochiko. Mais, comme je l'avais prévu, j'eus beau m'ingénier, le soutien-gorge ne convenait pas à ma poitrine et sa raideur me gênait.

— Vous êtes prête, mademoiselle Tomoko ? Il vous suffit de garder votre dignité. La première impression est capitale. Il ne faut pas vous sentir intimidée parce que vous êtes nouvelle. Finalement, vous êtes tous nouveaux en première année. Vous n'avez rien à craindre.

Ayant ainsi parlé, madame Yoneda me donna une petite tape d'encouragement dans le dos. Ma peur n'était pas à la mesure de ses inquiétudes, mais j'acquiesçai avec reconnaissance.

Mina comme d'habitude partit pour l'école à dos de Pochiko, tandis que moi et ma tante, à pied bien sûr, partions pour le collège. L'école primaire et le collège se trouvaient totalement à l'opposé.

Le collège Y se dressait dans un endroit encore plus élevé et éloigné de la mer. Dire que le chemin de l'école était en pente aurait été insuffisant, c'était pratiquement un sentier de randonnée. Le murmure de la Koza était perceptible à travers les taillis. Nous étions essoufflées et bientôt nous transpirâmes légèrement, l'étole de ma tante glissa et faillit tomber.

Ce fut encore pire pour moi, mon soutien-gorge, contrairement à son col de vison, remontait à chaque pas. Lorsque nous arrivâmes à l'entrée de l'école, il avait fini par remonter au-dessus de mes mamelons et ne remplissait plus sa fonction.

Le collège se trouvait dans un paysage beaucoup plus calme que je ne l'avais imaginé, et ne dégageait pas une impression citadine. La montagne arrivait juste derrière le bâtiment, on ne percevait pas la présence d'habitations plus haut, il n'y avait qu'un fouillis d'arbres. Il n'était pas tellement différent de celui d'Okayama planté au milieu des rizières.

J'avais été admise dans la classe numéro deux de première année. En regardant les élèves autour de moi, je me rendis compte que je n'avais pas particulièrement l'air d'une campagnarde. C'était le plus gros sujet d'inquiétude de ma mère, mais comme me l'avait dit madame Yoneda, il ne semblait pas nécessaire de s'inquiéter. De plus, les garçons n'étaient pas très reluisants, et malheureusement je n'en remarquai aucun d'intéressant au premier coup d'œil. Le responsable de la classe était notre professeur de sciences sociales, de petite taille, qui sortait tout juste de l'université.

— Ta maison, elle est où ? me demanda avec l'accent chantant du Kansai la fille assise à côté de moi, avant le début de la cérémonie.

Je lui dis mon adresse.

— Hmm. Alors, c'est près de la maison à l'hippopotame ?

— Oui. C'est là.

— Hé… s'exclama-t-elle en me regardant avec des yeux débordant de curiosité comme si j'en étais un moi-même. Mais tu n'as pas le même nom, ajouta-t-elle en désignant mon badge.

J'ai pensé que les ennuis commençaient. A ce moment-là, le sous-directeur déclara solennellement l'ouverture de la cérémonie et le gymnase redevint silencieux. Soulagée, je n'oubliai pas d'approcher mon visage de son oreille pour lui chuchoter :

— Pas un hippopotame. Un hippopotame nain. De l'ordre des artiodactyles, famille des hippopotames, genre hippopotame nain.

Pendant la cérémonie, ma tante se comporta d'une manière parfaite. Elle avait remonté son étole de vison sur ses épaules, et la main gauche posée à l'endroit où les deux extrémités se rejoignaient faisait miroiter avec élégance sa barrette de saphirs. Des pétales de cerisiers venus se poser dessus en voltigeant lui apportaient une touche supplémentaire. Le sourire aux lèvres, aucune ombre dans le regard, elle ne se départait pas de son attitude élégante, même assise sur une chaise tubulaire. Son rouge à lèvres de couleur claire lui allait à merveille, et sa robe de tissu souple faisait ressortir avec encore plus de charme le contour de son corps gracile.

Cette impression, lorsqu'elle allumait une cigarette l'air de ne pas savoir comment s'excuser ou portait à sa bouche, tête baissée, son verre de whisky, était habilement dissimulée quelque part.

Notre vie scolaire ayant recommencé, Mina et moi retrouvâmes notre rythme. En rentrant de l'école, nous prenions notre goûter avant de faire nos devoirs. Dans la soirée, nous écoutions "Les bases de l'anglais", le cours à la radio du professeur Marsha Krakower, puis nous aidions madame Yoneda ou monsieur Kobayashi. Pour les petits travaux, comme éplucher les carottes ou donner à manger à Pochiko. La tâche réservée à Mina était d'allumer avec une allumette le chauffe-eau au gaz de la salle de bains. On lui avait semble-t-il confié cette responsabilité bien avant mon arrivée. Après dîner, nous prenions le bain ensemble puis nous nous couchions, tombant de sommeil, chacune dans son lit.

Au fur et à mesure que les journées devenaient régulières, mon mal du pays se calmait peu à peu. Le matin j'étais en général d'excellente humeur. J'aimais tout particulièrement, en ces jours de beau temps printanier, l'instant où le soleil matinal passant à travers les rideaux me réveillait. Les chaussures d'intérieur restées telles que je les avais laissées la veille, le sol couleur caramel blond, les motifs du papier peint, la lampe électrique en forme de lampe à pétrole, l'imposant bureau qui me donnait l'impression de devenir intelligente dès que j'y prenais place, j'aimais regarder de mon lit toutes ces choses sortir peu à peu de la pénombre.

Quand j'ouvrais les rideaux, le bout du jardin brillait de rosée, et à la limite du ciel au lointain, j'apercevais l'étendue de la mer. Pochiko devait être encore en train de rêver sur sa litière au creux du tertre. Seuls les petits oiseaux gazouillant avec vivacité buvaient au bord du bassin. Je sentais la présence de madame Yoneda en train de préparer le petit déjeuner à l'étage au-dessous. J'entendais aussi s'arrêter devant la porte de service la camionnette de la boulangerie B qui livrait les baguettes chaque matin. Ce bruit suffisait à me donner l'impression que flottait alentour la bonne odeur de pain frais. Le soleil matinal paraissait bénir le monde avec égalité.

Mais la nuit c'était dangereux. Le soleil se couchait, les lumières s'allumaient dans l'ordre sous le porche d'entrée, dans la cuisine, sur le palier, dans le jardin puis un peu partout dans la maison, et au moment où les ténèbres arrivaient à mes pieds, la bénédiction se transformait en malédiction. Alors que Mina, grand-mère Rosa et les autres étaient protégés par l'endroit qui leur était en principe réservé, j'avais l'impression d'être la seule à avoir été mise de côté quelque part. Les ténèbres m'avaient choisie, moi seule au monde, pour s'infiltrer en mon cœur.

Le pire c'était Pochiko la nuit. En tant qu'animal nocturne, dès qu'il faisait noir, son champ d'activité devenait plus étendu que dans la journée, elle se promenait autour des massifs, et la tête posée sur le banc sous la treille de glycine, elle contemplait le paysage nocturne, se roulait sur la pelouse. Le repas que monsieur Kobayashi lui avait apporté semblait ne pas lui suffire, car la tête plongée dans les buissons ou les bosquets, elle ne cessait de mâchouiller. De temps à autre elle entrait dans le bassin et nageait en surface avec une tranquillité inimaginable compte tenu de l'importance de son corps.

En contemplant ainsi Pochiko de la fenêtre de ma chambre, je ne sais pourquoi j'étais en proie à une tristesse insupportable. Son comportement que dans la journée je ne pouvais faire autrement que de trouver comique revêtait, dès lors qu'il faisait noir, une signification différente. Nul doute qu'en marchant ainsi à l'aventure dans le jardin, Pochiko à travers son souffle nous débarrassait de cette tristesse que nous ne pouvions confier à personne. A moins qu'elle ne cherchât à la dissoudre dans l'eau de son bassin. Après le départ de monsieur Kobayashi. Discrètement, à la faveur de la nuit, pour éviter qu'aucun d'entre nous ne s'en aperçoive.

De toute la maisonnée, j'étais la seule à me faire ainsi du souci pour Pochiko. Je finissais par croire que personne d'autre ne pouvait comprendre le fond de son cœur. Son derrière qui se découpait en vert sombre sur l'obscurité témoignait de ma tristesse ajoutée à la sienne.

Les lettres de ma mère constituaient le meilleur remède à mon vague à l'âme. Lorsque madame Yoneda en trouvait une dans la boîte aux lettres, elle laissait tout en plan pour m'appeler d'une voix forte.

— Mademoiselle Tomoko. Une lettre de votre maman…

En entendant sa voix, tout le monde se rassemblait autour de moi pour se réjouir de l'arrivée de cette lettre.

— Elle ne serait pas un peu plus épaisse que celle de la dernière fois ?

Les observations de Mina étaient toujours pertinentes.

— La maman de Tomoko a une belle écriture. Ces kanjis-là, maintenant je peux les lire. Deux lunes l'une à côté de l'autre, Tomoko.

Grand-mère Rosa avait mis ses lunettes pour jeter un coup d'œil à l'adresse sur l'enveloppe.

— Vous lui répondez, n'est-ce pas ? Vous devez rassurer votre maman. Causer des inquiétudes à ses parents est la pire des ingratitudes envers eux.

Madame Yoneda n'oubliait jamais les sermons.

— Quand tout le monde est à côté, on ne peut pas lire tranquillement. Laissons Tomoko toute seule, disait ma tante.

Je compris pourquoi ils montraient tant d'intérêt pour les lettres qui arrivaient pour quelqu'un le jour où madame Yoneda entra dans la salle de séjour en disant :

— Une lettre de la part de monsieur Ryuichi.

Les lettres venant de Ryuichi, le frère aîné de Mina qui poursuivait ses études en Suisse, leur apportaient un bonheur incomparable. Comme un coup de vent frais qui aurait secoué la maison sur la colline. Grand-mère Rosa arrivait en tapant avec sa canne sur un rythme plus rapide que d'habitude, ma tante écrasait aussitôt sa cigarette, et même monsieur Kobayashi qui aurait dû se trouver dans le jardin à faire de menus travaux se précipitait en courant. Le destinataire étant toujours grand-mère Rosa, le droit d'ouvrir l'enveloppe lui revenait d'office.

— Dis, ouvre-la vite, la pressait Mina qui n'en pouvait plus d'impatience, mais grand-mère Rosa, pour savourer au maximum tout ce qui accompagnait la lettre, suivait du doigt l'adresse, observait l'estampille, déposait un baiser sur la partie encollée du rabat.

Alors seulement, avec des gestes incertains, elle déchirait l'enveloppe sans utiliser de ciseaux. Je me demandais avec inquiétude s'il était possible de déchirer ainsi l'enveloppe d'une lettre aussi précieuse, mais tout le monde avait déjà en tête le contenu et ne semblait pas y prêter attention.

A l'intérieur il n'y avait pas que la lettre destinée à grand-mère Rosa, chacun avait la sienne : ma tante, Mina, madame Yoneda, monsieur Kobayashi. Ils la prenaient alors des mains de grand-mère et la lisaient aussitôt sur place, restant debout. Certains étouffaient un rire, d'autres hochaient la tête d'un air entendu. Quelqu'un disait : dans la mienne il est écrit ceci et se mettait à lire, déclenchant une véritable compétition : dans la mienne ceci, dans la mienne cela, etc. Et les lectures à haute voix se succédaient. Chacun allait alors s'asseoir à sa place préférée sur le sofa, et prêtait l'oreille.

Ils étaient de ceux qui tiennent pour essentiel la joie de recevoir une lettre. Ils étaient de ceux qui pouvaient la partager. Mais je m'étais aperçue de quelque chose. Dans l'enveloppe air mail de Ryuichi, il n'y avait aucune lettre adressée à mon oncle.

10

En rentrant de l'école, au moment où je descendais la dernière pente, je ne me lassais jamais de voir se dessiner peu à peu entre les arbres la silhouette de la maison. Apparaissaient d'abord les deux clochetons, et bientôt le contour du toit bien proportionné. Les tuiles orange légèrement rebondies et la couleur crème des murs décoraient d'un merveilleux assortiment de couleurs les trouées dans la verdure. Même si l'angle d'observation changeait en suivant la courbe du chemin, l'équilibre n'en était pas pour autant perturbé. On ne voyait pas la totalité de la résidence, seulement apparaître et disparaître les fenêtres semi-circulaires, la rambarde de la véranda ou les persiennes, qui transmettaient l'existence en ce lieu de quelque chose de vaste. Etait dissimulée la grâce faisant qu'il était impensable que des gens y vivent.

Bien sûr, à l'intérieur, la résidence était comme à l'extérieur. Debout dans l'entrée, mon cartable à la main, je levais souvent un regard admiratif vers le plafond du hall. La surprise lorsque j'y étais entrée pour la première fois amenée par mon oncle était toujours là. Je n'étais pas encore habituée au lustre qui pendait du plafond, à l'escalier dont la courbe se perdait dans les hauteurs ni au vitrail incrusté dans la porte du salon.

Mon cœur était ébranlé chaque fois que je me tenais là.

Collégienne, je ne savais pas très bien, mais les objets d'art et d'artisanat exposés dans la résidence étaient tous de première catégorie. La plupart avaient été rassemblés par le grand-père de Mina, ils n'étaient pas alignés fièrement sans aucune règle comme à la parade, mais positionnés en retrait, l'objet correspondant parfaitement à l'endroit où il se trouvait.

Non seulement le ménage des dix-sept pièces était confié à des professionnels, mais madame Yoneda qui aimait que ce soit propre frottait dans les coins, si bien que la maison était toujours étincelante. Quand je laissais traîner quelque chose, cela n'échappait pas à son regard et je me faisais réprimander. Ma tenue de gymnastique sale, les photocopies de l'école, les bouteilles de Fressy vides, il me fallait aussitôt tout remettre en place.

Le seule exception, c'étaient les livres. Même si un livre ouvert était retourné sur la table du solarium, madame Yoneda ne prenait jamais sur elle de le ranger. De l'autre côté des pages se dissimulait un monde inconnu, et le livre retourné en constituait la porte d'entrée, si bien qu'elle ne pouvait pas le manipuler à tort et à travers. Afin que Mina ne s'égare pas. C'est ce que pensait madame Yoneda.

Plus que n'importe quelles précieuses sculptures ou poteries, dans la maison d'Ashiya les livres étaient considérés comme importants. De manière à pouvoir mettre la main dessus dès que l'on y pensait, il y avait des bibliothèques dans toutes les pièces et même les enfants pouvaient librement prendre des livres pour adultes. Les manuels spécialisés de pharmacie en langue allemande, les albums de Mina ou les suppléments de "L'Ami du foyer" de madame Yoneda, tous étaient traités équitablement, d'une manière impartiale.

Dans la maison d'Okayama, il n'y avait pas une seule étagère à livres, et comme les seuls imprimés à portée de main se limitaient aux magazines de mode ou patrons de couture que ma mère utilisait pour son travail, au début j'avais été impressionnée de voir autant de volumes ailleurs que dans une bibliothèque. Je m'étais même demandé avec suspicion si une telle quantité de livres était vraiment nécessaire pour une famille.

Mais j'ai changé aussitôt d'avis. Sur les murs des pièces, les livres s'alignaient presque jusqu'au plafond. Ils se tenaient là, tranquilles, sans manifester leur présence par des cris, sans arborer non plus de décorations voyantes. Même si de l'extérieur ils ne ressemblaient à rien d'autre qu'à des boîtes carrées, il en émanait une beauté égale à celle générée par les sculptures ou les poteries. Alors que la signification des mots gravés page après page était profonde au point de ne pas pouvoir en réalité tenir dans cette boîte, n'en laissant rien paraître, ils attendaient patiemment d'être ouverts par quelqu'un. J'en vins à ressentir du respect pour leur persévérance.

Bientôt, Mina entrait dans la pièce. Lèvres serrées, sans ciller, elle parcourait du regard le dos des livres. Elle allait et venait devant les rayonnages dans le bruit sec des boîtes d'allumettes qui s'entrechoquaient dans ses poches, et bientôt trouvait un livre. Sans se soucier de son chemisier qui sortait de sa jupe, elle s'étirait au maximum, tirait sur le livre qu'elle cherchait à atteindre, le serrait entre ses bras si fins. Allongée sur le sofa, un coussin sur la poitrine, elle ouvrait son livre et partait pour un lointain voyage.

Le lundi matin 17 avril, en découvrant la première page du journal posé sur la table de la salle à manger, Mina poussa un grand cri.

— Monsieur Kawabata Yasunari s'est suicidé.

Elle avait seulement lu à haute voix le gros titre, mais presque dans un cri de douleur.

— Au gaz, sur son lieu de travail. Pour raison de santé ? avait-elle ensuite lu le sous-titre. Cette fois-ci comme si elle s'en prenait à quelqu'un.

— Eh bien, mais que s'est-il passé ? Une personne si importante, qui a reçu le prix Nobel… intervint madame Yoneda, manifestement peinée, en posant sur la table le beurre et la confiture.

— Oui c'est vrai, murmura ma tante qui laissa tomber dans son thé une rondelle de citron.

Mina avait ouvert le journal et elle se mit à lire l'article :

— "Le prix Nobel de littérature, monsieur Kawabata Yasunari, entre parenthèses soixante-douze ans, s'est suicidé la nuit du 16 en portant un tuyau de gaz à sa bouche, sur son lieu de travail, au troisième étage du Marina Mansion à Zushi. On n'a pas découvert de testament, et beaucoup de gens de son entourage restent pensifs à l'idée de la cause de ce suicide, mais on dit que depuis son opération de l'appendicite le mois dernier, sa santé laissait à désirer…"

Tout le monde était à sa place, à l'écoute de la lecture de Mina. Grand-mère Rosa avait joint les mains sur sa poitrine, madame Yoneda tartinait avec ardeur des morceaux de baguette avec de la confiture de fraises, ma tante brassait son thé.

Le soleil matinal qui entrait par les fenêtres orientées à l'est éclairait le profil de Mina. Elle n'avait pas buté une seule fois et lisait correctement tous les caractères chinois, même les plus difficiles.

— "… Le corps a été transféré au cours de la nuit, aux premières heures du 17, dans sa maison de Kamakura où l'ont accueilli sa famille, sa gouvernante et les gens du voisinage."

Lorsque Mina eut terminé sa lecture, tout le monde laissa échapper un soupir de tristesse.

— Ce monsieur Kawabata Yasunari, c'est un ami de la famille ? questionnai-je à la cantonade.

— Non, répondit grand-mère Rosa en décroisant ses mains.

— C'est que vous avez toutes tellement l'air sous le choc…

— Ce n'est pas une connaissance. Nous ne l'avons jamais rencontré. Mais monsieur Kawabata, c'est un écrivain, n'est-ce pas ? Quelqu'un qui écrit des livres. Même ici, il y a des livres de monsieur Kawabata. Ce n'est pas une connaissance, mais nous avons un lien. Monsieur Kawabata a écrit des livres, qui sont ici. Ces livres, tout le monde les lit. C'est pourquoi nous sommes tristes.

Mina replia soigneusement le journal et le posa sur la table. Elles sont toutes restées un moment tête basse, comme si elles respectaient une minute de silence, les yeux baissés sur leur assiette, sans se préoccuper des œufs au bacon qui y refroidissaient.

— Mourir en mettant un tuyau de gaz dans sa bouche, je me demande ce que ça fait ? dit Mina, qui portait le sac de chanvre contenant les granulés.

Ce jour-là, après notre retour de l'école, nous aidions monsieur Kobayashi pour nourrir Pochiko.

— Ça…

Mina posait souvent des questions auxquelles il était difficile de répondre. Puisque j'étais son aînée, je voulais lui offrir de bonnes réponses qui puissent lui faire plaisir, mais ça n'allait jamais comme je le voulais.

— Les tuyaux de gaz, ils sont en caoutchouc, alors je crois que ça ne doit pas être agréable sur la langue. A l'origine, ils ne sont pas faits pour être introduits dans la bouche, et ça devait sentir aussi.

J'ai sorti trois briques d'herbe compactée de la cabane. Pochiko qui s'agitait depuis un certain temps tournicotait autour de nous.

— Allons, attends un peu.

Mina, repoussant Pochiko qui tentait d'approcher son nez de l'herbe sèche, pesa sur la balance exactement deux kilos et demi de granulé.

— Je me demande la raison de sa mort.

Elle ne protestait pas, paraissait seulement sonder le doute qui l'étreignait. Pochiko attendait en bavant la permission de manger, en faisant aller ses yeux alternativement sur sa pâture et nous.

— Les histoires qu'il a écrites sont devenues des livres qui se trouvent dans les librairies et les bibliothèques non seulement du Japon mais du monde entier. Dans une bibliothèque d'une ville où il n'a jamais mis les pieds, quelqu'un qui ne le connaît pas ouvre un de ses livres. Mourir alors qu'une chose aussi merveilleuse s'est passée pour lui, je me demande ce qui lui a pris.

Mina tapa une fois dans ses mains. C'était le signal : Pochiko fourra le bout de son nez dans l'herbe sèche pour défaire la brique, et à coups de langue commença à manger. Alors qu'il n'y avait personne à proximité pour lui voler sa nourriture, elle ne cessait de manger sans se laisser distraire.

Une nouvelle qui chagrina Mina encore plus arriva le lendemain dans la soirée. C'était un petit article dans le journal du soir qu'on aurait pu par inadvertance ne pas voir. "Un vieillard solitaire se suicide à son tour à l'exemple de monsieur Kawabata."

A la table du dîner, en pensant aux livres du grand écrivain qui devaient se trouver dans sa bibliothèque, nous avons observé encore une fois une minute de silence pour ce vieil homme solitaire, comme nous l'avions fait pour monsieur Kawabata.

11

J'ai commencé à fréquenter la bibliothèque municipale d'Ashiya après le suicide de Kawabata Yasunari.

— J'ai quelque chose à te demander, commença Mina un samedi après-midi, tu ne voudrais pas aller me chercher des livres à la bibliothèque ?

La bibliothèque d'Ashiya, qui se trouvait au nord de la gare d'Uchide d'où partaient les trains de la ligne Hanshin, était à dix minutes à peine de la maison en voiture, mais pour elle qui souffrait terriblement du mal des transports, c'était une distance difficilement supportable. Le permis de Pochiko n'était valable que pour le chemin de l'école, si bien qu'elle ne pouvait pas s'y rendre sur son dos, et jusqu'alors, en cas de besoin, elle demandait à monsieur Kobayashi d'y aller à sa place.

— Il est très occupé avec le travail du jardin, ça le dérange d'aller exprès jusque là-bas, et puis à son âge, je crois qu'il a un peu honte de demander "Anne of Green Gables" ou "Pollyanna". Bien sûr, monsieur Kobayashi ne le dit pas, mais je suis sûre que si tu voulais bien y aller à sa place, il serait soulagé.

— Bien sûr que oui, mais avec tous les livres qu'il y a déjà dans cette maison, est-ce vraiment nécessaire d'aller en emprunter d'autres ailleurs ?

Elle répondit à ma question, les yeux écarquillés par la surprise :

— Mais, des livres, il y en a tellement dans le monde qu'il est impossible de les lire tous !

— Bon, alors qu'est-ce qu'il faut que j'emprunte ?

— Yasunari Kawabata.

— Grand-mère Rosa a bien dit qu'il y en avait à la maison ?

— Oui, "La Danseuse d'Izu", "Pays de neige" ou "Kyoto". Je les ai déjà lus. Alors rapporte-moi d'autres titres que ceux-là.

— Par exemple ?

— Ceux que tu trouves intéressants. C'est ce qu'il y a de mieux.

— Eh.

Je ne savais plus quoi dire. Non seulement je n'avais jamais lu Kawabata, mais je n'étais même pas sûre d'avoir lu un seul roman de bout en bout. Ce n'était peut-être pas une bonne chose, maintenant que j'étais au collège, de n'avoir lu aucune œuvre de cet auteur qui avait été le premier Japonais à obtenir le prix Nobel de littérature. J'étais un peu affolée. Il ne me restait plus qu'à dissimuler :

— Bon, alors je vais voir.

L'autobus que je pris à l'arrêt du pont Kaimori longea l'allée de cerisiers dont les fleurs étaient tombées, traversa le passage à niveau puis emprunta une route qui traversait un quartier résidentiel en stoppant à plusieurs arrêts. Cela prit plus de temps que je ne le pensais, mais j'étais contente de découvrir à travers la vitre ces endroits inconnus. Pour être franche, la joie de me voir confier la tâche d'aller à la bibliothèque était plus importante pour moi que la honte de ne pas connaître les romans de Kawabata. Depuis mon arrivée à Ashiya, je voulais me rendre utile aux gens de cette maison. La nuit où Mina avait eu sa crise, chacun avait rempli un rôle important, et j'avais été la seule à ne rien pouvoir faire. Depuis, je n'avais cessé d'espérer que vienne le moment où l'on penserait à mon sujet : "Heureusement que Tomoko est là." Alors, c'était bien pour moi d'aller à la bibliothèque emprunter des livres à sa place.

La bibliothèque, qui se trouvait en face du sanctuaire d'Uchideten, était une solide bâtisse de pierre. Elle était entourée de beaux arbres, les murs étaient couverts de plantes grimpantes et la vieille porte d'entrée à double battant était sculptée de motifs de style chinois. A l'intérieur, il faisait frais comme si le froid de la pierre s'y était accumulé, et les hauts rayonnages alignés à intervalles réguliers plongeaient les recoins des passages dans la pénombre. Il s'en dégageait une impression différente de celle de la salle de lecture de mon école ou du coin réservé aux enfants de la bibliothèque d'Okayama. C'était plus adulte et il en émanait beaucoup plus de dignité.

— Euh, je voudrais une carte de prêt, ai-je demandé à l'homme qui se trouvait à l'accueil.

— C'est la première fois que vous venez ?

Contrairement aux autres bibliothécaires, il était le seul à être habillé décontracté, avec un pull à col roulé blanc, je l'appelai aussitôt en moi-même monsieur Tokkuri, le col roulé.

— Oui.

— Vous avez votre carte scolaire ?

— Oui, la voici.

Je lui montrai la carte tout juste reçue de l'école.

— C'est bon. Alors vous allez remplir au crayon de bois les rubriques de ce formulaire.

Il était grand et maigre, et chaque fois qu'il penchait la tête, ses longs cheveux retombaient sur son front. Il était jeune, on aurait dit un étudiant, mais il faisait son travail avec tant de calme qu'il donnait l'impression de travailler depuis longtemps à la bibliothèque. Il manipulait les livres avec soin, mais sans perdre de temps, et sa voix douce et posée ne troublait pas le calme ambiant.

— Vous avez des livres de Yasunari Kawabata ? questionnai-je.

— Bien sûr, me répondit monsieur Tokkuri en relevant la tête, à côté du rayon numéro huit, nous avons fait un coin spécial dédié à sa mémoire. Vous n'avez qu'à chercher dedans. Quand même, c'est une triste nouvelle, n'est-ce pas ?

— Oui.

Nous regardions tous les deux en direction du rayon numéro huit.

— Quels sont les titres intéressants selon vous ?

— C'est bien, dites donc, de lire Kawabata quand on est au collège.

Il esquissa un sourire bienveillant.

— Non.

Je secouai précipitamment la tête, mais ayant l'impression que si j'expliquais que ce n'était pas pour moi, ce serait au contraire comme de faire fi de sa bienveillance, je fus incapable de lui dire la vérité.

— Que diriez-vous de "La Danseuse d'Izu" ?

— Ah, c'est déjà lu.

— Oh.

Il avait l'air émerveillé. Je me dis que dans ces conditions je pouvais encore moins le décevoir.

— Et aussi "Pays de neige" et "Kyoto"...

Je me disais intérieurement que je ne mentais pas, que je me contentais d'omettre le sujet.

— C'est extraordinaire.

Embarrassée d'être félicitée ainsi du seul fait de lire des livres, je baissais la tête. Et bien sûr, je savais que c'était Mina qu'il fallait féliciter en réalité.

— Et "Les Belles Endormies" ? proposa-t-il en posant les mains sur le comptoir et en penchant la tête vers moi.

"… Belles…" Le mot se répercutait dans ma tête. J'étais troublée comme si le sympathique bibliothécaire qui se tenait devant moi venait de m'avouer qu'il me trouvait jolie.

— Pas encore.

— Alors je vous le recommande. Je pense que ce roman vous conviendra tout à fait.

C'était vrai. Le titre des "Belles Endormies" convenait parfaitement à Mina. Peut-être que ce jeune homme qui se trouvait devant moi avait tout deviné. N'avait-il pas découvert que je n'étais qu'une messagère et que la véritable belle qui voulait un livre de Kawabata attendait dans une maison de style occidental sur la colline ? Sinon, il ne m'aurait certainement pas recommandé ce livre. Cette pensée m'étant venue à l'esprit, elle se mit à tourbillonner dans ma tête, me troublant de plus en plus.

— Tenez, voici votre carte de prêt. Faites-y bien attention, me dit-il en me tendant ma carte qui venait d'être faite.

Il me la donna avec précaution, comme s'il me montrait un modèle. Le bout de ses doigts qui me frôlèrent était glacé.

— Oui, bien sûr, lui répondis-je.

Conformément à ma promesse faite ce jour-là au bibliothécaire, j'ai conservé précieusement la carte de prêt de la bibliothèque d'Ashiya, et je l'ai encore aujourd'hui, plus de trente ans après. Elle a jauni, elle est écornée, mais les titres des livres que j'y ai empruntés, c'est-à-dire de ceux que Mina a lus, ne se sont pas effacés et y sont toujours inscrits. Les suivre dans l'ordre l'un après l'autre à partir des "Belles Endormies" me rappelle les différentes scènes de ma vie d'alors avec elle. Le jeune bibliothécaire à qui j'avais donné en secret le nom de monsieur Tokkuri, et les conversations que nous avons eues de part et d'autre du comptoir de prêt me reviennent également à la mémoire. "Le Roi Arthur et les Chevaliers de la table ronde", "Le Meurtre de Roger Ackroyd", "Franny and Zooey", "La Métamorphose", "La Véritable Histoire de A. Q."… Alors que ce ne sont que de simples titres, ils ressemblent à des cachets attestant de la constance de mes souvenirs. Je sors cette carte de prêt à tout moment, lorsque l'envie me prend de voir Mina.

Mina m'attendait avec impatience, assise sur la banquette du hall d'entrée. Elle courut vers moi et m'assaillit de questions :

— Ça a marché ? Tu t'es pas perdue en chemin ? Tu as compris tout de suite comment on emprunte les livres ?

— Oui, ça s'est bien passé. Tiens.

Je lui tendis "Les Belles Endormies". Elle serra aussitôt le livre sur son cœur et me montra une reconnaissance disproportionnée par rapport à la peine que j'avais prise. Comme je l'avais prévu, "Les Belles Endormies", serrées sur son cœur, lui convenaient à merveille.

En attendant, j'ai gardé le silence au sujet de monsieur Tokkuri.

12

Dans la maison d'Ashiya, lorsque quelque chose était cassé, avant de téléphoner au réparateur, on avait l'habitude de le porter d'abord dans le bureau de mon oncle. Grand-mère Rosa avait déposé sur la table son collier de perles au fermoir détraqué, madame Yoneda un mixeur dont le contact ne fonctionnait plus, et Mina un porte-mine au ressort sauté. On n'y ajoutait pas de mot, on ne mettait pas l'objet dans un sac, on se contentait de le déposer délicatement, en l'absence de son propriétaire, au milieu de sa table qu'il avait bien rangée avant de quitter son bureau. Avec la certitude de celui qui est persuadé qu'en faisant ainsi, les choses cassées reviendraient tout naturellement à leur état d'origine.

Comme on pouvait le deviner à la manière dont il avait transformé Pochiko en moyen de transport, mon oncle avait une dextérité supérieure à celle des meilleurs bijoutiers, électriciens ou papetiers. Il réparait très facilement et avec joie toutes sortes de choses. Il suffisait qu'il y apporte sa petite touche personnelle pour que tout ce qui n'allait pas jusqu'alors retrouve dans l'instant sa silhouette d'origine. Les fils coupés étaient reliés, les roues dentées s'engrenaient à merveille, les pièces détachées entraient là où elles devaient se trouver.

Le problème était que personne ne savait quand il revenait. S'il ne rentrait pas, tout cela restait indéfiniment en l'état sur son bureau.

Mais personne ne s'impatientait. Même si le mixeur ne marchait pas, ce n'était pas trop gênant pour les préparatifs du repas. Tout le monde attendait calmement. Les choses cassées attendaient patiemment sur la table.

Dans la mesure où le bureau se trouvait à l'étage, juste en face de l'arrivée de l'escalier, lorsque par exemple l'équipe de nettoyage était là, on pouvait souvent jeter un coup d'œil à l'intérieur par la porte large ouverte. Dans ces moments-là, je ne pouvais pas m'empêcher de m'arrêter. J'observais alors, sur le solide bureau en acajou posé le dos à la fenêtre et qui recevait bien le soleil, le nombre de choses cassées qui augmentait peu à peu devant mes yeux.

Mon oncle est revenu le 29 avril, dans la soirée du premier jour de la golden week. Personne semble-t-il ne s'en était douté et, lorsque le carillon de l'entrée ayant résonné pompeusement, il est apparu dans le séjour, nous avons tous poussé un cri de surprise.

Il était toujours vêtu avec autant d'élégance jusque dans les plus infimes détails, de son col de chemise à ses boutons de manchettes, le visage illuminé de son sourire ravi. Même si c'était un jour de fête, nous ne faisions rien de particulier, et il nous fit l'effet d'une étoile filante tombant inopinément dans un lieu où nous vivions paisibles.

— Comment vont mes princesses ? dit-il en embrassant grand-mère Rosa, madame Yoneda, Mina, et même moi.

Je n'avais jamais salué ainsi à l'occidentale, d'un baiser sur la joue, et je fus la seule à me sentir mal à l'aise, empotée et honteuse. Mina, prenant aussitôt position aux côtés de son père, entreprit de lui raconter les petits faits de la maison et de l'école. Ma tante, qui se trouvait à l'étage, arriva alors, et les deux plus importants, ces deux-là qui en réalité auraient dû s'embrasser, se contentèrent d'échanger un regard accompagné d'un signe discret, comme s'ils ne voulaient pas interrompre l'histoire pour laquelle Mina se passionnait.

Aah avec ça, ai-je pensé, ce n'est plus la peine de s'inquiéter du débordement des choses cassées sur le bureau.

Mon oncle n'était pas revenu seul. Il avait amené avec lui deux chefs cuisiniers et trois garçons de l'hôtel des monts Rokko.

Ils saluèrent grand-mère Rosa d'une manière on ne peut plus polie.

— Il y a longtemps que nous nous sommes vus, madame Mère. Vous paraissez en parfaite santé, c'est là l'important.

— Aujourd'hui, nous allons préparer pour vous le menu que vous avez bien voulu commander à notre hôtel à l'occasion de la soirée de ce jour de 1956 où vous avez fêté, vous et le président de la précédente génération, votre quarantième anniversaire de mariage.

— Eh bien, mais c'était deux ans avant que grand-papa ne meure. Un menu datant de si longtemps, personne ne s'en souvient.

— Mais bien sûr que si, madame mère. Nous nous en souvenons parfaitement.

Les deux chefs et les garçons s'inclinèrent à nouveau profondément.

La maison avait été cliente de l'hôtel des monts Rokko dès son ouverture. Surtout quand le grand-père était en vie et qu'il l'utilisait pour un oui pour un non, en résidence estivale, pour des soirées dansantes, des réceptions de clients, des fêtes familiales. Mais après sa mort, depuis que grand-mère Rosa souffrait des jambes, cela avait cessé.

Je n'avais aucune idée de ce qui allait avoir lieu, seul le pressentiment qu'il allait se passer quelque chose de vertigineux me submergea.

— Dis, pourquoi les gens de l'hôtel sont là ? demandai-je à Mina.

— Grand-maman aime beaucoup les repas occidentaux de l'hôtel des monts Rokko. Alors de temps en temps on en fait préparer un à la maison.

— Exprès ?

— Oui.

— Seulement pour nous ?

— C'est ça.

Les réponses de Mina étaient laconiques.

Comme d'habitude, l'objet de notre excitation était différent. Sans un regard pour les gens de l'hôtel, Mina n'avait de passion que pour son papa.

— Tu veux bien jeter un coup d'œil à Pochiko ? Ces temps-ci, comme elle avait tendance à grossir, on a changé pour des granulés basses calories, lui dit-elle en le tirant par le bras, et ils disparurent au jardin par la terrasse.

Tout en faisant attention à ne pas déranger, je faisais des allées et venues entre la cuisine et la salle à manger pour observer la manière de travailler du personnel hôtelier. Ils se déplaçaient en silence. Ils connaissaient tout du mécanisme de la maison, sachant jusque dans quel tiroir se trouvait quoi, chacun de leurs gestes étant judicieux. Ils recouvrirent la table d'une nappe immaculée, la décorèrent de fleurs, mirent des bougies dans le chandelier. Piquèrent le rôti avec un couteau, saupoudrèrent d'épices le contenu d'une marmite avant de mélanger, goûtèrent une sauce avec le petit doigt.

La seule qui comme moi ne tenait pas en place était madame Yoneda.

— Aujourd'hui vous n'aurez rien à faire, l'avait prévenue mon oncle, mais ses habitudes étaient sans doute bien ancrées, car inconsciemment, elle voulait plier les serviettes ou placer les assiettes. Chaque fois les garçons lui disaient :

— Laissez, nous allons le faire, si bien qu'elle n'avait plus qu'à se retirer.

Dès qu'ils y touchaient, les choses familières prenaient un air guindé. L'évier en inoxydable comme le plan de travail en marbre étincelaient sous les gouttes d'eau, et même la louche que madame Yoneda utilisait habituellement prenait l'allure d'un objet remplissant un rôle secret.

— Euh, c'est quoi, ça ? demandai-je à un garçon, ne pouvant réfréner ma curiosité.

— Ce sont des anneaux de serviettes. Gravés au nom de vous tous.

— Vous les avez fait graver exprès pour aujourd'hui ?

— Non. Dans notre hôtel, nous conservons les anneaux de serviette de nos clients habituels.

En argent, ces anneaux étaient relativement lourds par rapport à leur dimension. Les noms y étaient bien gravés avec la marque de l'hôtel. "Rosa", "Toshi", "Ken Erich", "Hiromi", "Mina".

A ce moment-là, je sus pour la première fois que madame Yoneda s'appelait Toshi. Alors que ceux de grand-mère Rosa et madame Yoneda avaient une apparence tranquille, celui de Mina était étincelant. Le garçon, ayant plié la serviette en forme de papillon, la glissa dans l'anneau avant de la poser sur la table.

— Ne soyez pas inquiète.

Le garçon qui jusqu'alors, l'air docile, se concentrait sur son travail, me regarda et me fit un clin d'œil.

— Parce qu'il y en a aussi un pour vous.

L'anneau, le plus neuf de tous, n'avait aucune éraflure. J'avais l'impression que si je l'effleurais là où Tomoko était gravé, de la poussière d'argent adhérerait à mon doigt.

— Nous avons reçu à l'avance les instructions du directeur.

Le garçon s'appliqua encore plus à plier ma serviette.

Les préparatifs étaient terminés. Le soleil s'était couché, à l'extérieur il faisait noir. Sur la table, toutes sortes de couteaux et de fourchettes, des grandes et des petites assiettes dans lesquelles rien n'était encore servi, des verres de toutes formes étaient disposés sur la nappe blanche sans le moindre espace vacant. Tous élégamment vêtus, cheveux peignés, nous nous sommes assis sur les chaises, le dos bien droit. Même madame Yoneda portait une robe en soie bleu clair que je ne lui avais jamais vue. Tout au bout, à l'endroit resté vide si longtemps, mon oncle était lui aussi assis. La porte donnant sur la cuisine était fermée, et l'on ne voyait pas le chef, mais une tiède odeur de cuisine flottait jusqu'à nous. Les trois garçons se tenaient l'un à côté de l'autre dans un coin de la salle à manger, prêts à intervenir à tout moment.

Mon oncle éteignit la lumière. Interrompant le garçon qui s'apprêtait à allumer les bougies, il lui dit :

— Non, laissez. C'est Mina, la préposée aux allumettes de la maison, qui s'en charge. Personne d'autre n'est capable de le faire aussi joliment.

13

Si l'on voulait expliquer en quelques mots qui était Mina, on pouvait dire que c'était une petite fille asthmatique, qui aimait les livres et allait à dos d'hippopotame. Mais si l'on voulait prouver qu'il s'agissait bien de Mina et de personne d'autre, il fallait dire que c'était une petite fille capable de frotter joliment les allumettes.

Je ne savais pas très bien par quel hasard elle en était arrivée à aimer à ce point les allumettes, ni pourquoi les adultes ne l'en empêchaient pas parce que c'était dangereux. En tout cas, lorsque j'étais arrivée dans la maison d'Ashiya, elle en avait toujours des boîtes dans la poche de sa jupe, et son rôle était déjà d'allumer le gaz du chauffe-eau de la salle de bains, la lampe dans la salle de bains de lumière et les bougies lorsqu'il y avait une panne d'électricité ou un dîner aux chandelles.

Avant de la rencontrer, pour moi les allumettes n'étaient rien d'autre que des allumettes. Mais dès la première fois qu'elle en sortit une boîte devant moi, j'ai su qu'elles pouvaient constituer l'élément principal d'une cérémonie silencieuse, du recueillement d'une prière.

Elle poussait le tiroir, en prenait une délicatement par sa tige. Puis elle refermait la boîte et, plaçant l'extrémité de ses doigts en un angle curieux, posait l'extrémité ronde et brunâtre sur le côté rugueux. Jusqu'à ce moment-là, tout se passait tranquillement, d'une manière détendue. Aucune force exagérée nulle part. Mina avait les lèvres serrées, les yeux baissés. Seule l'extrémité des trois doigts qui tenaient le bâtonnet, en l'attente du geste qu'elle devait faire ensuite, paraissait à l'affût.

Puis Mina prenait une petite inspiration et le bout de ses doigts s'envolait. Un bruit perçant frôlait les oreilles, au point que l'on pouvait se demander où une petite fille aussi frêle pouvait receler une telle promptitude. Et l'allumette s'enflammait. Et la pénombre alentour se retirait comme la marée.

J'étais fascinée. Je me rendais compte pour la première fois à quel point la flamme d'une allumette était transparente. J'avais l'impression que, sans la légère odeur de phosphore qui restait, j'aurais pu tomber dans l'illusion que Mina apportait la lumière par magie ou que si les flammes étaient aussi claires, c'était peut-être parce que seul son index brûlait.

Ce soir-là il se passa la même chose. Au dîner avec le personnel de l'hôtel des monts Rokko le soir du retour de mon oncle. Tous ceux qui se trouvaient là ont regardé en silence la main de Mina se déplacer pour allumer une à une les six bougies. Sachant pertinemment que tous les regards étaient tournés vers elle, elle s'acquitta avec élégance du rôle qui lui était échu.

Au moment où l'allumette dans sa main s'éteignit, c'est-à-dire lorsque les six bougies furent allumées, la salle à manger devint un lieu magique.

— Ça… s'exclama vivement mon oncle avant de déplier sa serviette.

Les flammes vacillantes adoucissaient le scintillement de la vaisselle et la couleur de nos yeux. Les garçons allaient et venaient sans bruit entre la cuisine et la salle à manger, légèrement en retrait derrière nous, ils offraient successivement à nos yeux et sans que nous ayons à le demander de bonnes choses dont nous avions envie. Des bouteilles de vin et de Fressy furent ouvertes, puis d'une faïence en forme d'aquarium pour poissons rouges fut versée dans nos assiettes de la soupe aux champignons, qui fut parsemée de croûtons.

Tout le monde a bien bavardé. Souvenirs, vantardises, histoires drôles, échecs cuisants, des pays étrangers, de Pochiko, des études, on a parlé de tout. Mon oncle a fait rire tout le monde avec son histoire de vieillard bizarre à côté duquel il s'était retrouvé assis par hasard dans l'avion qui l'emmenait à New York pour son travail. L'histoire était si amusante que je n'eus pas le temps de penser à lui demander si cette mission avait été la cause de son absence. Grand-mère Rosa fit preuve d'un appétit exceptionnel et ma tante était tellement occupée à rire qu'elle but moins que d'habitude. Madame Yoneda s'inclinait mains jointes devant son assiette chaque fois qu'on la servait, Mina ne cessait de répéter "Dis papa", "Dis papa".

Au début je me demandais avec inquiétude si je ne me trompais pas dans l'ordre des couverts ou si l'utilisation que j'en faisais n'était pas bizarre, mais bientôt, captivée par la singularité des plats que je n'avais jamais mangés, dont je ne pouvais même pas imaginer de quoi ils étaient faits, j'ai commencé à ne plus me soucier des bonnes manières.

Ce qui m'étonna le plus, c'est l'apparition des assiettes du plat de viande principal, recouvertes d'énormes couvercles de cuivre en forme de bol. Ils étaient la copie conforme de l'abat-jour des lampes tournantes de la salle de bains de lumière. Les garçons, se faisant signe avec les yeux, en soulevèrent deux chacun dans un même ensemble, si haut que cela parut exagéré. Etait-ce tout simplement pour que la cuisine ne refroidisse pas ? ou pour garder la surprise jusqu'au dernier moment ? Le rôle des couvercles n'était pas clair, mais en tout cas, "l'agneau mijoté au vin rouge garni de truffes" fut délicieux. Au point que l'on n'aurait pas cru qu'il s'agissait de nourriture.

Après avoir mangé comme dessert un bavarois à la fraise des bois (mon oncle partagea le sien en deux pour Mina et moi), grand-mère Rosa et madame Yoneda chantèrent. Mina les accompagna au piano.

Debout si près l'une de l'autre qu'elles se touchaient presque, elles s'inclinèrent et, baissant les yeux comme si elles voulaient apaiser leur cœur, attendirent que commence l'introduction.

Où et quand avaient-elles répété ? Dès le premier son, les voix des deux vieilles femmes serrées l'une contre l'autre s'unirent. Jamais je n'aurais pensé qu'elles étaient douées à ce point pour chanter. "Le Chant du bord de mer", "Les Nains marchands de sable", "Le Peuple de nomades", "La Lune sur les vestiges du château". Il y avait des chansons d'Allemagne et du Japon. Madame Yoneda, sans la moindre précipitation selon son habitude lorsqu'elle travaillait debout en répandant ses réprimandes, prenait élégamment le rythme, tandis que grand-mère Rosa faisait vibrer une voix riche, sans rapport avec son pas chancelant qui l'obligeait à s'appuyer sur sa canne. De temps à autre, par un regard échangé ou la tiédeur de leur corps se transmettant par leurs épaules, elles se transmettaient leur sentiment. Même si à l'extérieur elles étaient à l'opposé l'une de l'autre, elles n'avaient qu'une seule voix.

J'ai pensé qu'elles étaient comme des sœurs jumelles. Je me souvenais du moment où, dans sa chambre avec les produits de maquillage de la série des beautés jumelles, grand-mère Rosa m'avait montré la vieille photo avec sa sœur aînée Irma. Elles chantaient si joliment à l'unisson. Je me suis dit qu'elles ne pouvaient être que jumelles.

A la fin de la dernière chanson, tout le monde a applaudi. Même les chefs apparus à la porte de la cuisine sans que personne s'en aperçoive et les garçons qui jusqu'alors s'étaient uniquement concentrés sur le service. Celui qui m'avait fait un clin d'œil applaudissait le plus fort. En regardant vers la fenêtre, je vis Pochiko sur la terrasse. Elle avait posé son nez sur la vitre et nous observait. Pendant tout ce temps, les bougies avaient continué à brûler.

Cette nuit-là, me levant pour aller aux toilettes, j'aperçus de la lumière dans le bureau. Le rez-de-chaussée était plongé dans les ténèbres, les traces du dîner si joyeux avaient disparu, et à l'exception du rai de lumière qui passait dans l'ouverture de la porte et s'étirait dans le couloir, rien ne laissait supposer qu'il y avait quelqu'un.

— Aah, Tomoko. Tu ne peux pas dormir ?

Mon oncle s'était aussitôt aperçu de ma présence.

— Je vais aux toilettes. Je crois que j'ai bu trop de Fressy.

J'avançai de quelques pas dans le bureau. Mon oncle, détendu, était assis à sa table en robe de chambre, occupé à faire quelque chose. J'ai tout de suite compris qu'il réparait les choses cassées.

— Merci pour le bon dîner.

— Ça t'a plu ?

— Bien sûr que oui. J'étais tellement étonnée de tout ça que la tête me tournait.

Sur la table se trouvaient le mixeur dont le socle était enlevé, toutes sortes de pièces détachées et la boîte à outils. Mon oncle, le tournevis à la main, regardait à l'intérieur du socle.

— Les chansons de grand-mère Rosa et de madame Yoneda étaient bien aussi.

— N'est-ce pas ? Moi aussi je suis un fan de leur duo.

Il ne quittait pas des yeux le mixeur, mais n'avait pas l'air non plus gêné par ma présence.

— Aah, ce fil était grillé.

— Ça se répare ?

— Oui, probablement.

Où qu'il se trouve, quoi qu'il fasse, mon oncle avait toujours la même élégance. Jusque dans la ceinture de sa robe de chambre nouée avec négligence.

— Le collier et le portemine ?

— Ça c'était facile. Mais le mixeur, c'est plus embêtant.

Embêtant était son expression favorite.

— Et ma tante ?…

— Elle dort déjà, tu sais.

La chambre à coucher était voisine à l'est. Par le balcon, on voyait bien qu'elle était plongée dans le noir.

— Je me demandais avec inquiétude si la table n'allait pas être submergée de choses cassées.

— Mais non. Il n'y en a pas tant que ça et la table est vaste.

Je me suis rendu compte que des draps avaient été mis sur le sofa, ainsi qu'une couverture et un oreiller.

J'ai compris que mon oncle ne dormait pas dans la chambre à coucher, mais là, tout seul.

— Si le mixeur est réparé, madame Yoneda sera contente, ai-je dit en essayant de ne pas regarder en direction du sofa.

— Demain il marchera à plein régime, tu sais.

— Bonne nuit.

J'ai refermé la porte du bureau.

— Dors bien, ai-je entendu derrière moi.

14

Je pense que Mina m'a sans doute vraiment ouvert son cœur à partir du moment où elle m'a montré ses "boîtes à boîtes d'allumettes". Bien sûr, jusqu'alors nous nous entendions bien, mais il me semble que dans le processus qui rendit peu à peu notre relation secrète, les "boîtes à boîtes d'allumettes" ont ouvert la dernière porte.

J'étais la seule de sa famille et parmi ses amis à connaître son secret. Elle et moi, dans cette immense maison d'Ashiya, étions les seules à partager la réalité cachée silencieusement dans ces petites boîtes.

— Dis, tu veux voir ça ? avait-elle commencé soudain après s'être interrompue, alors que nous étions en train de tricoter dans sa chambre. Si ça ne te dérange pas, bien sûr.

Elle était curieusement sur la réserve, sa voix n'était pas comme d'habitude articulée et pleine de confiance en soi. Elle entreprit de repousser le lit contre le mur. Il avait l'air tellement lourd que je l'ai aidée. Bientôt sous le lit est apparu tout un tas de boîtes.

Elles étaient toutes suffisamment petites pour tenir entre les mains. De motifs, de formes et de matériaux divers, elles s'empilaient sous le lit jusqu'à remplir tout l'espace disponible. Jusqu'alors nous avions passé beaucoup de temps ensemble sur ce lit, assises ou à nous rouler dessus, mais je ne m'étais pas aperçue que toutes ces choses étaient cachées dessous. Le lit avait dû être déplacé beaucoup de fois, car il restait des marques sur le sol.

Savons, nécessaires à correspondance, sparadraps, parfums, chocolats, mouchoirs, boutons… Les choses qu'elles avaient contenues à l'origine étaient elles aussi très variées. Selon leur usage, leur forme naturellement était différente. Si certaines faisaient penser qu'elles avaient contenu de luxueux produits de l'étranger, d'autres étaient si humbles qu'il n'aurait servi à rien de les garder. Mais en tout cas, ce n'étaient que des boîtes.

Mina attendait ma réaction avec inquiétude. De quoi devais-je faire l'éloge ? De leur nombre, de leur variété ou encore de la manière dont elles étaient empilées ? J'étais incapable de décider. C'était bien plus difficile que lors de ma première rencontre avec Pochiko.

— Tu peux ouvrir n'importe laquelle, me dit-elle.

Comme elle avait le ton de quelqu'un me donnant une permission spéciale, j'ai aussitôt compris que ces boîtes n'étaient pas de simples boîtes vides.

Je pris celle, décorée de fleurs rouges, qui se trouvait devant moi. Elle avait dû contenir des bonbons ou autres friandises. Au milieu était fixé un petit coquillage et il suffisait de tirer dessus pour soulever le couvercle.

Rien ne restait qui aurait pu suggérer qu'elle avait contenu des bonbons. Pas de papier paraffiné, pas de signet expliquant l'origine de la friandise, pas d'odeur sucrée non plus. Seule une boîte d'allumettes posée à l'intérieur. Une simple boîte, comme celles que Mina avait toujours sur elle.

— Regarde un peu mieux.

Mina approcha sa joue de la mienne, si près que je sentis son souffle, pour que nous regardions ensemble à l'intérieur de la boîte. Le bruit de l'air se frayant un passage à travers sa gorge était tout proche.

La petite boîte était collée sur le fond du coffret. Il devait rester des allumettes à l'intérieur, car si on secouait, ça faisait du bruit. Mais l'endroit était plein d'un air tranquille. D'une tranquillité de profondeurs marines, pas du tout troublée par l'ouverture du couvercle ni les secousses.

Je me suis souvenue de spécimens d'une collection d'insectes qu'un garçon de ma classe m'avait montrés autrefois. Lucanes, cigales ours ou longicornes piqués au conservateur et fixés par une épingle sur le fond d'une boîte à gâteaux. Cette boîte-là était tranquille elle aussi. Lorsqu'on la secouait, des ailes ou des antennes qui s'étaient détachées faisaient du bruit, mais les insectes, eux, restaient calmes dans leur coin, ce qui ne permettait pas de savoir s'ils étaient morts ou vivants. La boîte d'allumettes m'était apparue comme ces insectes.

Je n'ai pas tardé à m'apercevoir que quelque chose était écrit à l'intérieur de la boîte. Au début, j'ai cru que les dessins de fleurs de l'extérieur s'étendaient également à l'intérieur, cependant ce n'étaient pas des fleurs mais des mots. Au dos du couvercle et à l'intérieur sur les côtés, jusque sur le fond, était écrit serré de la main de Mina le récit de la boîte d'allumettes.

— Toutes les boîtes qui sont là contiennent des allumettes ?

— Oui.

— Parce que quand on les range ainsi, elles ne souffrent pas de l'humidité ?

— Non non. J'ai jamais pensé à l'humidité.

— Alors c'est pour pas que madame Yoneda les trouve ?

— Tout le monde sait que j'aime les allumettes, alors je n'ai pas besoin de les cacher. Mais regarde plutôt ça. Tu ne trouves pas que c'est merveilleux ?

Toutes mes questions semblaient avoir raté leur cible. N'ayant pas l'air de pouvoir attendre davantage, Mina me montra la boîte rangée dans le coffret de bonbons.

Elle ne paraissait pas neuve, ses coins étaient émoussés, ses côtés portaient des marques de grattage, mais l'étiquette sur fond jaune avait des couleurs vives. Sur cette étiquette était dessinée l'image d'un éléphant sur une bascule. Un bel éléphant, dont les défenses pointaient vers le ciel. La bascule qui était posée dans un pré, était peinte d'un rouge qui devait beaucoup plaire aux enfants, et ceux qui étaient dessus agitaient joyeusement les jambes. Bien sûr, l'éléphant était en bas, les enfants en haut. L'éléphant avait soulevé avec sa trompe un enfant qu'il offrait au ciel. L'enfant étendait ses bras, le visage rayonnant, comme un chanteur d'opéra recevant des applaudissements réclamant un bis à l'issue d'un concert. Sur la trompe enroulée autour du torse de l'enfant poussaient quelques poils hirsutes. On remarquait des poches à la naissance des défenses et au ventre. Il s'agissait peut-être d'un vieil éléphant. Au-dessus de sa tête était écrit "safety match".

— C'est un éléphant à bascule, tu vois, me dit Mina. Un éléphant fasciné par une balançoire à bascule.

Et elle me fit le récit de l'éléphant à bascule qu'elle avait écrit à l'intérieur du coffret de bonbons.

L'éléphant regardait toujours avec envie les enfants s'amuser à la bascule dans le pré. Il était captivé à la fois par le mouvement simple mais riche de suspense et la répétition du curieux bruit de balancier qu'elle faisait. Ce devait être si agréable de pouvoir monter et descendre ainsi avec tant d'entrain ! A l'instant où l'on croyait toucher le ciel on atterrissait sur le sol et l'on remontait aussitôt vers les hauteurs. Ses oreilles flotteraient sans doute avec joie.

Un jour l'éléphant se força courageusement à demander aux enfants s'il pouvait s'amuser avec eux. Les enfants dans le pré, qui étaient tous gentils, acceptèrent aussitôt.

Le cœur plein d'espoir, l'éléphant monta sur la bascule. Posa ses quatre pattes sur la planche rouge. Il s'y trouvait plus à l'étroit qu'il ne l'avait pensé, mais ça allait.

L'éléphant attendait de s'élever vers le ciel dans le bruit de balancier. Il attendait en retenant son souffle, trompe pendante. Mais il ne se passait rien.

En face, de l'autre côté de la bascule, les enfants avaient un air indéfinissable, consterné et malheureux pour lui. Il y en avait même un qui s'arc-boutait de toutes ses forces pour essayer de le soulever ne serait-ce qu'un peu, mais autant jeter de l'eau sur une pierre brûlante. L'éléphant était au sol, les enfants au ciel. Il avait beau attendre, cela ne changeait pas.

L'éléphant devint triste. Puisque la bascule, bloquée, ne bougeait pas depuis qu'il était monté dessus, il comprit qu'il n'y avait pas d'autre cause que lui-même. De fait, c'était le cas. Les yeux baissés à ses pieds, rivés sur la bascule rouge enfoncée dans la terre, il se sentit plein de honte.

Bientôt, les enfants qui jouaient à la balançoire, au sable où à la barre, vinrent se rassembler autour de la bascule pour voir ce qui se passait. L'éléphant enroula autour d'eux sa trompe dont il était fier pour les déposer sur la bascule. Ils poussaient tous des cris de joie. Ils étaient tellement excités qu'ils prenaient la pose ou faisaient le pitre. Etre soulevé par la trompe d'un éléphant n'est pas une expérience que l'on peut faire tous les jours.

Le nombre d'enfants sur la bascule augmenta, l'un après l'autre. La bascule ne bougeait toujours pas. Les enfants qui commençaient à se sentir à l'étroit se serraient le plus possible l'un contre l'autre et se retenaient à leurs vêtements pour ne pas tomber. Et pendant ce temps-là les enfants continuaient à être déposés l'un derrière l'autre sur la bascule.

Peu à peu ils commencèrent à avoir peur. Il n'y avait plus d'enfants pour pousser des cris de joie ou faire le pitre. Le ciel était juste au-dessus de leur tête, et à l'opposé la terre se trouvait très loin. Lorsque l'éléphant étirait sa trompe pour aller chercher les enfants cachés dans l'ombre des arbres, ses défenses qui se dressaient étincelaient au soleil.

Les enfants secouaient les jambes comme s'ils demandaient à descendre. Leurs jambes pendant dans les airs étaient tout ce qu'ils pouvaient remuer. La bascule débordait d'enfants, au point qu'il leur était même difficile de respirer. Mais l'éléphant ne renonçait pas. Il continuerait à emporter les enfants jusqu'à entendre le bruit de la basculc.

Si quelque part on voit une bascule rouge, il ne faut pas s'en approcher inconsidérément. Et il faut faire attention surtout à celles qui n'ont pas bougé depuis longtemps, dont un côté est resté profondément incrusté dans la terre. De l'autre côté se trouve un groupe d'enfants serrés l'un contre l'autre, formant bloc. Ces enfants flottent dans les airs et ne peuvent pas redescendre.

— Fin, dit Mina en prenant le coquillage entre ses doigts pour refermer le couvercle du coffret de bonbons. La boîte d'allumettes à l'éléphant sur une bascule disparut à nouveau dans l'obscurité.

15

Ce n'est pas parce qu'elle aimait faire du feu que Mina a commencé à se passionner pour la collection des boîtes d'allumettes. Si elle en était venue à pouvoir allumer du feu joliment, c'était parce qu'elle avait toujours une boîte d'allumettes à portée de main, mais à l'origine, ce n'était pas cela le but. Ce qu'elle aimait, c'étaient les images dessinées sur les boîtes.

Elles n'étaient rien de plus que des petits motifs que l'on aurait hésité à appeler dessins, mais c'est justement pour cela que l'on peut dire qu'ils étaient tout indiqués. Les boîtes tenaient parfaitement bien dans le creux de la main d'une petite fille de sept ans, elles n'étaient ni lourdes ni luxueuses, et elle pouvait les contempler quand elle le voulait, où elle voulait.

Comme pour l'histoire de l'éléphant sur la bascule, même s'il s'agissait tout au plus d'étiquettes de boîtes d'allumettes, les scènes représentées étaient très variées. Grenouille jouant de l'ukulélé, ornithorynque avalant un marteau, poussin fumant la pipe. S'il y avait un facteur naviguant sur la mer à bord d'un coquillage, il y avait aussi le couple Okame-Fukusuke qui s'amusait à monter sur un ballon, un Père Noël se baignant dans une source. Il n'y avait là ni dessin de base, ni perspective, et bien sûr aucune logique. Les choses étaient simplement imprimées grossièrement en couleurs dans un petit espace rectangulaire. Mina prenait la boîte dans sa main, en appréciait la petite taille, et après s'être divertie de la sensation rugueuse du grattoir, du bruit des allumettes à l'intérieur et de la jolie petite goutte formée par le produit inflammable, elle recueillait le récit dissimulé dans la scène de l'étiquette. Personne, même celui qui l'avait dessinée, parmi tous ceux innombrables qui frottaient des allumettes, ne réalisait ce qu'elle renfermait. Que derrière la flamme tremblotante pleuraient des enfants capturés par un éléphant sur une bascule.

Pour protéger le secret des boîtes d'allumettes qui, si l'on n'y faisait pas attention, étaient jetées après utilisation, piétinées, et finissaient par être brûlées avec une allumette, Mina fabriquait une boîte à boîte d'allumettes à l'intérieur de laquelle elle en écrivait le récit. Pour la grenouille qui jouait de l'ukulélé, avec des mots qui convenaient à une grenouille, pour le Père Noël qui prenait son bain avec des mots de Père Noël, elle préparait un endroit où ils puissent vivre en paix.

Mina avait la gentillesse de me permettre d'ouvrir la boîte que je souhaitais quand je le désirais. Nous regardions ensemble à l'intérieur, et il lui arrivait d'attendre patiemment que j'aie terminé ma lecture silencieuse du récit, ou de le lire elle-même à haute voix. L'intérieur de la boîte était tapissé de papier blanc, et sous le couvercle, les côtés et le fond, entièrement rempli de sa petite écriture. Que les bordures aux quatre coins se décollent, que la colle déborde, cela n'empêchait pas le récit de se dérouler jusqu'au bout.

Cette chaîne de mots, qui à l'origine ne constituait qu'un simple assemblage, formait dès qu'elle était terminée un coussin confortable, un peu comme un nid d'oiseau. Un lit qui enveloppait la boîte d'allumettes et la protégeait.

Le moment où elle fabriquait sa boîte à boîte d'allumettes était peut-être son unique moment d'évasion. Elle pouvait ainsi voyager dans des endroits qu'elle aimait, à la mer ou à la montagne, sans avoir à craindre les basses pressions, les gaz d'échappement ou les côtes. Bien sûr, elle emmenait Pochiko avec elle. Elles marchaient ensemble dans le petit monde de la boîte.

Avec le retour de mon oncle, le nombre de visiteurs augmenta, et la maison s'anima. C'étaient des clients pour la plupart, qu'il recevait dans son bureau. Des gens avec qui il dînait, qui apportaient des cadeaux. Des couples, des étrangers, il y en avait de toutes sortes. Madame Yoneda, dont le travail augmenta brutalement, s'occupait de tout avec vigilance. Il y eut aussi la visite de l'employé d'un magasin de confection de Motomachi, venu prendre les mesures de grand-mère Rosa, et celle d'un marchand de tableaux qui voulait acquérir la peinture à l'huile décorant le palier à l'étage. Grand-mère Rosa commanda trois robes pour l'été, le marchand de tableau repartit l'air triste, s'étant vu refuser sa demande.

Le visiteur ce jour-là fut un vétérinaire du jardin zoologique de Tennoji appelé pour Pochiko.

— Aah, Pochiko. Ça va ? Désolé de te laisser toujours des mauvais souvenirs, lui dit-il d'un air signifiant qu'il ne pouvait pas faire autrement, en serrant sa tête entre ses bras.

— Quel bonheur, hein, Pochiko. De retrouver ton amoureux, celui que tu attendais avec tant d'impatience.

— Ooh, elle est tellement contente qu'elle agite ses oreilles, pas vrai, Pochiko ?

Mon oncle et monsieur Kobayashi échangeaient des plaisanteries à son propos. Ce vétérinaire s'occupait d'elle depuis de nombreuses années, depuis son arrivée au jardin zoologique Fressy en provenance du Liberia. Mais pour Mina et moi qui regardions du sommet du tertre où nous étions assises, les oreilles de Pochiko tremblaient plutôt d'ennui.

Petit, le dos rond, le vétérinaire portait une blouse blanche constellée de taches, et un stéthoscope était accroché autour de son cou. Sa tête ronde parfaitement chauve brillait dans les rayons du soleil, comme pour faire pendant au derrière de Pochiko.

L'examen commença aussitôt. Pendant que monsieur Kobayashi lui caressait le museau pour la distraire, le vétérinaire avec son mètre à ruban prenait les mesures que mon oncle notait sur un document inséré dans un classeur. 62,5 cm ; 18,3 cm ; 1,72 m ; 4,8 cm. Le vétérinaire accroupi aux pieds de Pochiko, sur la pointe des pieds pour passer le bras par-dessus son dos, lisait les chiffres. Exactement comme le tailleur qui avait mesuré la largeur des épaules et le tour de poitrine de grand-mère Rosa. Comme un contrôleur vérifiant la sécurité, mon oncle répétait chaque chiffre à haute voix en faisant courir son stylo à bille. On aurait pu penser que certains endroits mesurés (par exemple la longueur de la queue ou l'intervalle des trous de nez) n'avaient aucun rapport avec la santé, mais ils ne négligeaient rien.

Ensuite ce fut la prise de la température. Le vétérinaire souleva la queue pour enfoncer le thermomètre d'un seul coup dans les fesses.

— Beurk, m'exclamai-je.

— C'est l'anus qui permet de prendre la température la plus exacte, tu sais, me dit Mina, l'air de rien.

— Ça fait pas mal ?

— Tu trouves que ça a l'air de lui faire mal ?

Effectivement, sans se soucier de ce qui se passait du côté de la moitié inférieure de son corps, Pochiko se contentait de cligner tristement des yeux pour chasser les mouches qui s'approchaient trop près.

Après la température, ce fut au tour du cœur. Le vétérinaire se mit à quatre pattes et sans se soucier de ce que Pochiko bavait sur son dos, il glissa son stéthoscope entre ses pattes de devant pour l'appliquer sur sa poitrine. Nous gardions le silence pour ne pas l'empêcher d'entendre les battements de son cœur. Pendant ce temps-là, la principale intéressée, paraissant en avoir assez de se comporter sagement, commença à s'agiter.

— Monsieur Kobayashi, excusez-moi, mais pourriez-vous la maintenir au niveau des hanches, demanda le vétérinaire, toujours à quatre pattes.

— Où sont-elles ?

— A peu près à ce niveau-là, répondit mon oncle en désignant l'endroit où l'on pouvait penser qu'elles se trouvaient, tant ce gros corps faisait bloc.

Monsieur Kobayashi et mon oncle se placèrent chacun d'un côté pour essayer à tous les deux de la maintenir.

— Pour tous les êtres vivants, les hanches c'est le pivot. Il suffit de les maintenir pour immobiliser l'animal.

Le vétérinaire levait les yeux au ciel, et tout en manœuvrant délicatement la plaque réceptrice, il était concentré sur ses oreilles avec sérieux, comme s'il se tenait à l'écoute de précieux signaux venant de loin.

Quel genre de bruit faisait le cœur de Pochiko ? Au sommet du tertre, je me demandais si ses battements étaient énergiques comme pour mieux venir en aide au cœur de Mina qui suffoquait. Là, alors que ce n'était pas si haut, soufflait un vent agréable, tandis que l'on découvrait le jardin jusque dans ses moindres recoins. On apercevait la silhouette de grand-mère Rosa qui semblait somnoler dans une chaise longue sur la terrasse.

— Pochiko aurait quel âge si elle était un être humain ? ai-je demandé, m'adressant au vétérinaire qui avait laissé son stéthoscope pour se mettre à faire bouger les articulations et pincer la graisse autour de son cou.

— Mademoiselle, Pochiko n'est pas un être humain. Cette question n'a pas lieu d'être, répondit le vétérinaire sans interrompre son examen. Parce qu'elle vit son propre temps.

Mina et moi, nous avons acquiescé, un peu dubitatives.

— Bon, alors il ne me reste plus qu'à aller me recueillir sur la tombe avant de m'en aller, dit le vétérinaire qui venait de terminer son examen d'ensemble, après avoir assuré qu'il ne fallait pas s'inquiéter en dehors de sa tendance à l'obésité.

— La tombe ? demandai-je à Mina.

— Oui, celle du jardin zoologique Fressy. Tiens, là-bas.

Je ne l'avais pas remarqué jusqu'alors, mais dans le coin est du jardin, derrière la cabane à outils, se trouvait une butte de terre avec une bordure de pierres irrégulières. Le soleil passant à travers le feuillage d'un arbousier y ondoyait. Seule une plaque de bois gravée sur laquelle on lisait : "Dorment ici les compagnons du jardin zoologique Fressy" montrait qu'il s'agissait d'une tombe.

Le vétérinaire sortit de la poche de sa blouse une pomme qu'il déposa devant la tombe avant de joindre les mains pour se recueillir. Mon oncle, monsieur Kobayashi et Mina firent pareil. Je me précipitai pour les imiter, joignant les mains à mon tour. Quand nous avait-elle suivis ? Pochiko se fraya un passage entre nous, avala la pomme d'un seul coup. Au bruit qu'elle fit en croquant j'eus l'impression qu'elle devait être bonne. Pendant ce temps-là, le vétérinaire continuait à prier, les yeux fermés. Le stéthoscope qui pendait à son cou oscillait dans le vent.

16

— Le premier qui est entré là-dedans, c'est Saburo, le singe de Taiwan, me dit Mina en caressant la surface de la tombe couverte de mousses.

Mon oncle était parti raccompagner le vétérinaire avec sa voiture, tandis que monsieur Kobayashi reconduisait Pochiko à son bassin, et nous étions restées seules près de la tombe. L'ombre des arbres y était plus dense et la terre humide alors qu'il n'avait pas plu depuis un certain temps. On distinguait à peine, à travers les branches enchevêtrées, la pente abrupte où les arbres poussaient en liberté et tout au bout, le toit de la maison voisine.

— Un peu avant la fermeture du jardin zoologique Fressy, comme on était dans la quinzième année de Showa, ça s'est passé longtemps avant ma naissance.

— Il était malade ?

— Non. Il a eu un accident, me répondit-elle en balayant les morceaux de peau de pomme que Pochiko avait laissés, viens par ici.

Main dans la main, nous avons marché le long de la haie à l'est derrière la cabane à outils.

— Tiens, ici.

Baissant les yeux à l'endroit que Mina désignait à mes pieds, je distinguai, à moitié dissimulés dans l'herbe, un rail couvert de rouille et ce qui ressemblait à une traverse pourrie complètement décomposée.

— A l'époque du jardin zoologique Fressy, un train miniature roulait à travers le jardin. Le guichet d'entrée du zoo était à l'emplacement de l'entrée de service actuelle, et si on montait dans le petit train à cet endroit-là, on allait d'abord tout droit, puis on tournait à droite, on passait derrière le tertre, et on arrivait au bassin de Pochiko, ce qui faisait un petit voyage distrayant. Et bien sûr, le chef de train était Saburo. Assis en tête, il faisait sonner la cloche. Il portait une casquette avec cousu dessus l'écusson en forme d'étoile qui était le symbole de Fressy.

Effectivement, même s'ils étaient morcelés, les rails se poursuivaient jusqu'à l'entrée de service. Une vieille petite cabane carrée le long du portail, que jusqu'alors j'avais prise pour un simple débarras, quand je l'observai mieux, prit à mes yeux, avec sa fenêtre en demi-lune, l'aspect d'un guichet de vente de billets. Juste au-dessus de la vitre, à un emplacement où la peinture était ternie, il y avait des traces de clous. Y avait-on accroché un panneau disant "Bienvenue au jardin zoologique Fressy" ou "Droit d'entrée, adultes 5 yens, gratuit pour les enfants (avec ticket pour emprunter le train miniature)" ?

— C'était le petit train qui, avec Pochiko, avait le plus de succès. Saburo faisait sonner la cloche, et dès que le petit train démarrait dans un soubresaut, les enfants exultaient déjà. Il avançait à peine plus vite qu'à pied, mais ils étaient excités comme s'ils volaient dans le ciel. Tous voulaient toucher Saburo, et les adultes s'extasiaient sur son intelligence. Bientôt, le petit train amorçait sa courbe sur la droite, et quand ils apercevaient Pochiko au bord du bassin, l'excitation était à son comble et ils poussaient des cris de joie. Tous les yeux étaient rivés sur Pochiko. Mais quelle que soit l'excitation des visiteurs, Saburo restait de marbre. Il regardait droit devant lui, et après s'être assuré qu'il arrivait au terminus, tirait encore une fois la ficelle pour faire sonner la cloche. Au moment où le petit train s'immobilisait, tout le monde se mettait à courir vers Pochiko. Sans un regard pour Saburo.

— Ah bon ? Finalement, un hippopotame c'est plus rare qu'un singe.

— Mais Saburo ne s'en vexait pas, tu sais. Il aimait beaucoup le petit train et s'entendait très bien avec Pochiko. Il se sentait responsable et connaissait bien le rôle qu'il devait tenir au jardin zoologique Fressy.

Nous frayant un chemin à travers les mauvaises herbes, nous avions suivi les rails à partir du guichet d'entrée. Pour un chemin de fer, ils étaient bien trop fins et approximatifs, et à moitié enfouis sous la terre, ne gardaient pas le moindre souvenir de l'époque brillante où ils réjouissaient les enfants.

— C'était comme aujourd'hui un dimanche de début d'été où il faisait beau, reprit Mina. Ce jour-là aussi le petit train était plein. Des enfants qui suçaient des sucres d'orge, d'autres qui tenaient des ballons, des bébés sur le dos de leur mère, tout ce petit monde frémissait de joie. L'écusson de la casquette de Saburo ressortait dans le soleil avec encore plus de force que d'habitude. Le signal du départ résonnait à grand bruit. Mais peu après le départ du petit train, Saburo se rendit compte que quelque chose n'allait pas. La vibration des rails et le vent qui frappait son visage n'étaient pas comme d'habitude. Oui, les freins étaient cassés. Comme ici c'est en pente vers le sud, si les freins ne marchaient pas, le train prenait de plus en plus de vitesse. Aucun des passagers ne pensait au danger, au contraire, la vitesse les amusait et ils étaient contents. Bien sûr, il y avait un conducteur. Pas un singe, mais un jeune employé temporaire. Il tira sur le levier de freinage de toutes ses forces, mais le petit train n'avait pas l'air de vouloir s'arrêter. En continuant ainsi, ils allaient heurter l'arbousier. Au moment où l'employé allait sauter du petit train pour essayer de l'arrêter à la force de son corps, quelqu'un passa à l'action plus vite que lui. Saburo, le chef de train.

— Et qu'est-ce qui s'est passé ?

J'ai serré sa main un peu plus fort. Elle était douce comme de la gelée, et trop de force aurait pu la faire fondre.

— Saburo s'est jeté entre les roues et les rails. Le petit train s'est arrêté en écrasant sa cage thoracique et ses viscères qui lui ont servi de freins. Juste ici. Sous l'arbousier qui marque maintenant la tombe.

Le soleil allait descendre vers l'ouest, mais la pelouse qui recouvrait la partie sud du jardin n'avait pas perdu de son éclat, et les massifs de roses, les bancs sous la pergola de glycine et l'extrémité des deux tourelles recevaient encore pleinement la lumière. Seuls les rails qui s'étendaient à nos pieds se trouvaient au fond de l'ombre.

Grand-mère Rosa, qui depuis tout à l'heure n'avait pas bougé d'un pouce dans sa chaise longue sur la terrasse, était plongée dans le sommeil. Pochiko, qui venait d'être reconduite par monsieur Kobayashi, était soit dans sa tanière soit immergée dans son bassin, car elle était invisible.

— Seule sa casquette était indemne. Sa casquette de chef de train qu'il aimait tant. Il paraît que papa qui avait douze ans a pleuré pendant trois jours en la serrant dans ses bras. Maintenant elle est dans la tombe avec Saburo.

Nous nous tenions toujours par la main. J'avais l'impression que de cette manière nous pouvions encore plus partager l'estime que nous avions envers Saburo, le courageux singe de Taiwan. Chaque fois que la brise soufflait, faisant onduler les cheveux de Mina, il en émanait une légère odeur sucrée. Comme un mélange de Fressy, de Bolo et de sirop pour la toux.

— Et pas seulement papa. Chacun a éprouvé de la tristesse à sa manière. La chèvre n'a plus eu de lait, le paon n'a plus fait la roue, et le varan s'est immobilisé comme s'il hibernait alors que ce n'était pas la saison. Pochiko, elle qui est si gourmande, n'a pas mangé pendant trois jours. Et bon papa a creusé une tombe ici. Je crois qu'on peut dire que le jardin zoologique Fressy n'a jamais pu se remettre de la mort de Saburo. Après l'accident, le petit train a été supprimé, et le jardin zoologique a suivi, il a terminé sa courte existence moins de deux ans plus tard.

Quand Mina eut terminé son récit, la surface du bassin se rida et Pochiko refit surface. Posant ses pattes de devant sur le rebord, elle remonta lentement et secoua la tête, projetant de l'eau partout.

— Mina, Mina, entendit-on au lointain.

Nous nous retournâmes et aperçûmes la silhouette de ma tante qui traversait le jardin en courant. Elle serrait un cardigan dans sa main.

— Vous étiez là ? Je vous ai cherchées partout.

Ma tante était essoufflée.

— Qu'est-ce qu'il y a ?

— Le vent se lève, mets ça sur ton dos.

— Ça va, c'est pas la peine de s'énerver.

— Ce serait peut-être bien de te réchauffer un peu dans la salle de bains de lumière.

Ma tante, sans prêter attention à la tombe qui se trouvait là, posa le cardigan sur les épaules de Mina comme si elle voulait la serrer dans ses bras.

— Hmm.

Mina se laissa faire en silence.

— Allez, Tomoko, rentrons ensemble à la maison.

J'ai baissé la tête pour regarder encore une fois l'endroit où je pensais que la casquette de Saburo avait roulé.

Le lendemain, Mina eut une légère crise, et elle n'alla pas à l'école pendant une semaine. Pour la première fois depuis mon entrée au collège, on nous donna le programme des partiels et je me suis mise à étudier avec ardeur. Des jours de pluie se sont succédé pendant quelque temps.

Pendant que j'apprenais par cœur des mots d'anglais ou des dates historiques, si je regardais soudain par la fenêtre de ma chambre, j'avais l'impression de voir derrière le rideau de pluie la silhouette des animaux dont Mina m'avait parlé. L'éléphant monté sur la bascule, le paon qui ne pouvait plus déployer son plumage, le singe de Taiwan qui faisait tinter la cloche du petit train flottaient lentement, leur contour flou, avant de disparaître. Mais n'était vraiment présente que Pochiko. De temps à autre à travers le mur, j'entendais la toux de Mina.

Le soir du jour où les examens se terminèrent, mon oncle à nouveau n'est pas rentré. Le mixeur était revenu dans la cuisine, le collier de perles autour du cou de grand-mère Rosa et le porte-mine dans la trousse de Mina, tandis que le dessus de la table du bureau était à nouveau bien rangé.

17

— C'était comment "Les Belles Endormies" ? me demanda monsieur Tokkuri dès qu'il me vit.

Depuis qu'ayant fait faire une carte de prêt, j'avais emprunté "Les Belles Endormies", je m'étais rendue presque tous les samedis après-midi à la bibliothèque municipale d'Ashiya, mais nos heures ne correspondant pas, je ne l'avais jamais revu. Et cependant, ce jour-là, l'apercevant derrière le comptoir, j'avais fait l'air de rien des allées et venues devant lui en espérant qu'il me remarquerait.

— Oui. C'est un roman très intéressant, répondis-je d'une petite voix, affolée maintenant que les choses s'étaient déroulées de la manière que je souhaitais.

Puisqu'on était déjà en juin, monsieur Tokkuri ne portait plus son col roulé, mais ses gestes pour manipuler les livres, comme le ton de sa voix aspirée vers le plafond n'avaient pas changé.

— Bon, alors tant mieux. Je me demandais avec inquiétude si je ne vous avais pas forcée à le prendre alors que vous n'en aviez pas très envie.

— Mais pas du tout.

J'ai secoué la tête.

— Vraiment ?

— Bien sûr. C'est vrai que j'ai pensé que ce livre était un peu bizarre. Parce qu'en dehors du vieil homme, il n'y a que des femmes qui dorment et qui ne disent pas un mot. Mais j'ai compris. Ce vieil homme s'entraîne à mourir. En passant la nuit auprès de jeunes filles qu'il a endormies avec des médicaments et qui sont presque comme si elles étaient mortes, c'est comme s'il dormait avec la mort. Ainsi, le vieil homme essaie de se familiariser avec elle. Pour, le moment venu, ne pas fuir parce qu'il aurait peur…

J'enchaînais les mots pour lui faire comprendre qu'il n'avait aucune raison de s'inquiéter.

— Une collégienne capable de se mettre à la place d'un vieillard et de comprendre sa crainte de la mort, c'est étonnant.

Monsieur Tokkuri, légèrement penché, me regardait en souriant derrière le comptoir de prêt. Ses cheveux lisses retombaient sur son front. Son sourire n'était pas destiné à duper un enfant, mais au contraire plein de respect.

— Je suis fier qu'une jeune fille intelligente comme vous fréquente cette bibliothèque.

Je savais qu'il continuait à m'observer même après que j'avais baissé la tête. Je sentais dans mon dos la présence des gens qui marchaient entre les rayonnages.

S'il vous plaît, je vous en supplie, ne me regardez pas ainsi, répétais-je sans arrêt en mon cœur. Je ne suis pas quelqu'un que vous pouvez féliciter ainsi. J'ai laissé tomber le livre avant même d'avoir terminé la première page. Tout ce que je viens de raconter, c'est ce que Mina en a dit. Je ne fais rien de plus que répéter les impressions de Mina. Celle qui devrait en réalité recevoir votre sourire est une toute petite fille qui n'est même pas encore au collège et qui vit dans une maison occidentale au sommet de la montagne.

Alors je vous en prie, ne me regardez pas ainsi. S'il vous plaît.

— Avez-vous déjà décidé des livres que vous allez emprunter aujourd'hui ?

A la question de monsieur Tokkuri, je relevai enfin la tête, plongeai la main dans mon sac et sortis le papier que Mina m'avait donné.

— Oui, euh, Katherine Man… Mansfield, "La Garden Party".

— C'est une belle histoire. Allez donc voir au rayon de littérature anglo-américaine. Ses recueils de nouvelles s'y trouvent certainement.

Il tendait le bras, me désignant les rayonnages. Son bras s'allongea plus que je ne l'aurais pensé, et ses doigts robustes donnaient l'impression de ne pas appartenir à son corps plutôt gracile.

— Je vous remercie, lui dis-je avant de me précipiter vers la direction qu'il m'indiquait.

N'avait-il pas trouvé étrange que pour un livre que j'empruntais, je sois obligée de lire un papier et qu'en plus je bute sur le nom de l'auteur ? Ne trouvait-il pas suspect qu'une enfant capable de comprendre "Les Belles Endormies" de Yasunari Kawabata se comporte d'une manière aussi hésitante et incertaine ? Je me glissai dans le rayon de littérature anglo-américaine comme si je voulais m'y cacher. J'en voulais un peu à Mina qui souhaitait lire des histoires aux titres aussi compliqués.

Je m'adressai intérieurement à monsieur Tokkuri pour lui demander de ne pas me soupçonner. Il ne s'était pas trompé, je ne m'occupais que du transport, il pouvait m'ignorer. La petite fille qui avait lu "Les Belles Endormies" était une enfant intelligente, comme il l'avait deviné. Il pouvait sans réserve en être fier.

Je trouvai aussitôt les livres de Katherine Mansfield. Je me demandais avec curiosité pourquoi, en présence de monsieur Tokkuri, je finissais toujours par avoir ce genre de souhait.

Le secret de monsieur Tokkuri faillit se révéler à Mina alors que dans la salle de bains de lumière, nous étions en train de jouer à monsieur Kokkuri.

Je n'avais pas vraiment décidé en mon cœur de le garder secret, j'avais sans raison omis de lui en parler. J'avais le pressentiment que si je révélais l'existence de monsieur Tokkuri à Mina, je finirais par m'enfoncer de plus en plus dans mes mensonges, et il me semblait également que, vu son caractère, elle ne se réjouirait pas innocemment des compliments faits par un bibliothécaire.

Sur une feuille de papier blanc, on traçait des carrés dans lesquels on écrivait tous les signes du syllabaire japonais, y compris le dernier (on l'appelait la feuille de révélations) ; cette méthode de divination qui consistait à déplacer sur la feuille avec l'index une pièce de cinq yens en disant "Kokkuri-san, Kokkuri-san" avait été très à la mode à l'école primaire d'Okayama, et j'avais été surprise de constater qu'à Ashiya on faisait la même chose. De plus, dans son école, Mina était la plus experte à ce jeu.

Pour jouer à monsieur Kokkuri, il n'y avait pas d'endroit plus approprié que la salle de bains de lumière. A Okayama, on utilisait des lieux qui avaient une certaine atmosphère, tels que le laboratoire de sciences ou la réserve de la centrale d'achats. Mais aucun de ces endroits ne valait la salle de bains de lumière. Ici, nous n'avions pas à nous soucier d'être dérangées par les adultes, aucun brouhaha extérieur ne nous parvenait et, par-dessus tout, nous étions éclairées par la lampe que Mina avait allumée.

Notre bain de lumière terminé, nous nous lancions dans les préparatifs de monsieur Kokkuri. Pendant un moment après que les lampes orange étaient éteintes, nous avions l'impression qu'il faisait sombre jusqu'à ce que nos yeux s'habituent, mais la flamme de la lampe faisait aussitôt ressortir les arabesques des carreaux de faïence. Toujours en combinaison, face à face assises en tailleur sur la couchette, nous avons déplié la feuille de divination.

Ces combinaisons blanches, d'ailleurs, étaient efficaces. Elle nous donnaient l'impression d'avoir rejeté tout excès d'ornements pour devenir de grandes prêtresses à l'air inspiré se prosternant devant monsieur Kokkuri.

Sur la feuille de divination préparée par Mina, les marques de pliures et les signes à demi effacés par le frottement de la pièce de cinq yens disaient combien cette feuille avait déjà fait des révélations dans le passé. Mina posa la pièce de cinq yens dans le pentagone central vide du simabandha :

— Eh bien, nous allons commencer.

Les paumes placées sur l'épigastre, le dos bien droit, Mina s'inclinait. Non seulement elle parlait sur le ton d'un adulte, mais en plus elle n'avait plus son accent du Kansai, ce qui donnait encore plus de solennité à l'instant.

— Tout d'abord, je voudrais demander à monsieur Kokkuri quelle est la question la plus importante actuellement dans le cœur de Tomoko. C'est bien cela ?

— Oui. Je me fie à vous, répondis-je sur le même registre qu'elle.

Mina a posé son index sur la pièce de cinq yens, et j'ai posé à mon tour mon index sur son ongle.

— Pas comme ça. Faut le mettre à quatre-vingt-dix degrés, me fit-elle remarquer en retrouvant son accent du Kansai.

— Eh ? A Okayama, il n'y avait pas cette règle.

— On joue pas de la même façon à Okayama et à Ashiya. Si on garde pas un angle de quatre-vingt-dix degrés, l'esprit s'en va. D'accord ?

— Oui, je comprends.

— Bon, alors je recommence.

Nous venions tout juste de prendre notre bain de lumière, et pourtant l'ongle de Mina était glacé. Ses lèvres fortement serrées, ses yeux qui ne cillaient pas créaient une tension, comme si sa gentillesse habituelle avait fait place à la suspicion. La lumière de la lampe qui tremblotait dessinait sur ses cheveux étalés dans son dos des motifs marron qui ondulaient.

— Kokkuri-san, Kokkuri-san, Kokkuri-san, Kokkuri-san…

Le murmure de Mina rampait sur les carreaux, avant d'être aspiré vers les ténèbres des recoins de la pièce. Mais alors, la sensation du bout de mon doigt s'éloigna, et j'eus l'impression que mon index était le seul endroit léger de tout mon corps. L'instant d'après, la pièce de cinq yens et nos deux index se mirent à glisser sans bruit sur la feuille de divination.

"To". La pièce de cinq yens s'arrêta tout d'abord sur le to. Puis "tsu". Puis "ku". Puis "ri". Là, l'esprit a dû s'interrompre, car après un peu d'instabilité, la pièce de cinq yens est retournée au simabandha.

— Totsukuri, qu'est-ce que ça peut être ? Il s'est trompé dans la lecture de Kokkuri ?

La posture de Mina s'écroula aussitôt, elle croisa les bras d'un air peu convaincu.

— Oui, c'est ça. Le "to" et le "ko" sont tous les deux dans la cinquième rangée, pas loin l'un de l'autre. Tu vois, comme tu m'as dit qu'il fallait respecter un angle de quatre-vingt-dix degrés, je n'ai pensé qu'à ça et je suis sûre que mon cœur était plein de Kokkuri, me suis-je précipitée pour dissimuler.

— C'est vraiment pas drôle, quand on joue à Kokkuri-san, de tomber sur tokkuri, ça veut rien dire.

Mina avait l'air insatisfait.

— Bon, alors je vais le faire pour toi. Quelle est la question la plus importante pour Mina ? Allez, vite, la pressai-je.

La prédiction suivante de la pièce de cinq yens fut "su, i, yo, u, hi".

— Mercredi ?… ai-je murmuré encore une fois sans bien comprendre.

18

Je me souviens encore de plusieurs prédictions du Kokkuri de cette époque. La profession que j'exercerais dans le futur, le nom de la personne que j'épouserais, le nombre d'enfants que j'aurais, l'endroit où je vivrais... Mais toutes ces prévisions ont échoué.

Mina croyait-elle vraiment au Kokkuri-san ? Pour elle qui essayait de compenser la fragilité de son corps par une clairvoyance et une imagination incroyables de la part d'une écolière de dernière année du primaire, un jeu comme celui de Kokkuri devait certainement lui paraître stupide.

Mais je crois qu'au moins, elle reconnaissait l'existence de Kokkuri-san. Sa silhouette gracile en combinaison n'était sûrement pas mensongère, et ses gestes lorsqu'elle manipulait le papier de divination et la pièce de cinq yens débordaient de déférence. Quelqu'un d'invisible était dissimulé dans la salle de bains de lumière, qui devait tendre l'oreille à nos chuchotements d'enfants. Et nous étions persuadées qu'il s'agissait de lui. Même si ses prédictions étaient n'importe quoi.

Sinon, pourquoi les prédictions de la première fois où nous avions joué à Kokkuri-san, Mina et moi, auraient-elles été correctes ? "Monsieur Tokkuri et mercredi". Alors que nous aurions dû aussitôt comprendre ce qu'elles signifiaient pour nous, sans se l'avouer l'une l'autre, nous nous étions dit que les esprits d'Okayama et d'Ashiya s'étaient mélangés, ce qui avait fait que la pièce de cinq yens ne s'était pas déplacée correctement, mais en réalité, cela avait été l'unique prédiction correcte.

Peut-être que le Kokkuri-san de la salle de bains de lumière répondait à toutes les prédictions demandées, qu'il n'était pas arrogant au point de faire étalage de son autorité. Il se débrouillait pour répondre comme il pouvait à ce qu'il n'était pas nécessaire de savoir comme le nom d'un futur mari ou le nombre d'enfants, afin de montrer les seules choses qu'il fallait ne pas oublier et conserver précieusement pour le futur. En caressant discrètement et avec prudence notre petit index.

L'énigme du mercredi fut résolue le jour où Mina et moi avons aidé madame Yoneda à faire le pain. Celui-ci était habituellement livré par la boulangerie B, tenue par un Français le long de la nationale, et lorsque par chance on pouvait se procurer du levain, madame Yoneda en cuisait elle-même.

J'aimais beaucoup la cuisine qu'elle préparait. Elle était audacieuse, tout en étant soignée dans les détails, tout à la fois simple et raffinée, elle cuisinait toutes sortes de plats à son image, calmes et résolus. Omelettes avec beaucoup de choses dedans, bourgeons de cyprès sawara grillés, pirozhki, salade mimosa, civelles caramélisées au gingembre, stew aux boulettes de viande hachée, riz aux marrons, morceaux de baleine frits à la Tatsuta, tourte à la viande d'agneau… Non seulement le goût de chaque plat me revient, mais aussi leur présentation et le motif des assiettes.

Bien sûr, ce n'était pas aussi magnifique que le dîner préparé par le chef cuisinier de l'hôtel des monts Rokko, mais la cuisine de madame Yoneda était chaleureuse. Même les fines nouilles de blé flottant dans l'eau glacée qu'elle nous préparait souvent pour le déjeuner au cours des vacances d'été nous faisaient ressentir la chaleur de son cœur.

J'aimais encore plus quand je pouvais cuisiner avec elle. A Okayama, je préparais parfois le dîner à la place de ma mère, mais ce n'était qu'une aide un peu ennuyeuse. Car la même préparation culinaire, dès lors que madame Yoneda s'en occupait, devenait une approche de la beauté et une expression de la sagesse.

La cuisine était vaste et bien agencée comme un atelier de machines de précision, et lumineuse grâce à la fenêtre en saillie orientée à l'est et qui recevait généreusement le soleil. L'évier en forme de L était en inoxydable rutilant, et la gazinière, le four et le réfrigérateur étaient tous de fabrication allemande. Au centre se trouvait une grande table, dont le dessus de marbre était tellement lisse qu'on avait envie d'y poser la joue.

Tout ce qui concernait la cuisine, de la moindre poignée de tiroir au flacon d'épices, portait l'empreinte de la volonté de madame Yoneda. Non seulement tout était parfaitement en ordre, mais divers éléments portant la trace d'utilisation de longues années durant par madame Yoneda formaient un ordre particulier qui composait la cuisine. La preuve en était les cartes de concours à moitié remplies éparpillées sur la table (on pouvait dire que participer à des concours était à peu près son seul passe-temps), la boîte de lait concentré toujours sortie à côté du réfrigérateur (elle qui était si stricte sur les principes ne pouvait résister au plaisir d'en lécher un peu de temps en temps).

Toutes ces petites choses faisaient de la cuisine un endroit encore plus agréable. Là, Mina et moi utilisions nos deux mains et, tout en essayant de faire preuve d'ingéniosité, nous nous appliquions aux petites tâches simples, apprenant la joie de préparer un plat en étant reconnaissantes à la terre pour ses bienfaits.

— Bon, alors mesurez correctement, hein. Température de l'eau quarante degrés. Deux petites cuillères plus un tiers de levure de boulanger. Une petite cuillerée de sucre.

Madame Yoneda donnait ses instructions avec enthousiasme. Mina tenait le thermomètre, moi les cuillères, et nous mesurions, tendues. Saupoudrer la levure dans l'eau chaude et la voir se mettre à pétiller constituait la première étape de la fabrication du pain. C'était un mystère de voir cette poudre qui ressemblait à des grains de sable commencer à bouillonner sous l'action du sucre. Tout en reniflant l'odeur aigrelette qui s'en élevait, Mina et moi, la tête au-dessus du saladier, observions sans nous lasser.

Ceux qui sont doués pour la cuisine se débrouillent souvent avec leurs propres quantités, mais pour madame Yoneda, c'était différent. Pour tous les plats, elle avait en tête les justes proportions qu'elle respectait fidèlement.

— Le monde est basé sur les proportions du nombre d'or, alors. Les Pyramides ont été construites en respectant ce nombre d'or, c'est pour ça qu'elles sont solides. Si on respecte les proportions sans se compliquer la tête, on peut faire de la bonne cuisine.

Elle disait toujours ça.

On saupoudrait la farine au gluten, et pendant qu'on mélangeait le tout, madame Yoneda nous laissait faire. Les mains plongées dans les poches de son tablier, elle se contentait de dire de temps à autre, "Non non, plus doucement", ou "Ah, comme ça c'est bien".

A l'étape suivante, quand on arrivait au pétrissage de la pâte, Mina soudain avait de l'entrain. Elle, habituellement si fragile, déployait alors une énergie incroyable.

— Allez, on y va. Hé. Ha. Ho.

Poussant des cris d'encouragement bien à elle, Mina se redressait, se penchait au-dessus de la table de cuisine et frappait le pâton contre le marbre. Sans se soucier de ses cheveux qui blanchissaient, se couvrant de farine, elle donnait des coups de poing à la pâte, tirait dessus, la tordait, et après lui avoir fait faire un demi-cercle en l'air, la faisait retomber sur le marbre. Puis elle commençait à s'essouffler, et madame Yoneda, sans doute inquiète à l'idée d'une crise, lui demandait de me laisser la place. Mais j'avais beau faire mon possible pour être à la hauteur, je n'avais pas son envergure, et finalement, d'un "Mademoiselle Tomoko, il ne faut pas être aussi délicate", madame Yoneda me faisait aussitôt remplacer. Mina paraissait simplement ne pas pouvoir s'empêcher d'être heureuse de se comporter brutalement.

Nous faisions fermenter le pâton dans la salle de bains de lumière. Les rayons orange n'étaient pas seulement bénéfiques pour les enfants fragiles, mais aussi pour le développement du levain. En un rien de temps, la pâte se mettait à gonfler, débordant du saladier. Pour vérifier si la fermentation était suffisante, nous faisions un trou au milieu avec notre index. La pâte, comme si elle voulait montrer qu'elle recelait de petits êtres vivants, tremblait alors timidement. Les traces de doigts de madame Yoneda, Mina et moi s'alignaient gentiment l'une à côté de l'autre, creusant le pâton qui n'en finissait pas de retrouver son aspect normal. C'était le signal que la fermentation était terminée.

Le pâton, partagé en dix-huit parts égales, était façonné en petites boules par nos soins, puis on faisait une croix sur le dessus au couteau, et on tournait le bouton du four, ensuite, pour aborder le dernier point culminant, il suffisait d'attendre qu'il se produise une bonne odeur. Nous attendions ce moment en lavant le saladier et la spatule en bois puis en essuyant le sol avec le balai à franges.

Nous étions en train de regarder à travers la vitre du four, Mina et moi, inquiètes de savoir si ça ne brûlait pas, lorsque nous entendîmes une voiture s'arrêter dans l'arrière-cour, puis la sonnette de la porte de service. Dans la cuisine apparut la silhouette du jeune homme qui chaque semaine venait livrer le Fressy directement de l'usine.

— Il y a quelqu'un ?

Vêtu d'une tenue de travail portant la marque de Fressy et d'une casquette de base-ball, il avait une solide carrure et il était bronzé.

— Merci, comme toujours.

Madame Yoneda semblait bien le connaître. Le jeune homme ouvrit le panneau de la réserve sous le plancher, en sortit la caisse de bouteilles vides, la remplaça par une nouvelle. Malgré son grand corps, il travaillait habilement pour ne pas nous déranger, et manipulait avec la même légèreté les bouteilles vides et les bouteilles pleines.

— Vous tombez bien. Les petits pains sont juste cuits, vous allez en emporter, proposa madame Yoneda.

Une bonne odeur de pain cuit commençait justement à s'élever. Une odeur tellement merveilleuse que nous avions du mal à croire que c'était le fruit du travail de nos mains.

— Mina, tu veux bien en mettre trois ou quatre dans ce sac là-bas ?

Obéissant à madame Yoneda, Mina mit en se brûlant les petits pains sortant du four dans une pochette en papier qu'elle tendit au garçon debout dans l'entrée de service. De ses mains s'élevait de la vapeur, et son profil en paraissait légèrement voilé.

— Merci, dit le jeune homme en s'inclinant, plongeant son visage dans le nuage de vapeur.

— De rien, lui répondit Mina d'une voix gracieuse, au point que l'on n'aurait pas cru qu'il s'agissait de la même petite fille qui un moment plus tôt pétrissait la pâte avec autant d'énergie, tout en enlevant discrètement, afin qu'il ne s'en aperçoive pas, un reste de farine sur ses cheveux.

Il n'échappa pas à mon regard que, juste avant de s'en aller, le jeune homme sortit quelque chose de la poche de son vêtement de travail pour le donner à Mina. Comme une sorte de signal entre eux, qui ne dura que le temps d'un clin d'œil. C'était une boîte d'allumettes.

A ce moment-là, j'ai remarqué une chose importante. Nous étions mercredi.

19

A la réflexion, j'aurais dû me demander bien plus tôt comment Mina avait rassemblé toutes ces boîtes d'allumettes cachées sous son lit. Elle ne quittait presque jamais la maison, sauf pour se rendre à l'école à dos de Pochiko. Moi y compris, les enfants n'avaient pas le droit d'avoir de l'argent, et si nous n'en recevions pas pour aller dans le quartier commerçant de Yamate près de la gare d'Ashiya acheter des friandises ou des objets de papeterie, tout naturellement nous n'avions aucun lien avec les bazars où l'on vendait des allumettes.

Alors comment faisait-elle ? Chaque mercredi, le jeune homme qui livrait le Fressy lui en apportait. Le jeune homme, qui avait en charge les livraisons d'Ashiya et de Nishinomiya, faisait quotidiennement, son camion plein de caisses de Fressy, le tour des supermarchés, marchands de boissons, restaurants, salons de thé et hôtels. Lorsqu'il découvrait, au cours de sa tournée, des boîtes d'allumettes un peu rares abandonnées près des entrées de service, il demandait s'il pouvait les récupérer et les rapportait à Mina.

Peut-être même que c'était lui, le jeune homme du mercredi, qui lui avait offert sa première boîte qui l'avait amenée à les collectionner. Mina aurait ramassé une boîte tombée par hasard de la poche de sa tenue de livreur de Fressy, et fascinée par son étiquette, ils auraient commencé leur échange secret.

— La prochaine fois que j'en trouverai une amusante, voulez-vous que je vous l'apporte ? aurait-il pu lui proposer.

Chaque mercredi soir, elle trouvait un prétexte pour descendre à la cuisine. Après avoir fait son travail, avant de reprendre place dans son camion, il lui donnait une nouvelle boîte qu'il avait trouvée. Dans tous les cas, cela se passait aux abords de l'entrée de service.

— Il ne trouve pas forcément de nouvelles allumettes chaque semaine, tu sais.

Mina n'avait pas l'habitude de parler beaucoup au sujet du jeune homme du mercredi, mais elle me tenait au courant de l'avancée de sa collection.

— Celles qui sont produites en grandes quantités, ce n'est pas drôle, et je finis par avoir envie de boîtes anciennes avec des illustrations rares des ères Meiji ou Taisho, ou destinées à l'exportation dans les pays étrangers.

— Ce n'est pas rien pour le jeune homme du mercredi.

— Il arrive qu'il n'en trouve pas plusieurs semaines de suite, et puis un jour il y en a trois d'un coup, tu vois, ça dépend. Je crois que ces derniers temps, dans tous les endroits où il livre, on lui garde celles qui présentent un certain intérêt. Pour lui, le "jeune homme du mercredi" comme tu dis.

— Hmm.

Il ne ressemblait pas beaucoup à monsieur Tokkuri, le col roulé. Il était poli mais sauvage et l'on était bien obligé d'admettre qu'il était un peu brusque dans la manière dont il s'acquittait silencieusement de son travail. Sa tenue un peu tachée et ses chaussures de sport poussiéreuses lui allaient certainement mieux qu'un col roulé blanc. Mais sa silhouette que j'évoquais en train de manger les petits pains, la pochette humide de vapeur à la main, je ne sais pourquoi, m'était sympathique.

Même après que le jeune homme du mercredi, ayant remis ses boîtes d'allumettes et repris place à bord de son camion, passait le portail sans se retourner, disparaissant à notre vue, Mina restait un moment dans l'entrée de service illuminée par les rayons du couchant. Madame Yoneda, sans prêter attention à nous, s'affairait à préparer le dîner. Après avoir suffisamment apprécié la sensation de la nouvelle boîte d'allumettes au creux de sa paume, Mina la glissait dans sa poche.

Mina fut hospitalisée. Elle n'avait pas supporté les assauts successifs des basses pressions et de la pluie qui s'était installée à partir du mois de juillet. Elle avait là encore fait une crise en pleine nuit, et monsieur Kobayashi l'avait conduite en voiture à l'hôpital, mais cette fois-ci il n'avait pas été question de la ramener le lendemain matin, elle devait rester hospitalisée quelque temps.

Mais pour les habitants de la maison d'Ashiya, la situation n'était pas alarmante. Des vêtements de rechange, des objets de toilette et toutes les petites choses nécessaires à une hospitalisation étaient préparés à l'avance dans un sac, et sauf ma tante qui partait tous les matins s'occuper d'elle à l'hôpital, aucun changement notable n'apparut dans le rythme de vie de la maison.

Un jour que, les examens de fin de premier trimestre étant terminés, je revins en fin de matinée, monsieur Kobayashi qui allait lui porter le déjeuner m'emmena avec lui en voiture. Madame Yoneda préparait chaque jour à manger pour ma tante et Mina qui n'avait pas beaucoup d'appétit et ne pouvait pas manger les repas de l'hôpital, et monsieur Kobayashi faisait autant d'allers et retours qu'il le fallait.

L'hôpital Konan, dans l'arrondissement Higashi-nada de Kobe, était à au moins vingt minutes de voiture de la maison. Il fallait d'abord descendre de la montagne, puis rouler pendant un certain temps vers l'ouest sur la nationale et, aux environs de Mikage, remonter vers le nord dans la montagne. La pente était aussi abrupte qu'à Ashiya, et en chemin on passait le long d'un lac avant de s'enfoncer encore plus dans la montagne.

La petite camionnette bien sûr était moins confortable que la Mercedes de mon oncle, mais monsieur Kobayashi conduisait en souplesse, d'une manière très rassurante. Etait-ce parce qu'il avait l'habitude d'emmener Mina lorsqu'elle était malade ? il maniait le volant comme s'il avait un petit chat entre les mains.

Monsieur Kobayashi a gardé le silence en cours de route. Pas parce qu'il était de mauvaise humeur. Je crois qu'il ne savait pas très bien quoi dire à une petite fille de mon âge.

Il me posa une seule question :

— Comment se sont passés les examens ?

— Pas trop mal, lui répondis-je.

Nous avons franchi le portail aux piliers de pierres, et j'ai vu sur ma gauche un mur extérieur en briques beiges. C'était un hôpital plein de charme, entouré de grands arbres toujours verts. Il y avait de jolies plaques de verre décoratives au plafond du hall d'entrée, et la salle d'attente donnait sur la cour, mais le feuillage des arbres, trop dense, empêchait la lumière du soleil d'y pénétrer.

La chambre particulière donnait sur un long couloir plongé dans la pénombre qui partait vers la gauche à la sortie de l'ascenseur. Mina ne paraissait pas très en forme et, enroulée dans sa couverture, c'est tout juste si elle avait la force de tourner son regard vers moi. Sous sa tête était posé un oreiller de glace. La crise était passée, mais la fièvre qui avait suivi ne semblait pas vouloir céder. Ma tante était assise dans le fauteuil près du lit.

— Excusez-nous pour tout, dit-elle à monsieur Kobayashi en prenant le panier-repas qu'il lui tendait, puis, se tournant vers moi, elle ajouta : Tomoko, comment c'était, les examens ?

Ils s'inquiétaient tous de mes examens de fin de trimestre. Je ne pouvais rien répondre d'autre que : "Hmm, pas trop mal."

Le repas préparé par madame Yoneda était absolument magnifique. Sandwichs roulés, salade de pommes et gelée à l'ananas. Les sandwichs de pain de mie, fourrés au jambon, fromage, thon, à l'œuf et à la confiture de fraises, étaient tous différents, et découpés en petites bouchées enveloppées de cellophane qui formaient des papillotes multicolores. La salade de pommes était présentée dans de jolies coupelles en papier décoré de fleurs, et la gelée sculptée en forme d'étoiles. Elle s'était ingéniée à flatter le plus possible l'appétit de Mina.

— Je vais faire tiédir le lait, hein.

Ma tante, ayant pris une petite bouteille dans le réfrigérateur au pied du lit et une petite casserole, sortit pour aller dans la pièce où l'on pouvait se procurer de l'eau chaude qui se trouvait un peu plus loin dans le couloir. Je me suis tournée vers monsieur Kobayashi pour lui dire :

— Je crois que j'ai oublié mon sac sur le siège de la camionnette. Excusez-moi, mais pouvez-vous me prêter les clefs ?

— Aah, ne t'en fais pas. Je vais y aller.

Comme je l'avais prévu, monsieur Kobayashi quitta la pièce pour retourner au parking.

Après avoir vérifié que nous étions bien seules toutes les deux, j'ai tendu à Mina la boîte d'allumettes que j'avais apportée en prenant toutes les précautions. Celle que le jeune homme du mercredi m'avait donnée lors de sa livraison cette semaine-là.

— Tiens, c'est pour toi, lui dis-je en la déposant près de son oreiller.

Rien qu'en tendant le bras vers elle, j'ai senti qu'elle avait de la fièvre. Je me demandais si cette illustration était vraiment indiquée pour une malade à qui l'on rendait visite, car l'étiquette de la boîte représentait un ange nu, un nécessaire à couture à ses pieds, en train de recoudre ses ailes déchirées. Mina l'a regardé avec ses yeux gonflés et humides et m'a dit merci. Sa voix était si faible qu'elle donnait l'impression de menacer de disparaître à tout moment, soufflée par le bruit rauque de l'air au fond de sa gorge.

Par la fenêtre de sa chambre, on apercevait Kobe, et les cargos flottant sur la mer. Mais la lumière était lointaine, le profil de Mina plongé dans l'ombre.

— Le jeune homme du mercredi était inquiet, tu sais, lui dis-je. Il a dit qu'il priait pour que tu te remettes vite.

En réalité, il s'était contenté de murmurer : Elle a fini par être hospitalisée ? mais comme j'avais deviné que derrière son murmure se cachait une prière, ce n'était pas du tout un mensonge. Comme Mina le faisait à l'entrée de service, elle a caressé l'ange qui recousait ses ailes avant de glisser la petite boîte dans sa poche de pyjama.

En repartant, monsieur Kobayashi m'a offert un lait aux fruits acheté au kiosque de l'hôpital. Nous avions soif, sans doute parce qu'il faisait chaud dans cette chambre de malade, si bien que sans attendre d'être arrivés à la camionnette, nous avons bu devant le kiosque, debout dans le couloir. Monsieur Kobayashi prit un café au lait.

— De temps en temps, on a envie de boire autre chose que du Fressy, hein ? lui dis-je.

— Eh, hmm, bah… laissa-t-il échapper, la bouteille collée à la bouche, avant de déglutir bruyamment.

Jetant un coup d'œil vers la cour, je me rendis compte qu'il s'était mis à pleuvoir. L'escalier de secours, les aérateurs, la rampe menant au sous-sol et les palmiers, tout était frappé par la pluie. En regardant la pluie, monsieur Kobayashi et moi avons fini de boire en silence.

20

La nuit en l'absence de Mina me semblait plus longue que les autres. En sortant du bain, je me rendais dans sa chambre, glissais la main sous son lit, sortais une boîte et lisais l'histoire à l'intérieur. Appuyée au rebord de la fenêtre orientée au sud, je n'allumais qu'une petite lampe pour éclairer le monde blotti à l'intérieur de la boîte. Faire cela avait pour moi la même signification que si je priais pour qu'elle sorte rapidement de l'hôpital.

Toutes les boîtes se glissaient docilement dans le creux de ma main. Quand je la secouais, les allumettes s'entrechoquaient, comme oscille le clair de lune à la surface d'un étang.

Celle que j'ouvris ce soir-là, une boîte de savons de toilette que grand-mère Rosa lui avait sans doute donnée, contenait une boîte d'allumettes dont l'étiquette représentait deux hippocampes assis sur un quartier de lune.

— Tu sais, je commence à m'ennuyer, dit l'un d'eux.

— Mais non ça va, l'encouragea l'autre.

La lune de trois jours qui allait en diminuant était maintenant aussi mince qu'une paupière close. Les deux hippocampes étaient serrés l'un contre l'autre.

— Si ça continue, on va finir par tomber.

— Ecoute-moi, le moment venu, nous sauterons sur cette étoile bleue que tu vois là-bas.

— Eh, si loin et une étoile aussi petite ?

— C'est certainement un endroit très bien.

— Comment le sais-tu ?

— Elle est toute ronde et n'a aucun morceau qui lui manque.

— Et si on se perd en route, qu'est-ce qu'on fera ?

— Pour ne pas se perdre, on va s'attacher solidement par la queue. Tiens, comme ça.

Les deux hippocampes enroulèrent leur queue si soigneusement l'une à l'autre que l'on ne savait plus laquelle était à qui. On aurait dit une pelote de laine entremêlée.

— Avec ça, il n'y a pas à s'inquiéter.

— Bien sûr que non.

Ils voulurent se regarder dans les yeux, mais sans la liberté de leur queue, perdirent l'équilibre et faillirent tomber. Sur le coup, l'un rattrapa l'autre par le menton avec sa corne. Pendant ce temps-là, la lune de trois jours était devenue si mince qu'elle s'apprêtait à disparaître.

— Vraiment, j'aurais bien voulu rester plus longtemps ici.

— Moi aussi.

— Seulement trois milliards d'années-lumière, hein.

— Dans cette étoile bleue aussi il y a certainement du temps.

— Si c'est ça, c'est bien.

L'un soupira.

Le moment sembla arriver enfin. La lune devint un trait, bientôt réduit à des points lumineux.

— On y va ?

— Oui.

Ils mirent toute leur énergie dans leur queue, et après avoir inspiré le plus profondément possible, sautèrent dans le noir en visant le point bleu au lointain.

Même s'ils avaient sauté avec toute la force dont ils étaient capables, ils retombèrent tous les deux en se balançant comme des feuilles mortes. Leur queue qu'ils avaient si solidement enlacée l'une à l'autre se dénoua sans bruit en décrivant dans le ciel une jolie courbe.

Les hippocampes flottent dans la mer sans savoir d'où ils viennent ni avec qui ils étaient. Ils n'ont que faire de leur queue trop longue dont ils ne se souviennent pas de ce à quoi elle leur servait autrefois. Ils s'enfuient précipitamment lorsque de temps à autre elle se prend dans un creux ou menace de se faire pincer par un bivalve, mais finalement elle ne peut bouger que comme une feuille morte.

Si les hippocampes lèvent toujours la tête, c'est parce qu'ils veulent essayer de voir la lune de plus près. Les hippocampes aiment contempler le clair de lune qui glisse à la surface de la mer. Ils ont l'impression qu'en faisant cela, ils vont revivre la scène qu'ils ont vue dans un lointain passé, peut-être même avant leur naissance. Ils ont l'impression que là, les mots qui ont été échangés, la sensation d'une présence toute proche vont se révéler comme de l'encre sympathique exposée à la flamme. Surtout les nuits de lune du troisième jour.

Mais finalement, les hippocampes ne se souviennent de rien. Ils continuent à flotter indéfiniment seuls au fond de la mer.

J'ai refermé la boîte de savons de toilette. Le jardin était tout noir, et l'on ne voyait pas le bassin de Pochiko, les rails du petit train, ni l'ancien guichet d'entrée. Dans le ciel flottait une lune de trois jours.

Il me semblait que Mina qui devait dormir dans son lit à l'hôpital pesait sur ma paume du même poids qu'une boîte d'allumettes. Il me semblait aussi qu'elle se trouvait dans cette lune au pâle reflet. J'ai pensé que tout ça, aller à l'école sur le dos de Pochiko, manger des Bolo ou raconter l'histoire de l'éléphant à bascule, se déroulait peut-être dans l'univers d'une étoile flottant à trois milliards d'années-lumière.

J'ai remis l'histoire des hippocampes sous le lit. Je l'ai posée doucement à l'endroit où je l'avais trouvée, en faisant attention à ne pas déranger les autres boîtes soigneusement empilées.

Les autres avaient chacun leur façon de passer les longues nuits. Grand-mère Rosa se lançait avec ardeur dans un masque de crème nutritive et le vernis de ses ongles, tandis que madame Yoneda, après avoir fini de ranger sa cuisine, assise au coin de la table, remplissait tout un tas de cartes de concours.

Ma tante s'enfermait dans le fumoir. La pièce où, comme le disait Mina : "Maman boit en cachette de grand-maman." Elle se trouvait au nord du salon du rez-de-chaussée, réservée à l'origine, semblait-il, aux invités qui venaient y fumer le cigare. Pour une pièce installée uniquement dans ce but, son plafond aux boiseries ajourées et le décor des rayonnages le long des murs était sophistiqué. Mais il était impossible de dissimuler l'odeur de nicotine imprégnée jusque dans les moindres recoins, et à cause de cela, la pièce tout entière paraissait triste et terne.

— Tu as les résultats de tes examens de fin de trimestre ?

— Hmm, ils ne devraient pas tarder.

Je me suis assise en face d'elle. La table ronde devant le sofa était encombrée, en plus de l'alcool et des cigarettes, de livres, revues, dictionnaires et nécessaire à écrire. Ma tante buvait du whisky. Le cendrier débordait de mégots, et elle était entourée de volutes. A l'hôpital, elle ne pouvait pas fumer librement, si bien qu'elle se rattrapait le soir.

Elle pouvait boire autant qu'elle voulait, elle ne paraissait jamais ivre. Non seulement elle ne s'agitait pas et ne perdait jamais sa nature véritable, mais son visage ne rougissait même pas. Elle était toujours assise seule dans un coin de la terrasse ou sur le sofa du fumoir, où tout en faisant attention à ne déranger personne, elle buvait discrètement.

— Tu travailles ? questionnai-je.

— Mais non… me répondit-elle en secouant la tête, je cherche seulement des coquilles.

— Des coquilles ?

— Oui, des fautes d'impression. Sur les livres, les brochures, n'importe où. En tout cas, je cherche à trouver toutes les fautes qui sont cachées dans ce qui est imprimé.

— Et quand tu les trouves, tu fais quoi ?

— … Pas grand-chose, ça ne sert à rien.

Elle a secoué encore une fois la tête, a terminé son verre de whisky.

— Regarde ça par exemple.

“Croyances folkloriques – Chaos et Epreuves”, était-il écrit au dos du livre.

— Wouaah, ça n'a pas l'air très intéressant comme livre.

— Intéressant ou pas, ça n'a rien à voir, tu sais. Le problème, c'est les coquilles. Tiens, ici. Page 319. Bonzesse est devenu gonzesse.

— Ah, c'est vrai. "… Dans ce cas, la seule personne qui dit la vérité est la gonzesse."

— On aimerait bien leur demander comment une gonzesse peut dire la vérité, hein ?

Elle a pouffé, a versé de la glace et du whisky dans son verre.

— Et ça, c'est un roman-fleuve situé à Venise. Page 116. "… Je ne voulais pas te rencontrer dans cette situation folle. C'est trop tard, tout est trop tard."

— La situation est devenue folle.

— Elle devait se sentir acculée, hein, cette héroïne.

Gonzesse et situation folle étaient entourés au crayon et la page signalée d'un marque-page.

— Comment tu les trouves ?

— Il n'y a pas de manière spéciale de faire. Il suffit de vérifier chaque caractère minutieusement.

— Ça t'arrive de passer plusieurs jours sur un livre épais et finalement de ne pas trouver une seule coquille ?

— Bien sûr. C'est très rare d'en trouver. C'est comme pour les pierres précieuses.

— Oh.

J'avais le souffle coupé. Elle a secoué son verre, les glaçons ont tinté.

— Encore que la plupart du temps, c'est plutôt des coquilles vulgaires, qui sont loin d'être des pierres précieuses.

Et elle a sorti une brochure publicitaire de la société de mon oncle. Sur la première page, il y avait une photo de lui assis à son bureau de directeur.

— Ici, dans l'éditorial de papa, Fressy est devenu Gressy. Ça donne pas envie d'en boire, hein ?

Elle a toussé discrètement, et après avoir bu une gorgée de whisky, a porté à sa bouche sa cigarette entamée. De la cendre s'éparpilla sur la photo de mon oncle, des gouttes d'eau tombèrent du fond du verre.

En retournant vers ma chambre, j'ai jeté un coup d'œil au bureau de mon oncle. Sur sa table avaient été déposées deux ou trois nouvelles choses cassées.

21

Avec mes respects, je me réjouis de la prospérité de votre société ces temps-ci.

Je vous prie de bien vouloir excuser l'inconvenance d'une lettre aussi soudaine. Je suis une lectrice attentive et assidue des publications de votre maison.

Eh bien, j'ai lu avec beaucoup d'intérêt le volume numéro treize de votre série d'histoire de la pensée contemporaine, intitulé “Croyances folkloriques – Chaos et Epreuves” dont le contenu est remarquable. Mais j'y ai découvert la coquille ci-dessous, et même si je pense que c'est impoli, je vous écris car je crois qu'il est de mon devoir de vous le faire savoir.

Page trois cent dix-neuf, colonne quatorze, trente-huitième caractère à partir du haut.

gonzesse —> bonzesse

Je souhaite que vous continuiez ainsi à découvrir des écrits de haute tenue au contenu instructif. Tout en restant dans l'ombre, je prie pour que votre société continue à se développer de plus en plus.

Respectueusement.

Lorsqu'elle découvrait des coquilles, ma tante écrivait ce genre de lettre à l'adresse de l'éditeur. Il était rare qu'elle reçoive une réponse en retour, dans la plupart des cas on l'ignorait, et pourtant, de temps à autre, une société polie lui envoyait une lettre d'excuses et de remerciements. Il arrivait également qu'elle fût accompagnée d'une petite chose en remerciement, marque-page, couvre-livre ou stylo à bille.

— Tu as eu une réponse de la société de mon oncle ? lui demandai-je, me rappelant le Fressy devenu Gressy dans la brochure publicitaire.

— Non, me répondit-elle d'une voix sans énergie, même si, pour pas qu'on me reconnaisse, j'ai écrit au nom de madame Yoneda. Tu ne lui diras pas, hein ?

J'ai pensé soudain qu'elle aurait dû en parler directement à mon oncle, mais je ne le lui ai pas dit.

— Ce n'est pas poli, hein, alors qu'on s'est trompé dans le nom du produit, de ne pas envoyer ne serait-ce qu'une bouteille de Fressy pour s'excuser, dit-elle en rentrant la tête dans les épaules.

Mais, bien sûr, le but de la chasse aux coquilles n'était pas de recevoir des choses en remerciement. Je ne croyais pas non plus que son caractère fût méticuleux au point de ne pouvoir laisser passer la moindre faute.

Elle se contentait de voyager dans le désert des caractères, pour tenter de délivrer les coquilles enfouies à ses pieds. C'étaient, comme elle le disait elle-même, des pierres précieuses qui scintillaient sur une mer de sable. Si on ne les exhumait pas, les coquilles resteraient enfouies dans les ténèbres pendant de longues années. Elles seraient piétinées et abandonnées sans que personne ne les remarque. Cela, ma tante ne pouvait le supporter.

Le fumoir, comme son nom l'indiquait, était une pièce où l'on fumait et buvait, mais c'était aussi l'endroit qui permettait de voyager dans le désert. C'était là que ma tante passait le plus clair de son temps. Personne, sauf elle, n'avait à faire dans cette pièce. Naturellement, Mina n'avait pas le droit d'y entrer à cause de ses crises, et grand-mère Rosa détestait l'odeur de whisky. Dans le tiroir de la vitrine où l'on rangeait autrefois les cigares qui arrivaient par bateau ne se trouvaient que les paquets de cigarettes de fabrication nationale préférées de ma tante, et mon oncle n'y invitait plus depuis longtemps les visiteurs.

J'étais la seule exception. Quand ma tante s'enfermait dans le fumoir, je ne sais pourquoi, je n'arrivais pas à rester tranquille, et venais coller mon oreille à sa porte. Mes parents à Okayama ne buvaient pas une seule goutte d'alcool, c'était peut-être à cause de cela que je me faisais plus d'inquiétude que je ne l'aurais dû. Mais j'avais beau tendre l'oreille au maximum, je ne sentais aucune présence derrière la porte et, ne pouvant le supporter davantage, je finissais toujours par frapper.

Un vieux bout de crayon à la main, soufflant sans arrêt la fumée de sa cigarette, ma tante suivait les caractères l'un après l'autre comme si elle triait du sable. Même si je la dérangeais, elle n'en montrait rien, murmurant seulement : "Tiens, Tomoko" avant de s'absorber à nouveau dans sa tâche solitaire. S'il y avait des livres magnifiques reliés en cuir, il y avait aussi de simples prospectus, mais cela ne lui posait pas de problème. L'important pour elle n'était pas le but de la traversée, mais les différents caractères qui s'étalaient à ses pieds.

Elle avait beau puiser et puiser encore, il ne tombait de sa paume que des caractères honnêtes et irréprochables. Elle ne renonçait pas pour autant : tête baissée, elle continuait à plonger ses deux mains dans le sable. Dos courbé, respirant à peine, oubliant même de cligner des yeux, elle fixait intensément le bout de ses doigts.

Moi, l'air de n'avoir rien de particulier à faire et de me trouver là parce que j'avais du temps à perdre, je jetais un coup d'œil dehors à travers l'entrebâillement des rideaux ou feuilletais des dictionnaires, mais en réalité je me faisais beaucoup de souci pour elle. Le désert était lointain, il ne menait nulle part, les oasis étaient des mirages, et il n'y avait aucun autre voyageur en dehors d'elle.

— Ah.

Elle s'arrêta pour la première fois, leva la tête.

— Tiens, ici...

Je me précipitai près d'elle, pour lire à haute voix ce qu'elle me montrait.

— "... A bout d'esprit, il s'écroula sur place..."

— Ce n'est pas esprit, mais force qu'il faut écrire.

Elle entoura le caractère esprit. D'un rond comme pour mieux faire attention à cet unique caractère qui restait enfin dans sa main, comme pour mieux réconforter cet esprit errant dont personne ne se souciait.

Alors que, si elle l'avait voulu, elle aurait pu avoir autant de véritables pierres précieuses qu'elle le désirait, elle ne recherchait que celles qui avaient pour nom coquille. Ce qui la réconfortait, elle, ce n'étaient pas les bagues ou les colliers scintillants qui l'auraient fait remarquer, mais les coquilles abandonnées dans des endroits qui ne se remarquaient pas. Les nuits où mon oncle n'était pas là, celles où Mina se trouvait à l'hôpital, ma tante conversait avec les coquilles, s'en occupant avec autant de soin que si elles avaient été de véritables joyaux. Ainsi, le lendemain matin, ayant glissé dans une enveloppe les mots qui s'étaient égarés, elle la postait en priant pour qu'ils retournent sains et saufs à leur lieu d'origine.

Mina est rentrée de l'hôpital la veille du début des vacances d'été, dans l'après-midi. Son visage était encore plus pâle que d'habitude, et sur ses bras qui dépassaient de sa chemise à manches courtes, les marques des piqûres restaient douloureusement présentes, mais sa voix lorsqu'elle clama dans le hall qu'elle était de retour était pleine de vitalité. Grand-mère Rosa prit son visage entre ses mains pour le couvrir de baisers, puis madame Yoneda la fit tourner pour inspecter son corps sous tous ses angles afin de vérifier que tout allait bien. Mina se trémoussait parce que cela la chatouillait.

Ne nous laissant pas le temps de nous asseoir tranquillement sur le sofa du séjour, les adultes nous envoyèrent, Mina et moi, à la salle de bains de lumière.

— Il n'y en a pas à l'hôpital. Alors que c'est là-bas qu'on en a le plus besoin. C'est pour ça que c'est embêtant d'être hospitalisé. C'est inquiétant, hein.

C'est ainsi que nous avons entendu se plaindre madame Yoneda et grand-mère Rosa dans le couloir, au moment où nous refermions la porte de la salle de bains de lumière. Tous les habitants de la maison d'Ashiya étaient intimement persuadés que sans bain de lumière, on ne pouvait pas dire que le traitement de l'hôpital était achevé.

Comme d'habitude, Mina a allumé la lampe avec une allumette. Son geste à la fois audacieux et délicat était toujours le même qu'avant son hospitalisation. C'est en voyant la flamme au bout de ses doigts que j'ai vraiment eu le sentiment qu'elle était rentrée. L'étiquette était celle où l'ange recousait ses ailes. C'était la boîte que le jeune homme du mercredi m'avait confiée et que je lui avais apportée à l'hôpital.

— Tu n'as pas encore écrit son histoire ? questionnai-je en regardant les ailes de l'ange.

— Non. Je suis en train d'y réfléchir. Mais j'ai demandé aux infirmières, et elles m'ont donné plein de boîtes. Parce que les boîtes d'ampoules d'anti-inflammatoire étaient juste de la bonne taille.

Mina brancha la lumière et tourna le bouton du minuteur.

— Quand tu l'auras terminée, tu me la feras lire, hein ?

— Oui, bien sûr.

— J'attends mercredi avec impatience.

— Oui ?

— Enfin, tu auras peut-être d'autres boîtes, et puis, quand il verra que tu es guérie, le jeune homme du mercredi sera certainement très content.

— Ça, je ne sais pas.

Mina a grimpé sur le lit.

— J'en suis sûre, ai-je ajouté, mais sans répondre Mina se contenta de jeter quelques Bolo dans sa bouche, et de boire une grande lampée de Fressy avant de murmurer : "Aah, le Fressy qu'on boit à la maison est bien le meilleur."

Que s'était-il passé au cours de son hospitalisation ? à son retour, elle était devenue une fanatique de volley-ball. Mina, qui passait la moitié du cours de gymnastique à ne pas participer et qui n'avait en principe aucun lien avec le sport, me parla avec force détails du niveau du volley-ball japonais. Il me semble que c'est à cause d'une émission de télévision qu'elle avait vue par hasard dans sa chambre d'hôpital.

Il s'agissait du "Chemin vers Munich" qui avait pour sujet l'équipe japonaise masculine de volley-ball en route pour la médaille d'or. Les gens de la maison d'Ashiya n'avaient pas l'habitude de regarder la télévision en dehors des nouvelles, et les enfants faisaient pareil, mais après le retour de Mina de l'hôpital, chaque dimanche à dix-neuf heures trente, nous prenions place devant la télévision pour regarder "Le Chemin vers Munich". C'est ainsi qu'a commencé l'été 1972, sous le signe de la fascination pour le volley-ball.

22

J'attrapai aussitôt la fièvre du volley-ball. Jungo Morita était le joueur qui me plaisait le plus dans l'équipe nationale du Japon entraînée par Yasutaka Matsudaira. Il faisait partie avec Oko et Yokota des trois grands attaquants et portait le numéro huit.

— Pour tout le monde, le plus beau c'est Morita, n'est-ce pas ?

— Alors comme ça, pour toi, Tomoko, il n'y a que le visage qui compte ? répliqua aussitôt Mina.

— C'est parce qu'il a vraiment une belle silhouette quand il joue, je trouve. Quand il fait un service smashé, il est vraiment magnifique. Son corps qui plonge et son bras gauche qui accumule de l'énergie, ses yeux qui suivent le ballon qu'il lance, son dos ployé à l'instant où il frappe...

Et j'ai imité son service. Alors Mina a corrigé ma position, en disant qu'en pliant ainsi le coude on avait moins d'énergie, et qu'il fallait replier un peu plus les genoux.

Mina et moi, toutes les deux, nous étions très fières de ne rien ignorer de ce qui concernait l'équipe nationale de volley-ball, comme le profil des joueurs bien sûr, mais aussi leurs petites bottes secrètes et même leurs combinaisons tactiques. En cette année 1972, le volley masculin visait la médaille d'or aux Jeux olympiques de

Munich. En 1964 à Tokyo, ils avaient remporté la médaille de bronze et en 1968 à Mexico celle d'argent, si bien qu'il ne leur manquait plus que l'or. L'entraîneur Matsudaira avait rassemblé des joueurs originaux, et concocté des combinaisons et des attaques rapides auxquelles personne n'avait pensé jusqu'alors, afin de battre par un jeu rapide et précis les équipes étrangères qui étaient supérieures en puissance.

Parmi les trois grands, comparé à Oko qui débordait de puissance avec sa coupe de cheveux simple et carrée et Yokota qui frappait des smash avec l'air de pleurer à moitié, Morita était un athlète en tous points élégant. Il avait beau transpirer, ses cheveux séparés par une raie sur le côté gardaient leur fraîcheur, son profil lorsqu'il levait les yeux vers le ballon était plein d'énergie, et son jeu puissant ne manquait pas d'élégance. Il aurait pu tout aussi bien se tenir derrière un comptoir de bibliothèque plutôt que sur un terrain, il n'aurait pas dépareillé. Peut-être ressemblait-il un peu à monsieur Tokkuri, le bibliothécaire de la bibliothèque municipale d'Ashiya.

Le joueur préféré de Mina était Katsutoshi Nekoda, qui portait le numéro deux, passeur talentueux comme on n'en voit qu'un tous les cent ans, à qui l'entraîneur Matsudaira avait confié le soin de rapporter la médaille d'or. Mais contrairement à moi qui poursuivais Morita comme une idole de la chanson, l'objet de l'amour de Mina était uniquement le volley. Et son attirance pour Nekoda qui était nécessaire à l'équipe en était la preuve.

— Pour devenir la meilleure équipe du monde, il faut le meilleur passeur. C'est pour ça que Nekoda fait les passes, m'expliqua-t-elle. Nekoda, tu sais, de l'œil gauche il voit le ballon, et de l'œil droit, les bloqueurs adverses. Même quand un point est marqué et que tout le monde manifeste sa joie en tournant sur le terrain, il est le seul à ne pas quitter des yeux le camp adverse. Il met dans sa tête tout ce qui se passe sur le terrain à ce moment-là, et trouve instantanément l'attaque suivante. Et en plus, ce n'est pas lui qui exécute cette attaque. Ce sont les attaquants. S'il pouvait la faire à leur place, ce serait certainement beaucoup plus amusant. Mais le passeur ne peut faire que des passes. Sans rien dire.

Mina, qui bien sûr n'avait jamais joué au volley ni même sans doute touché un ballon, parlait avec entrain de Nekoda comme si elle se trouvait sur le terrain à sa place.

— Dis, quand Nekoda fait une passe et que l'attaque a réussi, tu ne trouves pas que c'est comme si le passeur et l'attaquant dialoguaient en silence ? Leurs sentiments à tous les deux ne font plus qu'un à travers le ballon qui perce la défense adverse. Les passes de Nekoda sont pleines de prévenances. En tendant les mains, c'est comme s'il disait discrètement à l'attaquant qu'il comptait sur lui.

Mina imita le geste de faire une passe. Elle avait beau l'exprimer avec netteté, son corps qui relevait de maladie paraissait si faible pour imiter Nekoda qu'elle semblait esquisser un mouvement de la danse de la fête des Morts, et j'ai acquiescé en silence.

— Oui, je comprends, quand Morita se décide pour une décalée, c'est joli, hein. Il n'y a rien qui gêne, on dirait une étoile filante qui brille. Oui, c'est comme toi, Mina, quand tu frottes une allumette. De la même façon que l'histoire cachée dans l'étiquette devient flamme entre tes doigts, le souhait de Nekoda explose à travers le bras droit de Morita.

Imaginant le filet sur le mur de la chambre, je lui ai montré la décalée. La particularité de cette combinaison, que Morita avait trouvée par hasard quand son lacet de chaussure s'était défait au moment où il allait sauter, consistait par un geste rapide à tromper les bloqueurs adverses et faire un smash sans perdre de force. Mais comme je m'y attendais, Mina ne fut pas convaincue et me fit corriger l'angle de mes genoux et la manière de tendre mes bras.

La télévision était posée sur un petit meuble dans un coin de la salle de séjour. Le dimanche soir à sept heures et demie, Mina et moi prenions place sur le tapis devant et nous attendions le commencement du "Chemin vers Munich". Nous aurions tout aussi bien vu sur le sofa, mais quand l'excitation était à son comble, notre corps se raidissait, si bien que tout naturellement nous préférions nous asseoir à la japonaise sur le sol. Nous voulions également, en supportant la douleur de nos jambes, partager un tant soit peu la souffrance de l'entraînement de Morita ou Nekoda.

Je ne sais pourquoi, madame Yoneda était elle aussi assise correctement à nos côtés. Peut-être voulait-elle seulement surveiller le genre d'émission pour laquelle les enfants que nous étions se passionnaient. Grand-mère Rosa avait pris place sur le sofa, et si elle montrait de l'intérêt pour l'émission, bien sûr ce n'était pas à cause du volley-ball mais uniquement parce que dans le titre il y avait Munich.

"Le Chemin vers Munich" prenait chaque fois un athlète comme personnage principal et montrait par un film d'animation comment il se comportait au sein de l'équipe nationale du Japon dans le but de remporter la médaille d'or. En cours de route, à l'occasion, étaient insérées des images réelles, une conception nouvelle qui avait de l'impact et nous accrochait encore plus sérieusement.

— C'est comme du football avec les mains.

Grand-mère Rosa n'avait pas l'air contente de ne rien voir de l'Allemagne malgré le titre de l'émission.

— Mais pas du tout, lui répondit Mina.

— Aah, lui, il est vraiment tout petit.

Madame Yoneda disait tout ce qui lui passait par la tête.

— C'est leur chef, Matsudaira, l'entraîneur. Il n'est pas tout petit, c'est parce qu'autour ils sont trop grands, répondis-je à mon tour.

On pouvait nous poser toutes les questions qu'on voulait, nous ne détachions pas les yeux de l'écran.

— Ha, c'est pour ça qu'il prend des grands airs...

— Il n'y a pas de but comme au football. Comment on compte les points ?

— Quand le ballon tombe sur le terrain adverse, ça fait un point.

— Quand on est au service, hein.

— Au service ?

— Grand-maman, on t'expliquera tranquillement la règle du jeu après, ne demande rien pour l'instant. C'est impossible à expliquer d'un seul mot.

En réalité, nous aurions aimé nous concentrer sur l'émission seules toutes les deux, mais il n'y avait qu'une seule télévision, si bien que ce n'était pas possible.

Le thème musical d'ouverture et l'uniforme rouge et blanc suffisaient à nous plonger dans le ravissement. Nous étions impressionnées par un joueur se jetant à corps perdu dans une réception en plongeon sans se soucier de se retrouver couvert d'égratignures sanglantes, émues aux larmes par un autre qui continuait à s'entraîner seul dans le gymnase sombre pour parfaire une nouvelle technique.

— Qui est ton joueur préféré, Mina ? questionna grand-mère Rosa.

— Le numéro deux.

Nekoda était justement en train de faire des passes pour s'entraîner au A quick.

— Le numéro deux il est toujours penché. Il s'humilie.

Grand-mère Rosa pour la première fois émettait un juste point de vue.

— Tu as raison, grand-maman. Sans connaître la règle du jeu, on comprend rien qu'en regardant le numéro deux. Ça montre à quel point le volley-ball est un jeu magnifique.

Nekoda changeait délicatement l'orientation de la passe selon la taille ou la vitesse de l'attaquant. Il contrôlait le ballon vers un point idéal qui n'existait qu'un instant. Mina observait, le souffle suspendu, les mains de Nekoda dont les doigts paraissaient abriter chacun une âme.

"Encore vingt-sept jours jusqu'aux Jeux olympiques."

A la fin de l'émission, lorsque cette phrase s'était affichée sur l'écran, nous nous étions regardées, Mina et moi, et nous avions poussé en même temps un gros soupir. Nous voulions absolument que le Japon obtienne la médaille d'or, puisqu'il s'entraînait aussi durement, nous voulions absolument qu'il l'obtienne, nous demandions aux dieux de protéger l'équipe du

Japon, qu'elle remporte la médaille d'or, nous les avons suppliés… Nous étions envahies par cette pensée, et ne sachant quoi faire, ne faisions rien d'autre que de laisser échapper des soupirs.

23

L'été d'Ashiya est arrivé comme s'il remontait de la mer. Dès la fin de la saison des pluies, la mer jusqu'alors absorbée par le ciel bas et nuageux retrouva ses fraîches couleurs, tandis que nous pouvions suivre la ligne d'horizon qui se détachait d'un bout à l'autre de notre champ de vision. La lumière et le vent qui descendaient d'abord sur la mer remontaient à flanc de montagne chargés de l'odeur de marée. Tiens, la mer est plus proche qu'hier, se disait-on, et c'était là le signal de l'arrivée de l'été.

— Ecoutez, le terrain fait dix-huit mètres par neuf mètres. Alors, d'ici où nous nous trouvons, ça fait pour la longueur jusqu'à cette aubépine là-bas, et pour la largeur, à peu près jusqu'à la lanterne du jardin. Vous pouvez imaginer ça ?

Grand-mère Rosa et madame Yoneda assises l'une à côté de l'autre sur un banc sous la glycine acquiescèrent de concert.

— Il est divisé en son milieu par le filet, et deux équipes de six joueurs chacune s'affrontent.

Après avoir montré à peu près la grandeur du terrain, Mina insista sur la hauteur du filet en étendant largement les bras.

Les rayons du soleil éblouissants recouvraient le jardin, chaque brin d'herbe de la pelouse reflétant la lumière. En bordure de ce scintillement, l'ombre des arbres, profonde, esquissait toutes sortes de formes sur la pelouse. Immergée dans le bassin, Pochiko, épuisée par la chaleur, ne laissait voir que sa tête qui flottait vaguement d'un air égaré. Où étaient donc passés les petits oiseaux et les cigales qui chantaient si joyeusement le matin ? le jardin avait replongé dans le calme, seules nos voix résonnaient alentour.

— Par exemple, Tomoko représente l'équipe de l'Union soviétique et moi celle du Japon. D'abord on commence par le service. On commence toujours par le service, vous voyez. Pour servir, je me mets en dehors du terrain, je lance le ballon de cette façon, et je le frappe pour le faire retomber sur le terrain de l'Union soviétique. Ce ballon, l'équipe de l'Union soviétique doit le renvoyer en pas plus de trois passes. Et quand il revient par ici, le Japon le renvoie aussi en trois fois. Elle le reçoit, Nekoda fait une passe, et Oko frappe un smash. Le coup d'Oko est très fort, l'Union soviétique ne peut pas le rattraper et le ballon rebondit sur le terrain. Alors, le Japon qui était au service gagne un point. Un set se joue en quinze points et l'équipe qui a remporté trois sets gagne le match.

Mina avait mimé à la suite le serveur, le receveur, Nekoda et Oko. Et moi je faisais le joueur soviétique qui avait laissé échapper le ballon et qui était tombé.

Sans filet ni ballon, en étant deux seulement pour faire la démonstration, expliquer les règles du jeu était difficile, mais Mina le fit convenablement. Elle utilisait des mots intelligibles afin que deux vieilles femmes sans aucun lien avec le volley-ball puissent comprendre, faisant progresser l'histoire en respectant l'équilibre entre le cours de l'ensemble et les petits détails.

Les deux vieilles dames écoutaient avec sérieux. Madame Yoneda semblait avoir compris que "Le Chemin vers Munich" n'était pas une émission de mauvais goût, tandis que grand-mère Rosa avait déjà oublié son mécontentement parce que la ville de Munich n'apparaissait pas.

— Qui désigne le serveur ?

— Quand on renvoie le ballon en une fois, qu'est-ce qui se passe ?

Les questions qu'elles plaçaient de temps à autre étaient toutes simples mais substantielles. Grand-mère Rosa était vêtue d'un pantalon de tissu léger et d'un corsage jaune à fleurs, tandis que la maigreur de madame Yoneda paraissait encore plus prononcée dans une robe toute droite en lin. Elles étaient toutes les deux coiffées du même chapeau de paille. Sur la table de pierre, quatre bouteilles de Fressy avaient été mises à rafraîchir dans un saladier d'argent rempli de glace.

— Ce qui est important au volley-ball, c'est quand le droit de servir passe de l'un à l'autre camp sans qu'il n'y ait de point marqué. Parce que dans un set, il y a forcément un moment comme ça où on est dans une impasse, et là, il ne faut pas se décourager. Il faut attendre patiemment qu'une chance se présente. Le service peut changer plusieurs centaines de fois, il faut continuer à réceptionner le ballon sans s'énerver. Le volley est un sport de persévérance.

— C'est pour ça que le passeur ne doit pas seulement faire des passes pour favoriser les smash, mais il doit être aussi un soutien psychologique pour son équipe.

— Oui, Tomoko, tu dis des choses intéressantes.

— Est-ce que vous vous rappelez le nom du passeur de l'équipe du Japon ?

— Nekoda. Dossard numéro deux, répondirent les deux vieilles dames dans un bel ensemble comme la fois où elles avaient chanté en duo.

Le front luisant de transpiration, Mina leur répondit d'un air satisfait que oui, c'était bien cela.

Mina et moi nous avons fait avec entrain une démonstration des attaques rapides A et B et d'une attaque décalée en insistant sur leur originalité. Le soleil était juste au-dessus de nous et l'ombre des arbres était de plus en plus dense. Deux abeilles qui avaient dépisté une odeur sucrée volaient en rond au-dessus du Fressy.

— Tomoko, viens par ici. Ça c'est le bloc soviétique. Le ballon est revenu vers le Japon. Nekoda fait une passe rapide parallèle au filet. Yokota saute, fait semblant de faire un smash mais frappe dans le vide. Les athlètes soviétiques se font bêtement avoir et le bloc se précipite pour contrer. Au moment où les longs bras des Soviétiques se retirent, à l'instant où il n'y a plus d'obstacle au niveau du filet, la passe de Nekoda s'immobilise. Et là, le véritable attaquant, Oko, frappe un smash.

Mina devenait Nekoda, devenait Yokota, devenait Oko. Je devenais l'Union soviétique, je servais d'appeau et je pus devenir Morita uniquement pour l'attaque décalée. Le rôle de Nekoda, quoi qu'il arrive, était dévolu à Mina.

— Dites, vous comprenez ? vérifia-t-elle à plusieurs reprises en regardant vers la glycine.

Chaque fois, les deux vieilles femmes acquiesçaient en faisant aller de haut en bas le bord de leur chapeau de paille. Seule Pochiko n'arrivait absolument pas à paraître intéressée par l'attaque décalée : elle était sortie de son bassin, et après s'être ébrouée en éclaboussant partout, s'en était allée se terrer dans sa tanière au creux du tertre.

Pour les deux vieilles dames qui avaient la vue basse, il fallait faire tous les gestes en grand, et nous faisions exprès de courir après le ballon, de sauter et d'agiter les bras avec exagération. Ce n'était pas rien, surtout que je devais faire des allées et venues entre le camp de l'Union soviétique et celui du Japon. Nous n'avons pas tardé à nous retrouver dégoulinantes de transpiration. La combinaison de Mina collait à son dos, et ses cheveux humides étaient entremêlés sur son cou.

— A l'attaque rapide D maintenant.

Le ton de sa voix était le même que dans la situation de la finale des Jeux olympiques, quand à égalité 2 sets à 2, dans le cinquième set à 13 contre 14, c'était à l'Union soviétique de servir.

— D'accord, ai-je répondu.

Le service de l'équipe de l'Union soviétique s'envole. Un service flottant. Il dévie de sa trajectoire et l'équipe japonaise le réceptionne avec peine. Voyant la direction du regard de Nekoda, l'avant-garde de l'équipe soviétique se prépare à bloquer vers la gauche. Nekoda se penche et se place sous le ballon. Les Soviétiques tendent quatre bras au-dessus du filet, s'apprêtant à contrer le smash. Mais à cet instant précis, Nekoda, à l'opposé de la direction de son regard, fait une passe dans son dos. Ses genoux ont la souplesse du ressort, son dos s'arc-boute comme une arche, ses dix doigts offrent une prière muette à l'attaquant. Le ballon invisible s'envole en glissant vers la droite au-dessus du filet invisible. Aucun athlète soviétique ne peut le rattraper. Le ballon blanc, objet de la prière de Nekoda, étincelle dans les rayons du soleil. Cet éblouissement éclate sur la paume de l'attaquant.

Mina, moi, grand-mère Rosa et madame Yoneda, nous suivons des yeux en silence le ballon qui frappe le terrain adverse, rebondit et roule. Le coup de sifflet de l'arbitre se répercute à travers le jardin.

Chère maman, j'espère que tu vas bien. Moi je vais bien. Tout le monde va bien ici. Début juillet, Mina a été hospitalisée une dizaine de jours, mais maintenant ça va bien. Il n'y a pas d'inquiétude à se faire.

Ma tante a dit qu'elle allait t'envoyer à Tokyo mes résultats du premier trimestre, tu les regarderas. J'ai suivi tes conseils et j'écoute tous les jours les cours d'anglais à la radio, c'est peut-être pour ça qu'en anglais au moins je suis bien placée.

Eh bien, tu m'as dit une fois dans une lettre que tu m'enverrais des articles de bureau ou des vêtements si je voulais quelque chose de pareil pour Mina et moi, alors je te demande. Peux-tu m'envoyer un ballon de volley-ball ? Un ballon blanc pour faire du volley. Je n'ai pas besoin de plumier décoré de Snoopy ni de corsage à volants. Je voudrais un ballon de volley. Je l'utiliserai avec Mina. J'espère que ce ne sera pas trop cher… Excuse-moi de faire l'enfant gâtée.

Quand tu auras suffisamment de pièces de dix yens, téléphone-moi encore. Bon, alors à bientôt.

Tomoko.

Je rentrais après avoir mis la lettre pour ma mère dans la boîte la plus proche lorsque je tombai sur le postier qui arrivait justement pour la distribution du courrier.

— C'est une heureuse nouvelle. Qui met les larmes aux yeux.

Grand-mère Rosa avait abandonné sa canne et brandissait bien haut une enveloppe air mail. Je sus tout de suite qu'il s'agissait d'une lettre de Ryuichi parce que tout le monde se rassemblait dans la salle de séjour, y compris monsieur Kobayashi.

— Ryuichi revient. Il revient de Suisse le premier jour d'août.

Grand-mère Rosa embrassa plusieurs fois l'enveloppe. Elle fut aussitôt entièrement recouverte de traces de rouge à lèvres.

24

Le 1er août, Ryuichi qui étudiait à l'université en Suisse est rentré à Ashiya. C'était son premier retour depuis qu'il était parti poursuivre ses études à l'étranger un an plus tôt. Dès le matin, nous l'attendions tous avec une terrible impatience, sans pouvoir nous calmer, nous regardions l'heure sans arrêt. L'espoir de la famille, le prince de grand-mère Rosa arriva enfin au moment où le calme revenait, où la crête des monts Rokko se colorait peu à peu sous les rayons du couchant.

Je ne sais pourquoi mon oncle l'accompagnait. Nous ne l'avions pas vu depuis longtemps, mais il n'avait pas changé. Etait-il revenu en tenant compte du retour de son fils ? A moins qu'il ne fût allé le chercher à l'aéroport de Haneda ? Alors qu'habituellement il n'était pas à la maison, comment et avec qui communiquait-il pour les détails ? Toutes sortes de doutes m'étaient venus à l'esprit, qui me devinrent indifférents dès que je fus en présence de Ryuichi.

Tout d'abord, grand-mère Rosa le serra dans ses bras et lui couvrit le visage de baisers. Comme l'enveloppe, les joues de Ryuichi furent pleines de rouge à lèvres. Penchant le haut du corps, il avait gentiment passé ses bras autour de ses épaules en faisant attention à ne pas la gêner avec sa canne. Le corps de grand-mère Rosa disparaissait complètement à l'intérieur de ses bras.

Chacun à sa manière se réjouissait de le revoir. Ma tante et monsieur Kobayashi réservés comme des Japonais, madame Yoneda qui pleurait presque, et Mina en faisant preuve d'une innocence qu'elle n'avait jamais montrée jusqu'alors, ils s'assuraient l'un l'autre qu'ils étaient sains et saufs. Mon oncle, debout non loin, observait la scène d'un air satisfait.

— Toi, tu es Tomoko, hein ?

Ce furent les premiers mots que Ryuichi m'adressa.

— Oui, je suis Tomoko. Oui oui, Tomoko, me contentai-je de répéter, incapable de le serrer dans mes bras comme grand-mère Rosa ni de le prendre par la main en sautant pour manifester ma joie comme Mina. Qu'aurais-je pu dire d'autre ? A un garçon tel que lui.

La beauté de Ryuichi, était différente de celle, comme un lac transparent, de Mina et de mon oncle. Elle était bien plus passionnée, beaucoup plus puissante, comme un continent. En réalité, ses yeux comme ses cheveux n'étaient pas marron, mais d'un noir sans mélange. D'une couleur qui faisait penser à de l'obsidienne extraite des profondeurs de la terre.

Il n'était pas tout à fait aussi grand que mon oncle, mais ses épaules étaient larges et musclées. Son blazer bleu marine d'étudiant et sa cravate lui allaient à merveille. Alors qu'il arrivait enfin à la maison après un long voyage pour venir d'un endroit si lointain que j'avais de la peine à l'imaginer, son visage ne présentait aucun signe de fatigue, et son blazer n'était pas du tout fripé.

Mon oncle et Ryuichi au premier coup d'œil ne se ressemblaient pas, mais lorsqu'ils se tenaient l'un à côté de l'autre, leurs charmes respectifs entraient en résonance pour former une seule lumière plus forte qui éclairait tout ce qu'il y avait autour. Alors que seuls on les remarquait déjà pas mal, en présence l'un de l'autre, la couleur de leurs cheveux et de leurs yeux, leur attitude et leur manière de parler, toutes ces choses différentes se mêlaient pour n'en former qu'une qui produisait de nouveaux charmes. C'était la preuve réelle que même s'ils ne se ressemblaient pas, ils étaient bel et bien père et fils.

— Merci d'être l'amie de Mina. Moi aussi je suis content que tu sois venue dans cette maison, me dit Ryuichi en me tendant la main.

Je savais bien qu'elle pouvait être pleine de chaleur, ce n'était qu'une salutation formelle, mais je ne réfrénais pas mon ravissement. J'échangeais une poignée de main avec quelqu'un de merveilleux. Comment pouvais-je garder mon sang-froid ? La première fois que j'avais rencontré mon oncle à la gare de Shin-Kobe, j'avais aussi été enthousiaste, mais mon oncle n'était que mon oncle. Ryuichi, lui, avant d'être le grand frère de ma cousine, était un jeune homme brillant d'une beauté remarquable.

Au moment où j'allais glisser ma main dans celle, large et bronzée, qui se trouvait devant mes yeux, je me rendis compte soudain, sans aucun signe avant-coureur, que j'avais commis une erreur irréparable. Je ne portais pas de soutien-gorge.

Je n'arrivais pas à m'expliquer pourquoi cette pensée me traversait l'esprit dans un moment aussi important alors que depuis la rentrée scolaire je ne m'en étais pas préoccupée une seule fois. En tout cas, sous mon corsage je n'avais qu'une combinaison, et j'étais terriblement honteuse de ma pauvre poitrine d'enfant. La tête entièrement prise par cette histoire de soutien-gorge, je n'eus pas le loisir de lui adresser un charmant sourire, ni de lui adresser la parole avec esprit, tellement j'avais la respiration douloureuse.

Lorsque je repris mes esprits, l'instant précieux où j'avais pu serrer la main de Ryuichi s'était enfui, ne laissant derrière lui qu'une infime sensation, comme le vent qui passe.

Je retournai précipitamment dans ma chambre, ouvris le tiroir, et sortis le soutien-gorge que j'avais fourré dans un coin après ne l'avoir porté qu'une seule fois pour la cérémonie de la rentrée. Je me faisais peut-être des idées, mais en comparaison du printemps, j'avais l'impression que ma poitrine le remplissait plus. J'en réglai soigneusement les bretelles, et levai les bras plusieurs fois de suite pour vérifier qu'il ne remontait pas sur mes clavicules.

Ryuichi était doué d'une nature différente de celle de Mina. Il était en bonne santé, avait beaucoup d'amis, préférait passer à l'action plutôt que d'imaginer, et partait à l'aventure n'importe où sans monter sur Pochiko.

Une Jaguar gris métallisé lui servait de jambes, elle roulait vite et était d'une élégance sans commune mesure avec Pochiko. Un condisciple du lycée lui prêtait, semble-t-il, uniquement pendant l'été, et le petit jaguar qui fendait le vent sur le capot lui ressemblait bien.

Mina essayait de passer le plus de temps possible avec son grand frère, en lui posant tout un tas de questions sur la vie en Suisse, en insistant pour qu'il lui corrige ses devoirs de vacances, en l'invitant dans la salle de bains de lumière, mais dans la plupart des cas cela ne marchait pas. Dès le jour qui suivit son retour, il se démena avec énergie pour profiter de ses courtes vacances au maximum. "Excuse-moi, Mina. Je t'aiderai ce soir pour tes devoirs", lançait-il avant de sortir dès le matin au volant de la Jaguar, et quand l'heure de nous coucher arrivait il n'était toujours pas rentré. Travail d'appoint comme maître nageur à l'école de natation, club de tennis du parc d'Ashiya, les monts Rokko, les cinémas de Sannomiya, il disposait pour sortir d'autant d'endroits qu'il le souhaitait.

Ne pouvant faire autrement, Mina et moi nous nous occupions gentiment de Pochiko en lui disant qu'elle était bien plus intelligente que la Jaguar, et nous nous appliquions à découper les articles et les photos concernant l'équipe nationale de volley-ball pour les coller dans notre album.

Lorsque pour une fois Ryuichi se trouvait à la maison, c'était avec des amis. Tous du style étudiant bien élevé et bien habillé, qui venaient chacun avec un instrument de musique, des disques, des livres ou un appareil-photo. Bien sûr parmi eux il y avait des filles. En général, elles apportaient des gâteaux.

— Tiens, ça c'est pour ton goûter avec ta sœur.

Elles avaient un sourire sympathique et une jolie voix.

Même si c'étaient des madeleines de chez A, le meilleur pâtissier d'Ashiya, les préférées de Mina, elle ne se montrait pas de très bonne humeur. "Bien, merci", répondait-elle d'un air boudeur et l'on ne pouvait pas dire que sa voix était jolie. De mon côté, je n'oubliais jamais de préciser : "Non, je ne suis pas sa sœur. Mais sa cousine."

Ils s'installaient au salon pour écouter des disques, sur la terrasse pour jouer aux cartes, ou traînaient à l'ombre des arbres à ne rien faire, en toute liberté. Ryuichi était toujours présent au milieu des rires. Ils étaient tous gentils avec nous, mais comme avec des enfants très jeunes, et il était clair qu'ils ne nous reconnaissaient pas comme faisant partie de leur groupe. Essayant néanmoins de rester près de Ryuichi, nous nous efforcions de faire notre album dans un endroit où nous ne les dérangions pas.

— Dites-moi, la petite Pochiko elle fait sa sieste vous croyez ? vint nous demander une fille en robe blanche à col et poignets de dentelle.

— Vous ne la connaissez pas ? répondit Mina, ses ciseaux à la main.

— Depuis que je suis enfant, je suis venue plusieurs fois m'amuser ici, mais je ne l'ai encore jamais vue.

— Vous êtes une condisciple de Ryuichi ? questionnai-je à mon tour.

— Oui. J'étais dans la classe des filles. Mais au lycée, nous faisions partie du même club d'escrime.

Elle sentait très bon. Pas les Bolo ni le Fressy, mais le parfum.

— Dans la journée, elle est souvent dans sa tanière. Tenez, là-bas. On voit juste son derrière. Mina désignait le tertre. Si vous voulez, on peut vous y conduire.

— Ah, avec joie. Vous voulez bien ?

Nous sommes descendues de la terrasse dans le jardin, et nous avons marché jusqu'aux rochers. La jeune fille à la robe de dentelle s'approcha doucement comme si elle cherchait à se dissimuler derrière nous. Le derrière de Pochiko était toujours aussi imposant.

— Il n'y a rien à craindre.

— Elle est très contente quand on la caresse à la naissance de sa queue.

— Vous pouvez le faire comme ça.

— En rond, comme si vous dessiniez un cercle.

Guidée par Mina et moi, elle a caressé le derrière de Pochiko comme on lui disait. Alors, Pochiko a lâché sa chose sur sa main et, agitant la queue, elle en a projeté partout.

La fille a poussé un cri en même temps que sa robe de dentelle blanche se salissait. "Aah, c'est affreux, non mais, Pochiko, ça ira ?" disions-nous pour consoler la fille, mais dans mon cœur je félicitais Pochiko d'en avoir fait une bien plus grosse que pour moi.

25

Depuis le retour de Ryuichi, j'avais beaucoup de mal à m'endormir le soir. Je lavais dans la salle de bains mon unique soutien-gorge et après l'avoir accroché à la tringle du rideau de la fenêtre qui recevait le soleil du matin, je me glissais sous la couette, mais la seule pensée que le lit où je dormais était celui que Ryuichi avait utilisé autrefois me faisait éprouver une tension dans tout le corps qui me tenait éveillée.

— Je suis désolée d'avoir pris ta chambre, m'étais-je excusée, et il m'avait répondu sans paraître ennuyé :

— Ne t'inquiète pas. Il y a toutes les chambres que l'on veut ici, d'ailleurs ce n'est plus la mienne. Dans cette maison, on n'a plus besoin de cette chambre d'enfant.

J'étais triste à l'idée que même si on naissait dans une belle propriété, il n'était pas question d'y rester éternellement confortablement installé. Mais en tout cas, le fait est que j'avais en commun ce lit avec lui, que cela me perturbait et éloignait de moi le sommeil.

— Aujourd'hui, nous allons tous ensemble nager à Suma, déclara mon oncle un dimanche matin.

Le temps est agréable, et Mina est en forme. Vous êtes d'accord, madame Yoneda ?

Dans cette maison, il suffisait de mettre madame Yoneda de son côté pour que tout se passe à merveille.

— Ryuichi, tu ne travailles pas aujourd'hui, hein ?

Le ton de mon oncle était légèrement différent quand il s'adressait à lui. Il me semblait que plutôt que joyeux et élégant, on y sentait la sévérité d'un père.

Mais oui, ce serait dommage de ne pas nager une seule fois pendant les vacances d'été, me suis-je dit en acquiesçant la première. Mina elle aussi se réjouissait d'avoir enfin l'occasion de pouvoir monopoliser son grand frère. Ryuichi avait sans doute d'autres projets en dehors de son travail, il ne paraissait pas très enthousiaste, mais finalement il ne dit pas non.

Nous nous préparâmes aussitôt. Madame Yoneda fit des boulettes de riz, ma tante donna à Mina un médicament contre le mal des transports. Grand-mère Rosa sortit du tiroir de sa coiffeuse tout un assortiment de produits pour les bains de mer. Ma tante, grand-mère Rosa et madame Yoneda prirent place dans la Mercedes de mon oncle, Mina et moi dans la Jaguar de Ryuichi. Nous nous étions naturellement divisés en deux groupes, sans que personne n'ait donné de directives. Malheureusement, Pochiko resta seule à garder la maison.

Il faisait un temps absolument magnifique, idéal pour aller à la plage. Il n'y avait pas un nuage, la lumière du soleil emplissait tout. Le ruban étincelant de l'Ashiya apparaissait puis disparaissait entre les roseaux, la crête des monts Rokko se découpait nettement dans le ciel. Il suffisait d'aller tout droit vers l'est sur la nationale pour arriver à la côte de Suma.

La Mercedes et la Jaguar roulaient gentiment sans se perdre de vue. Grand-mère Rosa, madame Yoneda et ma tante se retournaient régulièrement pour voir si nous suivions toujours, et chaque fois je leur répondais en agitant la main. J'étais trop heureuse de cette sortie en voiture tous ensemble, et en plus avec Ryuichi.

Peu après avoir dépassé Motomachi, un instant après avoir décelé une odeur marine dans le vent qui entrait par la vitre ouverte, la mer a fait son apparition derrière les pins.

— Dis, regarde, Mina. La mer, c'est la mer, ai-je dit en montrant l'étendue bleue derrière le pare-brise.

Mais Mina portait un masque pour ne pas respirer les gaz d'échappement, et en plus elle avait le visage plongé dans sa serviette de bain pour combattre vaillamment le mal des transports, si bien qu'elle ne voyait pas un seul morceau de paysage. En plus, je ne saisis pas bien sa réponse sous toutes ces épaisseurs.

— Les gaz d'échappement, ils sortent à l'extérieur de la voiture, ça n'a aucun sens de porter un masque, tu sais, Mina, dit Ryuichi avec stupéfaction.

— Mais maman dit qu'on ne prend jamais assez de précautions…

Seuls ses yeux dépassaient de la serviette, si bien qu'elle ressemblait à une princesse arabe.

— Elle est toujours d'un tempérament aussi inquiet ? Tu vas encore à l'école sur le dos de Pochiko ? Ce ne serait pas plus sain d'y aller à pied ? Hein, Tomoko ?

Désarçonnée qu'on me demande aussi soudainement mon avis, et ne sachant trop quel parti prendre, j'étais en train de bredouiller quelque chose comme : “Eeh, mais, euh, ce n’est pas pour le corps, mais parce qu’il y a aussi des endroits où personne d’autre ne peut passer sinon un hippopotame...” lorsque les deux voitures arrivèrent à la côte de Suma.

Mon oncle et Ryuichi sortirent les bagages du coffre, plantèrent deux parasols dans le sable, déplièrent les chaises longues. La plage résonnait des cris joyeux des familles et des couples. Mina et moi avions mis notre maillot de bain sous nos vêtements, si bien que nous n’eûmes pas besoin d’aller aux cabines de bain, il nous suffisait d’enlever notre robe. Nous allions courir aussitôt vers la mer lorsque madame Yoneda nous dit de faire correctement notre gymnastique préparatoire, alors nous fûmes bien obligées de faire, uniquement pour la forme, quelques mouvements de la gymnastique radiophonique.

L’eau était plus froide que je ne l’avais imaginé. Les vagues arrivaient à mes chevilles et je frissonnais déjà. La mer était calme mais le bruit des vagues était étonnamment fort. Des coquillages brisés me piquaient la plante des pieds.

Mina qui ne savait pas nager se laissait flotter entre les vagues, accrochée à sa bouée, tandis que je nageais la brasse en faisant attention à ce qu’elle ne soit pas entraînée vers le large. “N’allez pas trop loin”, “Sortez avant de vous sentir fatiguées”, “Faites attention aux méduses”. Nous apercevions les adultes, inquiets sous leur parasol, qui nous adressaient de grands signes, mais leur voix, dispersée par le vent, n’arrivait jusqu’à nous que par intermittence.

Grand-mère Rosa et ma tante s’enduisaient mutuellement le dos d’huile de coco, madame Yoneda ouvrait son panier pour servir le déjeuner, mon oncle et Ryuichi regardaient la mer en silence. Etait-ce à cause du soleil éblouissant ? leurs silhouettes me paraissaient beaucoup plus lointaines que dans la réalité. Seules les ombres portées sur le sable étaient denses, le reste paraissait flou, fondu dans la lumière. L'ombre d'une île flottait au large, des petits bateaux de pêche allaient et venaient, les mouettes se rassemblaient pour se reposer.

— Tomoko, reste à côté de moi. Je ne veux pas que tu me laisses, dit Mina.

— Oui, je sais.

Pour la distraire, je faisais tourner sa bouée, lui chatouillais le ventre avec des algues. Elle riait de bon cœur, mais ses mains sur la bouée ne relâchaient pas leur étreinte.

Ainsi mouillée, elle paraissait encore plus faible que lorsqu'elle se trouvait dans la salle de bains de lumière ou quand elle avait une crise. Dans la mer, il n'y avait ni allumettes, ni boîtes d'allumettes, ni Pochiko. Ses clavicules, ses côtes et sa colonne vertébrale, tous ses os ressortaient et ainsi exposés soudain au soleil, donnaient l'impression d'être mal reliés ensemble. Ses deux jambes qui pointaient hors de son maillot de bain détendu, ses cheveux châtains étalés sur ses épaules, flottaient tristement sur l'eau.

— Dis, on n'est pas en train de dériver ?

— Ne t'inquiète pas. Je te tiens.

— On pourra revenir ?

— Bien sûr. Tout le monde est là tout près.

— Les vagues scintillent et on ne voit pas très bien.

— Tu veux sortir ?

— ... Hmm. On reste encore un peu.

Nous flottions entre les vagues comme les hippocampes perdus. Le brouhaha de la plage était loin, le ressac nous enveloppait.

Nous sommes revenues sur la plage, et nous avons mangé tous ensemble les boulettes de riz en faisant attention au sable qui collait à nos mains mouillées. Enroulée dans tout un tas de serviettes de bain pour ne pas prendre froid, Mina était redevenue une princesse arabe. Et moi, je faisais attention à l'orientation de mon corps pour que Ryuichi ne remarque pas ma poitrine si plate.

— Tomoko, tu es douée pour la natation, dit grand-mère Rosa en tendant la main vers sa troisième boulette.

Elle avait mis trop d'huile et même son souffle sentait la noix de coco.

— Et aussi pour le volley-ball, renchérit madame Yoneda.

Elle avaient toujours le même chapeau de paille.

— Eeh, tu es dans le club de volley ?

Ryuichi qui n'était pas encore allé dans l'eau avait le dos brillant de transpiration.

— Non. Je joue seulement à un volley-ball imaginaire.

— Sa spécialité c'est le service smashé flottant et l'attaque décalée, intervint Mina du fond de ses serviettes.

— Développer cela dans le monde de l'imagination nécessite beaucoup d'élaboration. Ce n'est pas quelque chose que tout le monde peut faire.

Mon oncle était toujours aussi doué pour faire des compliments.

Le déjeuner n'était constitué que de boulettes de riz et de thé d'orge grillé glacé, mais tout le monde fut aussi heureux que lors du dîner préparé par l'équipe de l'hôtel des monts Rokko. La présence de Ryuichi rendait l'ambiance encore plus joyeuse. Toutes les boulettes dont le panier était plein, fourrées au saumon, aux prunes confites et aux flocons de poisson séchés, ne tardèrent pas à disparaître.

On avait néanmoins l'impression que seuls mon oncle et Ryuichi évitaient de se regarder. Tout le monde s'en était rendu compte mais faisait semblant de ne pas comprendre que c'était pour cela que Ryuichi avait les yeux rivés sur la mer. La marée commençait petit à petit à remonter.

— Bon, dit Ryuichi en se levant.

Il frotta le sable sur son corps et ajouta en désignant un point sur la mer au loin :

— Papa, on fait la course jusqu'à la bouée, là-bas ?

26

Madame Yoneda n'avait pas eu le temps de parler de gymnastique préparatoire : mon oncle et Ryuichi étaient déjà partis en courant vers la mer. Ils nageaient le crawl en ligne droite en direction de la bouée qui délimitait l'endroit où la baignade était interdite. La violence des éclaboussures laissait deviner que cette compétition était beaucoup plus sérieuse qu'on pouvait le penser. Les gens qui flottaient tranquillement en surface se déplaçaient précipitamment pour leur libérer le chemin.

Il était difficile de voir qui gagnait. Les projections étincelaient au soleil et ils formaient tous les deux une masse éblouissante, si bien que l'on avait beau concentrer son regard, on n'arrivait pas à les distinguer. La bouée couleur de haricot rouge qui flottait irrégulièrement apparaissait puis disparaissait entre les vagues. Ils nageaient avec tant d'énergie, alors pourquoi n'en finissaient-ils pas d'arriver à la bouée ? je trouvais cela curieux. Le bloc étincelant allait en rapetissant, tandis que la bouée était toujours aussi lointaine.

— Non, cria Mina qui s'était levée soudain en laissant tomber ses serviettes sous le parasol. Il ne faut pas qu'ils aillent si loin.

Plusieurs personnes, se demandant ce qui se passait, s'étaient retournées pour nous regarder.

— Ils vont se noyer, continuait à crier Mina en direction de la mer, sans s'en préoccuper. Dites, s'il vous plaît, revenez.

Mais elle pouvait toujours crier, sa voix n'arrivait pas jusqu'à eux.

— Papa et Ryuichi savent bien nager, ne t'inquiète pas, dit ma tante en lui tapotant le dos. Les hommes aiment la compétition. Ils reviendront dès qu'ils auront terminé.

— Exactement. Il n'y a pas à s'inquiéter.

— Viens te mettre à l'ombre.

Nos tentatives pour calmer Mina ne faisaient pas d'effet. Elle se tenait debout, les pieds sur la serviette de bain, les lèvres tremblantes. Sa silhouette vue de dos paraissait douloureusement vulnérable, comme si ses circuits ne fonctionnaient plus normalement.

— Mais s'ils vont au large, ils n'auront plus pied. Le courant est fort, et en plus s'il y a des requins, qu'est-ce qu'ils vont faire ? Ils ne reviendront pas. Regardez le petit point brillant qu'ils sont devenus, il vont finir par disparaître entre les vagues…

Il est vrai que leur silhouette ne formant plus qu'un point se fondait dans la lumière qui ondoyait sur la crête des vagues.

Mina pleurait. Chaque fois qu'elle baissait les paupières, les larmes affluaient, mouillant ses joues rougies par le soleil. Elle pleurait comme si elle ne comprenait pas elle-même pourquoi.

Ce fut la première et la dernière fois que je la vis pleurer. Nous avons vécu ensemble beaucoup de scènes où nous aurions pu verser autant de larmes que nous voulions, mais alors elle résistait. La seule fois où elle a pleuré devant moi, ce fut ce jour-là, par un chaud dimanche d'août, en regardant de la plage mon oncle et Ryuichi faire la course jusqu'à la bouée.

Mon oncle et Ryuichi sont revenus sains et saufs. A ce moment-là, Mina avait retrouvé sa normalité. Assise sous le parasol, elle put les accueillir calmement comme s'il ne s'était rien passé, et ses larmes s'étaient en grande partie évaporées.

Leur respiration était rauque, leur corps mouillé froid. Finalement, personne ne sut qui avait gagné. Mon oncle s'enfonça dans sa chaise longue, et Ryuichi s'allongea sur le dos sans se soucier du sable qui collait à sa peau.

— Vous êtes drôlement rapides. On aurait dit des poissons volants.

— Oui, c'est fascinant.

Grand-mère Rosa et madame Yoneda ne tarissaient pas d'éloges, auxquels tous les deux, essoufflés, ne pouvaient répondre autrement que par des onomatopées. La bouée qu'ils avaient touchée continuait à apparaître et disparaître entre les vagues au large.

En rentrant vers la voiture, nous nous sommes arrêtés dans une cabane au bord de la plage pour manger un granité. Une gentille dame rabota avec entrain de la glace pour sept coupes. Si madame Yoneda avait été marchande de glace, elle aurait sans doute eu la même énergie. Grand-mère Rosa le prit avec du sirop à la fraise, mon oncle et Ryuichi au melon, ma tante au miel, Mina à l'ananas, moi au raisin et madame Yoneda, bien sûr, au lait concentré.

Assis sur un banc à l'ombre des stores de la terrasse, nous avons mangé notre granité chacun à son parfum. Il n'y avait pas de Fressy, mais une boisson de marque concurrente, exposée à la vente dans la vitrine réfrigérée, et cependant personne n'y faisait attention. De temps à autre, un courant d'air frais venu de la mer agitait les rubans des chapeaux de paille et les lanternes en papier qui pendaient sous l'auvent. Tour à tour nous nous mettions à crier : "Wouaah, c'est froid" en faisant la grimace, tandis que nos cuillères tintaient contre le verre.

Tout le monde est là, me suis-je dit. En regardant chacun de nous six, assis l'un contre l'autre un peu à l'étroit sur le banc, je me suis dit, tout va bien, personne ne manque.

Ma tante ne fumait pas et ne buvait pas non plus. Elle regardait le panonceau du menu, mais ce n'était pas pour chercher des coquilles. Mina, ayant oublié qu'elle avait tant pleuré, mangeait son granité avec plaisir, grand-mère Rosa et madame Yoneda se partageaient gentiment la fraise et le lait concentré. Ryuichi était revenu de la lointaine Suisse et de la bouée. Et mon oncle également. Maintenant il était là. Là où il devait se trouver. Il ne réparait pas les choses cassées.

Pochiko, à cette heure-ci, était sans doute affalée à l'ombre d'un buisson, à faire sa sieste. Monsieur Kobayashi devait profiter tranquillement de son jour de congé, n'ayant pas à s'en occuper ni à se rendre à l'hôpital pour Mina.

Et pour moi ? Là non plus il n'y avait pas d'inquiétude à se faire. Pour ce qui est de l'endroit où se trouvait ma mère, je me rappelais l'adresse et le numéro de téléphone. Quant à l'endroit où se trouvait mon père, le jour de ses funérailles, ma mère me l'avait indiqué. C'est un peu loin, mais un jour ou l'autre nous irons le rejoindre, il n'y a pas à craindre de s'égarer. Ton papa est gentil, il est seulement parti devant pour voir comment c'était, m'avait-elle dit.

Quand tout le monde riait, on voyait poindre des langues colorées en rouge, jaune et violet.

Mon oncle et Ryuichi avaient la même couleur vert pâle du melon. Tout le monde était là. Personne ne manquait à l'appel. Je me répétais cela intérieurement tandis que, complètement rassurée, je brassais avec ma cuillère la glace fondue au fond de ma coupe.

Les vacances d'été de Ryuichi se terminèrent en un rien de temps, et le jour de son retour en Suisse arriva. Le matin de son départ, on fit venir le photographe, pour prendre une photo-souvenir dans le jardin. On posa deux fauteuils sur la pelouse, pour grand-mère Rosa et madame Yoneda, et nous nous rassemblâmes tous autour d'elles pour décider de la pose.

Le problème le plus important était celui de Pochiko. Monsieur Kobayashi l'avait soigneusement toilettée, et lui avait mis autour du cou son ruban assorti à celui de Mina. Un ruban à motif tyrolien que Ryuichi avait rapporté de Suisse en cadeau, mais malheureusement les jolis motifs étaient à moitié dissimulés dans les replis de son cou.

A commencer par monsieur Kobayashi, nous essayâmes tous de faire regarder Pochiko droit devant elle.

— Allez, sois gentille. Regarde cette boîte carrée noire, là-devant.

— Quand ce sera fini, on te donnera tout ce que tu voudras, de la pomme ou de la pastèque.

— Oui, tu sais. Ça ne va pas durer longtemps, un peu de patience, Pochiko.

Ryuichi, comme s'il essayait de calmer un bébé, lui caressait le derrière en lui disant, "Bien, bien", et monsieur Kobayashi serrait sa tête entre ses mains, tirait sur son ruban. Le photographe tenait le déclencheur de son appareil d'un air signifiant qu'il n'était pas pressé, que nous pouvions prendre tout notre temps, qu'il attendrait jusqu'à ce que la petite Pochiko veuille bien prendre la pose.

Pendant ce temps-là, grand-mère Rosa et madame Yoneda, prêtes à tout moment à se faire photographier, se tenaient bien droites, les mains sagement posées sur les genoux, le menton rentré, les yeux rivés sur l'objectif. Elles gardaient patiemment leur expression la plus élégante.

— Bon, alors j'y vais. 3, 2, 1, oui, cheese.

Et le photographe appuya joyeusement sur le déclencheur qu'il maintenait au-dessus de sa tête.

J'ai encore à portée de main la photographie prise ce jour-là, comme un précieux trésor renfermant le souvenir des jours d'Ashiya. Il s'est écoulé beaucoup de temps depuis, mais la beauté de mon oncle et de Ryuichi n'a pas perdu de son éclat. Ma tante sourit avec réserve, monsieur Kobayashi retient le corps de Pochiko. Résultat d'un long combat : le nœud de son ruban est presque défait. Grand-mère Rosa et madame Yoneda sont proches l'une de l'autre comme deux sœurs jumelles. Et Mina, avec ses yeux marron, regarde beaucoup plus loin que l'objectif. Derrière nous tous, on voit cette belle maison que j'aimais tant.

Chaque fois que je regarde la photo je me surprends à murmurer. Tout le monde est là. Tout va bien. Personne ne manque.

27

Ryuichi est reparti en Suisse après m'avoir glissé à l'oreille qu'il comptait sur moi pour Mina. Sa manière de me le dire marquait sa volonté de me la confier à moi, pas à ses parents ni à madame Yoneda.

J'avais acquiescé en silence, le cœur débordant d'un mélange de joie à l'idée que Ryuichi m'ait demandé à moi, et de tristesse parce que nous ne nous verrions plus.

Eeh, bien sûr, je comprends. Tu peux avoir confiance en moi. Je reste auprès de Mina. Personne ne m'en a parlé, mais j'ai à peu près deviné que si mon oncle ne peut pas être tous les jours avec nous, c'est sans doute parce qu'il a une autre maison où il doit rentrer. Si tu ne lui écris jamais et si tu lui as lancé un défi au bord de la mer, c'est à cause de ça, j'en suis sûre. Il se peut que mon oncle soit absent quand Mina aura besoin de lui. Et ma tante sera peut-être ivre. Mais moi, je serai toujours disponible. Je te le promets. Alors tu peux être tranquille pour te concentrer sur tes études à l'université.

C'est dans cet état d'esprit que j'avais acquiescé.

Comme pour mieux étayer mes suppositions, mon oncle disparut à la faveur de la précipitation du départ de Ryuichi.

Contrairement à moi qui avais été prise d'un engouement subit pour tous ces hommes récemment rencontrés, le bibliothécaire au col roulé, Morita le joueur de volley-ball de l'équipe nationale et mon cousin Ryuichi, Mina était fidèle au jeune homme du mercredi. Pour être franche, je ne comprenais pas très bien, à le voir comme ça, pourquoi c'était lui qu'elle avait choisi. Le garçon du mercredi était un travailleur ordinaire et silencieux comme on en trouve partout.

Entourée de beaux hommes depuis sa naissance, Mina était peut-être insensible aux critères de la beauté. Peut-être n'avait-elle plus besoin de satisfaire son désir pour l'apparence, ayant, en dernière année d'école primaire, déjà profité de tous les beaux hommes qu'une femme normale ne rencontre même pas en une vie.

Simplement, il n'y avait aucun doute en ce qui concernait les boîtes d'allumettes. S'il s'était contenté de livrer le Fressy sans en apporter, la situation aurait sans doute été différente.

Quand il ouvrait d'un coup sa paume épaisse, Mina regardait la boîte posée dessus comme s'il venait de faire un tour de magie. En réalité, comme moi qui faisais les allers et retours à la bibliothèque, il n'était qu'un simple porteur, mais pour elle, c'était un voyageur qui arrivait sur un tapis volant. Un voyageur qui allait librement de la steppe où un éléphant jouait sur une bascule jusqu'au ciel étoilé où flottaient des hippocampes et qui, une boîte d'allumettes en cadeau, faisait résonner la sonnette de l'entrée de service. C'était le jeune homme du mercredi.

Pour les laisser autant que possible seuls tous les deux, dans la soirée du mercredi, je faisais attention à ne pas m'approcher de la porte de service. Mais à cause de ma promesse à Ryuichi, cachée dans l'ancien guichet d'entrée du jardin zoologique Fressy, j'attendais, prête à sortir à la moindre éventualité. A condition de supporter les toiles d'araignées, on pouvait pointer seulement les yeux par la petite ouverture semi-circulaire, ce qui en faisait l'endroit idéal pour les surveiller discrètement.

Mais bientôt j'ai réalisé que ça n'avançait à rien de se contenter de les surveiller. Devant lui, Mina n'était qu'une petite fille triste et hésitante. Et le jeune homme était encore plus taciturne. La société de mon oncle interdisait-elle à son personnel les conversations privées pendant le travail ? On aurait dit qu'il pensait que ce serait terrible si la demoiselle disait à son directeur qu'il avait enfreint la règle.

Leur contact se limitait à l'instant où la boîte d'allumettes passait de sa main à celle de Mina. L'instant d'après, le jeune homme remontait dans la cabine de son camion et Mina le regardait partir. Chaque fois je soupirais en me disant que c'était dommage.

Mina, dis ce que tu veux mais il faut que tu lui parles. Il dépend de toi de prolonger le temps que vous passez ensemble, alors fais un effort. De l'obscurité de l'ancien guichet, je ne cessais de lui envoyer des encouragements.

Ce jour-là, je pris enfin une décision. Je m'étais préparée, serrant sur mon cœur le ballon tout neuf que ma mère venait de m'envoyer par la poste. Au moment où leur contact se terminait, je l'ai fait rouler dans leur direction et me suis mise à courir hors du guichet.

— Ah, excusez-moi. Il m'a glissé des mains.

Selon mon plan, ici le jeune homme ramassait le ballon, et m'adressait la parole en disant : tiens, tu aimes le volley-ball ? et j'avais l'intention de lui répondre oui, et si vous voulez, nous pouvons y jouer ensemble. En fait, Mina et le jeune homme restèrent bouche bée. Tout en me faisant la réflexion que mon entrée en scène paraissait quelque peu intentionnelle, ce n'était déjà plus possible de la refaire.

— Tomoko, sur ta tête, une toile d'araignée… dit Mina en tendant le doigt.

— Eh, m'exclamai-je en passant la main dans mes cheveux.

Mina, une toile d'araignée ça n'a pas d'importance. Demande-moi à propos du volley-ball. Quand même, ce garçon, il n'a pas beaucoup d'idée.

— Il fait chaud en ce moment, hein ? lui dis-je en me frottant la tête.

Il restait planté là. Le soleil couchant se reflétait sur les caisses de bouteilles vides de Fressy empilées sur le plateau du camion.

— Vous ne voudriez pas jouer au volley-ball avec nous ?

Cette réplique qui faisait partie de mon plan, maintenant que je la prononçais, tombait encore plus mal.

— Dis, Mina, tu veux bien, hein ? Demandons-lui de nous apprendre.

Je tendis le ballon sous le nez du garçon. Il n'avait roulé qu'une seule fois sur le sol mais il était déjà couvert de poussière.

— Bon, d'accord. Alors, j'y vais.

Sans chercher à cacher sa réticence, il me fit soudain une passe. J'étais l'auteur de la proposition mais je ne m'étais pas préparée à une réaction aussi rapide. Je me précipitai pour me mettre en position de réception, mais le ballon, dans un drôle de bruit, s'envola dans une direction inattendue.

— A toi maintenant.

Il traita Mina avec un peu plus de ménagement. Mais la passe fut quand même trop rapide. L'image d'une carotte de Nekoda se transmit et en réalité le ballon passa largement au-dessus de ses mains, et ses doigts restèrent tristement en l'air. La boîte d'allumettes qu'elle venait tout juste de recevoir faisait un bruit sec dans sa poche.

Finalement, nous eûmes beau répéter les passes plusieurs fois, Mina n'arriva pas à toucher le ballon, et je passai mon temps à courir après pour le ramasser. Alors que dans le monde imaginaire du volley-ball elle arrivait à faire les réceptions en plongée et les passes arrière, devant le jeune homme du mercredi, tout allait de travers.

— Maintenant, il faut que je retourne à l'usine.

Et sans conseil technique ni encouragement, le jeune homme est remonté dans son camion et s'en est allé.

Ce soir-là, dans la salle de bains de lumière, Mina m'a lu l'histoire de la boîte d'allumettes avec l'ange qui recousait ses ailes. Elle était rangée dans une boîte d'ampoules d'anti-inflammatoire.

Mina n'était pas en colère à cause de mon initiative intempestive. Au contraire, elle était désolée pour moi de ne rien avoir pu faire de concret. Et ce qui me surprit le plus, c'est que son amour était toujours aussi vif qu'avant.

Quelle est la capacité la plus nécessaire à un ange ? il n'y a sans doute pas beaucoup d'êtres humains qui le sachent. C'est l'habileté à la couture. Un ourlet d'un ange excellent laisse une trace à peine aussi visible que celle d'une limace.

Tous les anges portent leur boîte à couture dans leur dos. La mienne que j'ai hérité de mon grand-père est en bois, elle a plein de petits compartiments et elle est très facile d'utilisation.

Comme le disent les caractères chinois de notre nom, nous sommes les envoyés du ciel pour porter les messages sur la terre. On nous prend souvent à tort pour des fées et cela nous ennuie. Elles apparaissent dans la glace, les fleurs ou le vent. Elles ne peuvent pas supporter de rester cachées et finissent toujours par prendre forme. La seule chose que nous avons à dire à leur sujet c'est qu'elles manquent de persévérance.

En comparaison, nous, les anges, nous préférons nous cacher. L'important c'est le message, pas la forme. Les hommes ont tendance à dessiner des anges qui sont le produit de leur imagination, mais ils sont tous imprécis. Ce qui est normal car personne n'en a jamais vu en vrai.

Mais il est exact que nous avons des ailes. Oui, nous avons des ailes. En les agitant nous portons nos messages.

Des messages qui font bondir le cœur de joie, des messages douloureux, des messages de réconfort. Nous en avons de toutes sortes. L'ange descend en voltigeant jusqu'au niveau de l'oreille de l'homme qu'il vise, en agitant ses ailes de manière soutenue. Ce n'est pas simple comme travail. Il y a des gens obtus, des jours de grand vent. Nous ne renonçons pas à voler même si nos ailes sont endommagées. Bientôt, les hommes nous font signe qu'ils ont compris le message, d'un sourire, d'un soupir ou d'une larme.

Il y a peut-être des gens qui disent n'avoir jamais reçu de message d'un ange, mais ils ne doivent pas s'inquiéter. C'est seulement qu'ils ne s'en sont pas rendu compte, car tout le monde en reçoit équitablement. Il arrive qu'on les entende par la voix de quelqu'un d'autre, ou encore qu'ils se fassent entendre par notre propre voix à l'intérieur de notre cœur. Dans tous les cas, les hommes sont protégés grâce aux messages du ciel.

Si vos oreilles émettent un drôle de bruissement, ne les frottez pas trop fort. Parce que dans la plupart des cas, ce sont les anges qui recousent leurs ailes sur vos lobes.

28

Le samedi 26 août débutèrent enfin les Jeux olympiques de Munich.

En réalité ce jour-là, nous aurions voulu voir la cérémonie d'ouverture retransmise en direct à la NHK, mais nous eûmes beau insister, madame Yoneda ne voulut jamais nous accorder son autorisation.

— Les enfants qui ne sont pas encore couchés à onze heures du soir sont des dévergondés, prétexta-t-elle.

Mais en réalité, elle s'inquiétait sans doute de ce que de veiller aussi tard ne fût mauvais pour la santé de Mina. Nous fûmes donc obligées de patienter jusqu'à la retransmission du lendemain matin.

Depuis "Le Chemin vers Munich", nos places étaient déterminées. En fait, grand-mère Rosa s'asseyait au bord du sofa, et sur le tapis face à l'écran, nous étions assises toutes les trois, Mina entre moi et madame Yoneda. Quelles que soient les circonstances, Mina et moi, dès lors qu'il s'agissait de l'équipe masculine de volley-ball, nous ne pouvions faire autrement que de nous asseoir correctement sur les genoux, le dos bien droit.

J'invitai également ma tante qui se trouvait dans le fumoir à nous rejoindre. Parce que je trouvais que c'était dommage de manquer la cérémonie d'ouverture des Jeux olympiques qui n'avaient lieu qu'une fois tous les quatre ans.

Ma tante, son dictionnaire allemand à la main, vint s'asseoir à côté de grand-mère Rosa sur le sofa.

— Il y a peut-être des coquilles sur les enseignes électriques, les panneaux publicitaires, les pancartes ou les drapeaux, murmura-t-elle.

Tout le monde argumenta en disant qu'il n'y avait pas de raison pour qu'on commette des fautes au cours d'une cérémonie d'ouverture aussi importante, mais ma tante n'écouta pas.

— C'est justement dans ces grandes manifestations qu'en réalité il y a des pièges. Grand-maman, regardez bien, hein ? Si on trouve des coquilles, j'écrirai aussitôt à Avery Brundage, le président du Comité international olympique.

Ma tante tenait ouvert son dictionnaire de manière à pouvoir le consulter à tout moment.

Grèce, Argentine, Australie, Bangladesh, Ethiopie, Jamaïque. Des athlètes de tous les pays faisaient leur entrée. Mina et moi lisions maladroitement les noms inscrits sur les pancartes. Lorsque nous ne savions pas comment ils se prononçaient, grand-mère Rosa nous l'indiquait aussitôt. Koweit, Mongolie, Pologne, Sud-Vietnam, Somalie, Union soviétique… Les nouveaux pays arrivaient l'un après l'autre comme s'ils jaillissaient à l'horizon, à tel point que l'on pouvait craindre que si cela continuait ainsi il n'y eût pas de fin. Chaque fois que ma tante découvrait un nom de pays compliqué, elle feuilletait son dictionnaire.

Le Liberia, le pays de Pochiko, défila lui aussi. Quand le groupe d'athlètes suisses apparut, tout le monde se pencha en avant comme si Ryuichi se trouvait parmi eux. Grand-mère Rosa applaudit aussi fort pour l'Allemagne de l'Est que pour l'Allemagne de l'Ouest.

— Lequel est votre pays de naissance, grand-mère Rosa ? questionnai-je et elle me répondit en secouant la tête :

— Ni l'un ni l'autre. Moi, c'est l'Allemagne. Berlin en Allemagne. Quand je suis venue me marier au Japon, le pays a été divisé en deux sans qu'on me demande mon avis.

L'ordre d'entrée, les uniformes, les drapeaux étaient différents, mais pour grand-mère Rosa, ils appartenaient tous à un seul pays, l'Allemagne, qu'il était impossible de diviser. A moitié redressée, ses deux mains potelées levées au niveau du front, elle continuait d'applaudir alors que les athlètes avaient déjà disparu de l'écran.

Tout en faisant honneur à l'Allemagne de grand-mère Rosa, Mina et moi, comme on pouvait s'y attendre, nous nous sommes enflammées pour le Japon. Dès que nous avons découvert la pancarte bleu ciel sur laquelle était inscrit "Japan", nous avons crié "Japan" d'une voix qui ne le cédait en rien à celle du présentateur, en nous cramponnant à l'écran. La fraîcheur du rouge des blazers qui se détachaient sur le ciel était éblouissante. Quand les athlètes furent pris en gros plan, nous n'avons pas pu nous empêcher de caresser l'écran.

— Les joueurs de volley sont grands, ils doivent se trouver devant.

— Tiens, Minami…

— Ah, là je suis sûre que c'est Oko.

— Je ne vois pas Morita.

— Et Nekoda ? Il est où Nekoda ?

Nous étions ainsi en train de crier lorsque la délégation japonaise disparut presque aussitôt. Finalement, nous n'avions vu ni Morita, ni Nekoda. Seul l'écran était recouvert de marques de doigts.

Le président fédéral Gustav Heinemann prononça le discours d'ouverture, cinq mille pigeons furent lâchés, et un jeune homme aux cheveux dorés alluma la flamme olympique. Elle s'enflamma encore plus soudainement que lorsque Mina frottait une allumette. Pour finir, l'oracle d'Apollon fut proclamé :

"Tous les quatre ans, quand reviennent les joyeuses compétitions, rejetez le combat, donnez-vous les marques d'une amitié joyeuse…"

Le présentateur lisait la traduction en japonais, mais nous tendions l'oreille à l'oracle que grand-mère Rosa répétait en allemand. A la réflexion, ce fut alors la première fois que je l'entendis parler dans sa langue natale.

Elle n'était plus celle qui avait besoin d'une canne pour marcher et parlait le japonais avec si peu d'assurance, on aurait dit quelqu'un d'autre. Elle avait une énergie débordante et était pleine de confiance en soi. Nous ne comprenions pas ce qu'elle disait mais elle n'avait manifestement pas oublié son allemand et je la trouvais resplendissante malgré les cinquante-six années qui s'étaient écoulées. Désormais elle n'avait plus personne avec qui parler, mais une porte de sa mémoire venait de s'ouvrir, livrant le passage à des paroles oubliées. Chantant à pleine voix, grand-mère Rosa s'adressait directement à son pays via la télévision.

La cérémonie achevée, madame Yoneda s'inclina devant l'écran en joignant les mains et dit : "Merci de nous avoir montré quelque chose d'aussi extraordinaire", tandis que ma tante, déçue de ne pas avoir trouvé une seule coquille, refermait son dictionnaire. Mina et moi, nous frémissions d'impatience en pensant au chemin difficile vers la médaille d'or qui commençait le lendemain.

Nous avions compris que si nous voulions que le jeune homme du mercredi nous apprenne le volley-ball, il fallait d'abord avoir un niveau suffisant, c'est ainsi que nous avions commencé à nous entraîner en secret. Les soirs où le soleil était caché par les nuages, lorsqu'il faisait moins chaud, nous sortions le ballon de la cabane qui servait de débarras.

Selon la lettre de ma mère reçue de Tokyo, ce ballon de volley-ball, fait d'un assemblage de dix-huit morceaux de cuir de qualité supérieure, avait été réalisé par le même fabricant que celui qui avait été choisi pour les ballons homologués des Jeux olympiques de Munich.

"Il paraît que tous les joueurs de volley-ball qui viennent au Japon achètent ce ballon pour le rapporter chez eux", avait écrit ma mère avec fierté, mais notre niveau n'en était pas meilleur pour autant.

Notre premier objectif avait été de faire la passe de base cinq fois de suite sans s'arrêter.

— L'important, c'est pas les mains qui attrapent le ballon, mais les jambes. Les passes qui ont été contrôlées correctement naissent des jambes. Il faut se glisser rapidement sous le ballon, plier les genoux, rentrer le menton, replier les coudes. On se relâche d'abord totalement, et après avoir aspiré l'énergie du ballon, on le renvoie en utilisant comme ressort la partie inférieure du corps. C'est comme si les dix doigts jouaient le rôle d'une prise de terre aspirant l'énergie du ballon. A cet instant, il est enveloppé d'une telle concentration que l'on peut distinguer chaque point de ses coutures. Et on entend un son d'une pureté comme on n'en obtient jamais avec un instrument de musique.

Les explications de Mina étaient parfaites. Logiques en même temps que poétiques. Tout était le fruit de ce qu'elle avait appris du jeu de Nekoda. En l'écoutant, j'avais l'impression de suivre la trace du ballon allant et venant avec élégance au-dessus de la pelouse et d'entendre le “pang” se répercuter dans le ciel. Alors pourquoi, lorsque nous avions réellement le ballon entre les mains, toutes ces images s'effondraient-elles ? Je ne pouvais pas m'empêcher de trouver cela étrange.

Effectuer cinq passes à la suite était un objectif irréalisable. Mina semblait faire exprès de renvoyer le ballon dans des directions impossibles, et le son émis par le bout de nos doigts, loin d'avoir des accent harmonieux, tenait plutôt de l'écrasement du cartilage des articulations.

Ce ballon officiel des Jeux olympiques passait beaucoup plus de temps à rouler dans le jardin qu'à voler dans les airs et, tombant dans le bassin, maculé des crottes de Pochiko, il commença à présenter des reflets douteux.

Mais Mina et moi n'étions pas du tout découragées. Parce qu'au fur et à mesure que nous nous apercevions de la difficulté du jeu de volley-ball, notre respect envers Nekoda ou Morita devenait de plus en plus fort. Lorsque notre entraînement de la journée prenait fin, tout en lavant le ballon au jet, nous nous représentions Morita en train de réceptionner avec brio les balles épouvantables de Mina, tandis que Nekoda me les passait avec délicatesse.

A partir du 28, l'équipe masculine japonaise gagna sans discontinuer les éliminatoires. Elle battit sans problème la Roumanie et Cuba, et gagna aussi le match contre l'Allemagne de l'Est, considéré comme le plus grand obstacle des éliminatoires.

Pendant ce temps-là, les vacances d'été se terminèrent, et nous eûmes tout de suite des examens dans chaque matière, mais je n'en ai rien dit et tous les soirs à sept heures vingt, Mina et moi prenions position devant la télévision. Suivirent le Brésil et l'Allemagne de l'Ouest qui ne posèrent pas de problème, et le Japon, sans perdre un seul match, arriva comme prévu aux qualifications pour la finale.

Le onzième jour des rencontres, le soir du 5 septembre, alors que nous attendions avec impatience le commencement du match des qualifications, les caméras de télévision, au lieu de montrer le panneau des résultats, étaient braquées sur le village olympique. Le présentateur, en cravate noire, se mit à lire les nouvelles :

"Aujourd'hui, à cinq heures du matin heure locale, un groupe d'extrémistes de la guérilla arabe a pénétré en force dans le pavillon israélien du village olympique. Après avoir tué un athlète et un entraîneur, ils ont pris neuf otages et se sont enfermés avec eux."

29

A l'époque, je ne comprenais rien à la signification de cet événement. Je ne savais pas ce qu'était la guérilla arabe, pourquoi Israël était visé ni pourquoi cela se passait pendant les Jeux olympiques de Munich, je ne savais rien.

Les preneurs d'otages étaient huit en tout. Ils se faisaient appeler "Septembre noir" et, avec leurs neuf otages comme boucliers, ils réclamaient la libération de deux cents Palestiniens emprisonnés en Israël et un avion pour quitter le pays.

Je me souviens encore très bien de la silhouette d'un preneur d'otages apparu sur le balcon armé d'un rifle. Ce n'était qu'une silhouette massive et noire, la forme étrange de sa cagoule, où seuls les yeux étaient visibles et qui recouvrait la bouche et les oreilles, se détachait très nettement sur l'écran. On voyait même qu'elle était effilochée au bord des yeux et trempée de sueur. D'ailleurs, peut-être n'était-ce pas de la transpiration mais le sang des Israéliens qu'il avait tués.

C'est grand-mère Rosa qui a reçu le plus grand choc en voyant cela. Je pense que c'est parce que j'ai été témoin de sa douleur que même moi qui ne savais rien, j'ai pu prier pour les gens d'Israël qui étaient victimes. Si grand-mère Rosa n'avait pas été là, je n'aurais sans doute vu les criminels que comme des gêneurs empêchant l'équipe des volleyeurs japonais de rapporter la médaille d'or.

Ce qui l'effraya le plus, c'est le soir, lorsqu'elle apprit que les terroristes avaient commencé à se déplacer avec les otages.

"A dix heures du soir heure locale, le ministre de l'Intérieur Hans-Dietrich Genscher a annoncé avoir accepté la demande des terroristes. Emmenant les neuf otages du groupe d'athlètes israéliens, ils se sont dirigés vers l'héliport proche du village olympique pour se rendre à l'aéroport international de Munich afin de quitter le pays. Les otages sont sortis du pavillon, les yeux bandés et les mains attachées derrière le dos, à la queue leu leu comme les grains d'un rosaire, ils sont montés dans un autobus militaire."

— Les grains d'un rosaire, ça veut dire quoi ? questionna grand-mère Rosa sans s'adresser à quelqu'un en particulier.

— A la queue leu leu. Ils sont reliés comme des perles sur un chapelet, et on les emmène comme ça, l'un derrière l'autre, lui répondis-je.

Elle leva les yeux au ciel, secoua la tête et laissa échapper un long soupir. Je me suis demandé avec inquiétude si je n'avais pas dit quelque chose qu'il ne fallait pas, mais sa tristesse paraissait tellement profonde que je n'avais aucun moyen de la consoler.

Maintenant, avec le recul, je crois qu'à l'instant où elle a entendu cette expression "comme les grains d'un rosaire" elle a eu le pressentiment exact de la suite des événements. Parce que finalement, il y a eu une fusillade entre les preneurs d'otages et les autorités, et les neuf otages sont morts.

Les journaux ont publié la photographie de la carcasse de l'hélicoptère. Il n'y avait plus de toit, les structures tordues étaient à nu, les sièges du pilote et des passagers avaient brûlé. Un soldat la surveillait, pour garder les corps avant l'inhumation.

Grand-mère Rosa prit dans les photos qui décoraient sa chambre celles où se trouvait sa sœur jumelle Irma et entreprit d'en dépoussiérer le cadre avec un mouchoir blanc. Elle en frottait la vitre, passait le doigt dans chaque gorge de l'encadrement, et alors que l'on pouvait penser qu'elles étaient déjà entièrement propres, ne s'arrêtait pas. Madame Yoneda qui s'était rapprochée d'elle, du début jusqu'à la fin, garda sa main posée sur son dos.

— Dans ces cas-là, la seule qui peut consoler grand-maman, c'est madame Yoneda, on dirait.

Sans rien dire, seulement par le regard, Mina me fit comprendre cela. J'ai acquiescé en silence.

Il était clair que l'affaire de Septembre noir avait réveillé en elle le souvenir d'Irma. En la regardant mieux, la photo où les deux sœurs se trouvaient l'une à côté de l'autre, cette photo où l'on ne pouvait s'empêcher de penser qu'elles se ressemblaient tant, était la dernière que grand-mère Rosa avait apportée avec elle au Japon. Toutes les autres avaient sans doute été envoyées d'Allemagne par avion. Quand on les classait par ordre d'âge, Irma elle aussi s'était mariée, elle avait eu trois enfants que l'on pouvait voir à divers stades de leur croissance.

Sur la dernière photographie, on voyait une famille de cinq personnes en train de déjeuner joyeusement à une table sortie dans une cour ou un jardin quelconque. Ce devait être au début de l'été. Les cornouillers étaient en fleur. Ce n'était pas un jour de fête, mais un jour ordinaire, en début d'après-midi. Sur la table s'alignaient des chopes de bière. Le garçon et les deux filles ressemblaient à un étudiant et deux lycéennes, le mari et Irma paraissaient avoir cinquante ans. L'aîné avait une certaine ressemblance avec Mina. Ils riaient tous, les yeux plissés comme s'ils étaient éblouis.

C'était la dernière. Au dos du cadre était gravée l'année 1938. Sans doute que plus personne ne se rendrait compte que la jeune Irma qui était représentée là était la sœur jumelle de grand-mère Rosa qui se trouvait sous nos yeux. La photo posée sur ses genoux, grand-mère Rosa continuait de caresser Irma, comme si elle se lamentait d'être devenue aussi différente alors qu'autrefois elles se ressemblaient tant.

A un certain moment, il fut question d'interrompre les Jeux, mais ils se poursuivirent, les rencontres étant seulement reportées d'une journée. Le 6 eut lieu une cérémonie commémorative, au cours de laquelle le président Brundage déclara : "Les Jeux olympiques ne céderont pas à la politique et à la violence."

Eliezaar Halfen, lutteur ; Zeev Friedman, haltérophile ; Amitzur Shapira, coach des athlètes ; Andre Spitzer, coach des escrimeurs… Les noms des victimes furent lus à haute voix.

Comme grand-mère Rosa qui avait appris le sens de l'expression "comme les grains d'un rosaire", à l'occasion de cette cérémonie commémorative, j'ai su pour la première fois la signification d'un drapeau en berne. Le drapeau olympique ne fut pas levé jusqu'en haut du mât, mais laissé à mi-chemin, où il oscillait tristement.

C'est ma tante qui m'a appris que toute la famille de grand-mère Rosa, à commencer par Irma, était morte dans les camps de concentration nazis pendant la Deuxième Guerre mondiale, et que grand-mère Rosa avait été la seule à échapper au massacre parce qu'elle se trouvait au Japon.

— Un jour, on a sonné à la porte de leur appartement à Berlin et toute la famille d'Irma a été emmenée. On les a envoyés dans les chambres à gaz, tu sais. Israël est le pays fondé par les Juifs qui ont survécu à la persécution, c'est sûrement pour ça qu'en voyant l'équipe d'Israël attaquée, grand-maman a eu l'impression de revenir soudain en arrière, me dit-elle.

Je suis allée à la bibliothèque municipale et j'ai demandé à monsieur Tokkuri un album de photos sur Auschwitz. Ce fut le premier livre que j'empruntai pour moi, non pour Mina.

Il y avait des photographies de personnes juives, épuisées et accablées, que l'on avait obligées à descendre de wagons de marchandises et qui formaient de longues files se dirigeant vers les chambres à gaz. J'ai cherché dedans la grand-mère du lutteur, les frères du coach des escrimeurs, un jeune garçon ressemblant à Mina, et Irma. Tous ces gens, comme les grains d'un rosaire, étaient emmenés l'un derrière l'autre vers la mort.

30

Les demi-finales débutèrent avec un jour de retard. L'équipe à battre était l'Union soviétique. Si nous gagnions contre eux, nous étions sûrs de remporter la médaille d'or.

Le samedi 9 septembre, Mina et moi, n'ayant ni ouvert le journal ni allumé la télévision, nous avons assisté aux cours sans pouvoir nous concentrer. J'étais très ennuyée à cause des mes mauvais résultats aux examens, mais cela ne m'empêcha pas de revenir en courant de l'école. Mina demanda à monsieur Kobayashi de tirer plus fort que d'habitude sur la laisse de Pochiko et ils revinrent eux aussi sans traîner.

Le déjeuner fut composé de riz avec de la viande hachée et des oignons en sauce brune préparé spécialement par madame Yoneda. Nous avons mangé en silence.

— Vous êtes étrangement silencieuses aujourd'hui. Vous vous êtes disputées ? nous demanda madame Yoneda en nous servant du thé d'orge grillé glacé.

— Non. Ce soir il y a la retransmission de la demi-finale, alors nous attendons tranquillement, répondit Mina.

— Le match est déjà terminé, alors nous nous bouchons les oreilles pour que le résultat ne nous parvienne pas. Nous voulons le regarder ce soir comme si c'était en direct, ai-je ajouté.

— C'est pour ça que, madame Yoneda, si vous savez quelque chose, vous ne le dites pas, hein ? insista Mina, ce à quoi madame Yoneda répondit :

— Non non, moi je ne sais rien, tout en servant dans nos assiettes une bonne quantité de légumes marinés pour accompagner le riz.

A dire vrai, nous connaissions le résultat. Puisque le véritable adversaire à battre était l'Union soviétique que nous devions affronter en finale, il n'y avait pas de raison pour que le Japon perde en demi-finale contre la Bulgarie. Nous voulions seulement vérifier à la télévision de quelle manière ils avaient gagné.

Mina et moi ne savions encore rien. Nous ne savions pas que l'Union soviétique avait perdu contre l'Allemagne de l'Est, ni quel match avait fait le Japon contre la Bulgarie, comme madame Yoneda, nous ne savions rien.

Le soir, avant l'émission qui commençait à sept heures vingt, Mina et moi nous avons joué à Kokkuri-san dans la salle de bains de lumière (le Japon avait quatre-vingt-dix-sept pour cent de chances d'obtenir la médaille d'or), lu des récits de boîtes d'allumettes, et dans la soirée, comme d'habitude, échangé des passes de volley-ball en attendant le grand moment.

Mina et moi étions résolues à accepter la défaite. Que l'adversaire ne soit ni l'Union soviétique ni l'Allemagne de l'Est mais la Bulgarie, c'était inattendu, mais en tout cas, même s'ils ne rapportaient pas la médaille d'or, nous savions à quel point ils avaient fait des efforts. Nous le savions parce que nous avions regardé "Le Chemin vers Munich". C'est pour ça que même s'ils perdaient, nous ne voulions pas qu'ils pleurent.

Nous ne voulions pas qu'ils baissent la tête. Au fur et à mesure que le match progressait, nous avions fini par penser ainsi, oubliant notre désir de victoire.

En demi-finale, le Japon se fit prendre les deux premiers sets par la Bulgarie. Alors que sur le terrain ils étaient tous les mêmes équipiers, il y avait quelque chose, curieusement, qui n'allait pas. Non seulement les attaques rapides ou décalées étaient réceptionnées par l'équipe adverse, mais l'as de la Bulgarie, Bratanov, portait des coups violents.

Devant la télévision, où nous étions toutes rassemblées, grand-mère Rosa, madame Yoneda, ma tante et nous, nous parlions de moins en moins. A chaque smash de Bratanov, Mina et moi nous échangions un coup d'œil en silence, essayant de nous soutenir l'une l'autre.

Au moment décisif, dans le troisième set, il n'y avait pas trace de Nekoda ni Morita sur le terrain. Tous sauf Oko et Yokota étaient sur les bancs, ils avaient été remplacés par Minami, Nakamura, Shimaoka et Nishimoto. Mina était troublée parce que Nekoda de qui on disait que sans lui on ne gagnerait pas la médaille d'or, n'était plus là. Le souffle habituel de la respiration de Mina dans sa gorge devenait de plus en plus rauque.

— Minami est un vétéran qui participe pour la troisième fois aux Jeux olympiques, à Munich, après Tokyo et Mexico, et en plus c'est un athlète d'Asahi Kasei à Okayama. Il est d'Okayama comme moi... ai-je dit pour essayer de lui remonter le moral, mais ça n'a pas marché.

Seule flottait une atmosphère froide, comme si, quelle que soit l'origine de Minami, cela ne pouvait être d'aucune utilité dans l'immédiat.

Mais ce changement de joueurs fut efficace. Lorsque le capitaine Nakamura, et Minami – le dossard numéro un – qui était en retrait à Munich alors qu'il était resté longtemps l'as de l'équipe nationale japonaise, firent posément leur apparition, j'eus l'impression que la brume grise qui recouvrait le terrain jusqu'alors se levait d'un coup, révélant avec fraîcheur la bordure blanche du filet. Les deux vétérans apportaient un souffle nouveau et il était clair qu'ils donnaient à Nekoda et Morita le temps de reprendre leur souffle.

Passes rapides, blocs, réceptions, les vétérans déployèrent une grande activité, et le Japon put gagner un troisième puis un quatrième set.

— Le Japon a un bon rythme, hein ?

— Parfois, c'est avantageux de courir après.

Les deux vieilles dames avaient retrouvé leur entrain et commençaient à donner un avis optimiste. Mais Mina et moi avions toujours peur d'une éventuelle défaite. Nous nous serrions la main, sans que ni l'une ni l'autre de nous deux n'en ait pris l'initiative.

Dans le cinquième set, Nekoda et Morita revinrent.

— Tout se joue dans ce set, dit Mina.

Je le savais, mais je comprenais le sentiment de Mina qui ne pouvait pas s'empêcher de le vérifier en le disant à haute voix.

— Hmm, oui. C'est le dernier set, ai-je renchéri.

Dans la première moitié, nous étions menés par 3 à 8 au moment du changement de côté. Les membres réguliers de l'équipe avaient retrouvé leur rythme et les combinaisons renaissaient, mais nous arrivâmes à 7 à 11 sans réussir à réduire l'écart. La Bulgarie devait marquer encore 4 points. Le Japon, 8. Si on nous prenait encore 4 points, nous allions perdre. Il n'y aurait pas de médaille d'or. Je faisais et refaisais la soustraction intérieurement. J'avais peur de me tromper dans mes calculs, et de la main qui ne serrait pas celle de Mina, je comptais et recomptais en pliant les doigts. Les deux vieilles dames étaient redevenues muettes.

Il ne fallait pas se laisser distancer. C'était comme si nous étions en équilibre instable sur la pointe des pieds. Le terrain débordait d'une tension douloureuse. Nous ne sentions plus nos jambes alors que nous étions assises correctement sur nos genoux, elles étaient devenues froides, mais cela ne nous suffisait pas. Pour leur venir en aide, il fallait souffrir encore beaucoup plus. Mina et moi nous serrions la main encore plus fort, sans nous soucier de nous écraser les os.

C'est ce moment-là que choisit ma tante pour ouvrir soudain la bouche.

— Ah, regardez, là-bas.

Elle s'était à moitié levée du sofa et tendait le doigt vers l'écran de la télévision.

— Matsudaira est devenu Mastudaira.

Elle parlait sans doute de la liste des participants affichée sous le panneau du score.

— Tenez, ici.

Mais lorsqu'elle posa le doigt sur l'écran, la caméra filmait à nouveau le terrain.

— Maman, tais-toi un peu, lui dit vivement Mina.

— Mais ils se sont trompés dans le nom de l'entraîneur…

— C'est pas le moment. Tu devrais bien le savoir. Tu n'auras qu'à écrire tout ce que tu veux après, à monsieur Brundage ou à qui tu veux. Alors, pour l'instant, ne dis rien.

Mina l'avait tellement rembarrée que ma tante reprit place à contrecœur sur le sofa.

Mais en y réfléchissant maintenant, l'instant où ma tante a découvert la coquille a été, au moment des Jeux olympiques de Munich, le moment décisif du cinquième set qui a déterminé la victoire du Japon contre la Bulgarie dans les rencontres de volley-ball masculin. Lorsqu'elle a pointé sur l'écran les lettres de Mastudaira, y laissant ses empreintes digitales, elle a déclenché un mécanisme secret qui a fait tourner un petit engrenage. Tout s'est arrêté un instant, les ombres des joueurs qui s'allongeaient sur le terrain, les vagues d'encouragements venant des spectateurs, les coups de sifflet, et le cours du temps s'est modifié. Le changement s'est produit si discrètement, en si peu de temps, que personne ne s'en est rendu compte, mais Mina et moi ne l'avons pas laissé échapper.

L'instant d'après, le service de Nekoda marqua le point. Le ballon qu'il frappa avec calme fut aspiré en silence dans une faille minuscule non protégée. Les Bulgares regardaient le sol comme s'ils ne comprenaient pas comment le ballon était tombé là.

Le flux qui s'était inversé ne revint pas en arrière. Oko et Shimaoka marquèrent 5 points pour le Japon. Grâce aux blocs et aux feintes de Minami, on arriva à la balle de match à 14 contre 12.

Le dernier point fut marqué par un smash décisif de Shimaoka. Mina et moi avons poussé simultanément un cri de joie, avant de nous traîner avec nos jambes engourdies jusqu'au sofa pour nous jeter dans les bras de grand-mère Rosa. Madame Yoneda est arrivée à son tour, et nous nous sommes embrassées toutes les quatre. Nekoda et Morita serraient dans leurs bras Oko qui se couvrait le visage des deux mains en pleurant. Je m'excusais intérieurement envers eux de m'être préparée à la défaite. Nos embrassades n'en finissaient pas, comme si Nekoda, Morita, Oko, Minami et les autres membres de l'équipe se trouvaient avec nous.

Le score : 13-15, 9-15, 15-9, 15-9, 15-12. Le match avait duré trois heures et quinze minutes.

— Tenez, regardez. Il y a bien une erreur. Le t et le s sont inversés.

Ma tante avait continué jusqu'à la fin à montrer du doigt la faute sur le tableau d'affichage des joueurs. Pour l'équipe japonaise de volley-ball masculin, cette coquille avait valeur de joyau.

Pour être honnête, la finale ne m'a pas laissé grande impression. Est-ce parce que Mina et moi avions tout donné lors du match contre la Bulgarie ? Lorsque nous avons assisté à la finale, nous étions sans énergie ni tension, mais dans un état d'esprit plein de fraîcheur. La joie de voir jouer ainsi en finale des Jeux olympiques tous les membres de l'équipe japonaise qui avait progressé pas à pas sur “Le Chemin vers Munich” était bien plus précieuse que la question de savoir qui allait perdre ou gagner.

Une autre cause de cet état d'esprit était que l'adversaire n'était pas l'Union soviétique, mais l'Allemagne de l'Est. Grand-mère Rosa applaudissait tout autant lors des attaques foudroyantes de Morita que des défenses efficaces de Schulz. Elle avait de l'estime pour le sang-froid de Nekoda et de l'admiration pour les smashs de Schumann. Elle ne semblait pas se forcer, donnait l'impression de réagir naturellement.

— Je peux me réjouir quel que soit le camp qui marque. J'ai de la chance, dit-elle en nous faisant un clin d'œil.

Elle ne connaissait les règles que vaguement, mais dès qu'un point était marqué, elle se levait à moitié, et en la voyant applaudir avec une énergie telle qu'elle aurait pu parvenir jusqu'en Allemagne, nous réalisions à quel point elle avait fait un long voyage pour en arriver là. N'était-ce pas la distance entre le Japon et l'Allemagne, plus que le temps, qu'il l'avait fait vieillir ? J'eus cette impression et j'en fus attristée.

Quand le Japon en arriva à la balle de match avec un score de 14 à 10, Nekoda leva son index en l'air pour dire à tout le monde, "Encore une balle, encore une". A la fin, quand le ballon de l'Allemagne de l'Est tomba en dehors du terrain, le Japon obtint la médaille d'or.

La cérémonie de clôture eut lieu le 11 septembre. Pour Israël il n'y eut que la pancarte qui fit son entrée, sans le moindre athlète. La flamme olympique fut éteinte à huit heures du soir.

L'été s'était achevé sans que je m'en aperçoive.

Le 4 septembre 1983, Katsuhito Nekoda, l'ancien passeur de l'équipe nationale japonaise et médaillé d'or aux Jeux olympiques de Munich, est mort d'un cancer à l'estomac. Il était âgé de trente-neuf ans.

Quand j'entendis cette nouvelle, je restai plantée sur place, incapable de rien. Plus de dix ans s'étaient écoulés depuis ce que nous avions vécu à Ashiya, mais je sentis revivre en moi chaque événement avec une intensité presque suffocante. La sensation du tapis sur le sol devant la télévision, la forme des cagoules portées par des guérilleros arabes, l'odeur des excréments de Pochiko qui imprégnait le ballon de volley, tout me revint d'un coup. Je fus aussitôt frappée de tristesse, comme si avec la mort de Nekoda tous ces souvenirs précieux disparaissaient dans un endroit désormais inaccessible.

— A la fin des derniers éliminatoires des Jeux olympiques de Moscou il prit sa retraite, terminant une carrière de dix-sept années en tant que membre de l'équipe nationale japonaise. Il était devenu entraîneur officiel de l'équipe de Hiroshima, mais une tumeur maligne fut diagnostiquée à l'estomac, il fut hospitalisé à plusieurs reprises avant de rendre son dernier soupir le 4 septembre. Ses dernières paroles furent : "Encore une balle, encore une", montrant jusqu'au bout son désir de retourner sur le terrain.

Des images des Jeux olympiques de Munich étaient diffusées en boucle à la télévision. On y voyait le Nekoda que Mina avait aimé, tel quel. Celui qui faisait des passes de ses dix doigts, en silence, dans un geste de prière adressée à l'attaquant.

Tout de suite après la fin des Jeux olympiques de Munich, nous avons chacune écrit une lettre, ma tante, Mina et moi. Ma tante écrivit à Brundage du Comité international olympique pour signaler la coquille dans la transcription du nom de l'entraîneur Matsudaira, moi une lettre de fan à Morita, et Mina à Nekoda.

Le soir, au cours de notre promenade, nous avons descendu toutes les trois la route en pente, afin de poster notre lettre à la boîte près du pont Kaimori.

— Vous pensez qu'elle arrivera vraiment jusqu'à monsieur Brundage ? demandai-je à ma tante, après m'être rendu compte que l'adresse était écrite en japonais.

— Pas de problème. Il y a aussi une branche japonaise dans le comité olympique.

Elle n'était pas du tout inquiète. C'était une de ses lettres habituelles, commençant et se terminant par les formules de politesse de rigueur.

La mienne n'était qu'une lettre de fan. Elle a dû se retrouver ensevelie sous des milliers d'autres lettres de jeunes filles envoyées à ce moment-là.

Mais celle que Mina écrivit à Nekoda était différente. Elle ne risquait pas de passer inaperçue, quelle que soit la quantité de lettres de fans au milieu de laquelle elle se trouvait. Alors qu'elle ne faisait que des fautes quand elle jouait réellement au volley-ball, elle lui a envoyé par l'intermédiaire de cette lettre une passe semblable à un rayon de lumière.

Monsieur Katsuhito Nekoda

Félicitations pour la médaille d'or. Devant la télévision, j'ai failli éclater en sanglots. Tout en applaudissant, j'avais envie de crier : "Merci d'avoir remporté la médaille d'or."

Quand vous avez fait sauter dans vos bras l'entraîneur Matsudaira, je vous cherchais de tous mes yeux, mais le numéro deux était invisible, entouré de joueurs de grande taille. Pourtant je savais très bien que vous étiez au milieu du cercle. Le joueur qui remplit la fonction la plus importante, à l'insu de tous. Vous avez toujours été comme ça.

Quand un smash est décisif, tout le monde regarde celui qui a smashé, on est impressionné par la puissance du ballon qui perce le terrain adverse.

Mais moi, c'est vous que je regarde. Lorsque vous effectuez une passe en hauteur, vous vous recroquevillez en regardant le ballon au-dessus de vous. Parfois, vous rampez sur le terrain. Alors que le smash est d'autant plus beau que la passe qui en est à l'origine est merveilleuse, vous n'en tirez aucun orgueil. Vous ne faites que vous glisser toujours plus loin sous le ballon.

Je me demande pourquoi vous êtes capable de faire des passes aussi délicates, je pense que c'est un mystère. Un mystère bien plus difficile à résoudre que de savoir pourquoi l'attaquant est capable de frapper des smashs d'une puissance telle que le ballon peut se déchirer.

Dès qu'il touche vos mains, le ballon se calme. Alors qu'il était imprévisible avant, il se dirige désormais avec docilité vers l'attaquant. Et dans ce calme, tout est déjà prêt pour l'explosion qui va se produire l'instant suivant.

C'est incroyable qu'à partir d'un simple ballon, le corps humain puisse s'exprimer d'une manière aussi riche et variée. J'ai eu le sentiment que même moi qui mesure 1 m 30 et pèse 25 kg, qui suis asthmatique et ne fait que causer des problèmes à ma famille, j'aurais pu smasher au point de pulvériser les joueurs russes, à condition que ce soit vous qui m'ayez fait la passe.

Merci d'avoir lu cette lettre ennuyeuse jusqu'à la fin. J'attends avec impatience le jour où je pourrai à nouveau vous encourager à la télévision. Je serai toujours là. Toutes mes félicitations, vraiment, pour la médaille d'or.

Au revoir

Ashiya, préfecture de Hyogo

De la part d'une élève en dernière année d'école primaire.

31

Un jour d'automne, il se passa quelque chose. Au départ, madame Yoneda avait envoyé une carte postale à un concours, dont elle gagna le premier prix.

Il fallait coller sur une carte trois coupons imprimés d'un certain paquet de lessive pour concourir, et le premier prix était un billet de voyage pour quatre jours et trois nuits à Hokkaido. Toute la famille, surexcitée, faisait l'éloge ou enviait la chance de madame Yoneda.

Dans la vie de madame Yoneda qui avait passé quelques dizaines d'années à concourir, ce fut le plus gros prix qu'elle remporta. Le mieux qu'elle avait gagné jusqu'alors n'avait été par exemple qu'un matelas magnétique bon pour la santé, une douzaine de spirales anti-moustiques, dix bons de crème glacée valables dans tout le pays.

Mais la principale intéressée, alors que son assiduité pour les concours par carte postale était enfin récompensée, ne semblait pas du tout contente, au contraire, elle avait l'air ennuyé.

— J'ai pas très envie d'y aller, c'est tellement loin Hokkaido.

— Tiens, et pourquoi ? Les occasions comme celle-ci sont rares. C'est sûrement un endroit très bien. C'est Hokkaido, quand même, lui fit remarquer ma tante qui fut la première à réagir.

Etait-ce parce qu'un voyage à Hokkaido était très nettement supérieur aux maigres récompenses qu'elle recevait pour ses lettres signalant des coquilles ?

— C'est pas bon pour les vieux, le froid…

Madame Yoneda glissa plusieurs fois dans la poche de son tablier avant de la ressortir l'enveloppe contenant le billet qu'elle venait de recevoir.

— Dans ce cas vous pouvez bien y aller l'année prochaine quand il fera chaud ? Il est valable jusqu'à quand ? demanda Mina en voulant regarder dans le tablier de madame Yoneda.

— Même à Hokkaido, le printemps vient. L'été aussi, renchérit grand-mère Rosa.

— Non mais, que ce soit le printemps ou l'été, ça ne change rien à la peur de prendre l'avion…

— Vous n'avez jamais pris l'avion ? lui demandai-je, et madame Yoneda secoua la tête d'un air découragé.

— Alors, vous ne pouvez pas savoir si ça fait vraiment peur. Peut-être qu'une fois dedans, c'est assez amusant. En plus, madame Yoneda, vous avez besoin de vacances comme tout le monde, non ?

Je me posais la question depuis longtemps. Depuis mon arrivée à Ashiya, je ne l'avais jamais vue prendre un jour de repos. Elle n'avait jamais manqué à ses tâches ménagères, ne sortait jamais faire des achats pour elle ni pour se divertir. Elle était toujours avec nous, ne faisait que s'occuper de nous.

— Ça aurait été tellement mieux, les pinces à linges du quatrième lot…

Nos encouragements n'étaient pas suffisants pour débarrasser madame Yoneda de ses hésitations.

— En plus, c'est un billet pour un couple. Ça veut dire qu'il est valable pour deux personnes.

Tout le monde voulant en avoir le cœur net, on vérifia le contenu de l'enveloppe. C'était effectivement écrit en gros caractères “invitation pour un couple”, et entre parenthèses, en petits caractères : “(les personnes seules sont priées de s’abstenir)”.

— Dans ce cas, il y a encore moins besoin d’hésiter. Emmenez-moi avec vous, dit ma tante.

— Ce n’est pas possible. Si Mina faisait une crise pendant votre absence, qu’est-ce qui se passerait ?

— On demandera à monsieur Kobayashi de venir dormir à la maison.

— Je ne veux pas partir à Hokkaido si ça pose tous ces problèmes.

— Si j’avais encore de bonnes jambes, on aurait pu y aller ensemble, c’est dommage, dit grand-mère Rosa dans un soupir en se frottant les genoux.

— Il n’y a pas quelqu’un de convenable à l’entreprise de papa ? Quelqu’un d’originaire de là-bas par exemple, et qui ait envie de retourner au pays ?

— Et si vous y alliez plutôt avec monsieur Kobayashi ?

Tout le monde donnait son avis, mais cela ne faisait qu’embarrasser encore plus madame Yoneda. Une seule chose était claire, madame Yoneda n’avait pas le moindre ami ou parent avec qui elle aurait pu voyager.

— Il n’y a pas de quoi se précipiter. On va sûrement avoir une bonne idée d’ici là. Madame Yoneda a bien le droit de savourer tranquillement sa chance, dit ma tante.

Finalement, dès le lendemain, madame Yoneda n’eut plus l’occasion ni de savourer sa chance ni d’être embarrassée. Un cambrioleur lui avait volé son billet de voyage à Hokkaido pour deux personnes.

Le cambrioleur fut très respectueux. Il ne toucha à aucune œuvre d'art de valeur mais but une bouteille de Fressy, lécha du lait concentré, rafla les cigarettes et le whisky de ma tante et le billet de voyage à Hokkaido avant de s'enfuir. Nous avions tous dormi paisiblement jusqu'au matin, personne ne s'était rendu compte de l'incident.

Comme tous les matins madame Yoneda se rendit à la cuisine à six heures. Elle mit son tablier qui était accroché au mur. Elle découvrit la bouteille vide de Fressy sur la table, mais ayant pensé que c'était un coup des enfants, elle ne fit que la laver et la ranger tout en marmonnant des reproches (elle lava en même temps les empreintes digitales du cambrioleur).

Bientôt grand-mère Rosa se réveilla aussi, rejoignit madame Yoneda à la cuisine, discuta avec elle en buvant son café. Quand madame Yoneda regarda dans le réfrigérateur pour prendre des saucisses dans l'intention de les faire cuire, elle se rendit compte d'un léger détail au niveau de la boîte de lait concentré. Un filet s'écoulait de l'ouverture faite avec l'ouvre-boîte.

Madame Yoneda qui léchait du lait concentré au goûter, car elle ne se contentait pas de le tartiner sur du pain ou d'en recouvrir des fraises, avait l'habitude pour ne pas gaspiller de recueillir ce qui débordait de l'ouverture, de manière à ce que la boîte ne soit pas collante. Sur le moment, elle ne s'aperçut pas que c'était le fait d'un voleur. Elle était juste désappointée que la boîte de lait concentré qu'elle adorait fût toute collante, ce qui était inhabituel.

C'est alors que la voiture de la boulangerie B vint faire sa livraison.

— Tiens, la poignée de la porte de service est cassée.

Grâce à la remarque de l'apprenti boulanger qui avait dans les bras un pain français, madame Yoneda et grand-mère Rosa réalisèrent enfin qu'il se passait quelque chose d'anormal.

Voici en gros ce que madame Yoneda raconta à la police.

L'apprenti de la boulangerie B qui avait la tête sur les épaules malgré son jeune âge, calma les deux vieilles dames qui ne faisaient que s'étonner et appela aussitôt la police, il donna même des conseils pertinents tels que : "Vous devriez vérifier s'il n'y a pas d'autre préjudice en dehors du Fressy et du lait concentré. Si on vous a volé votre livret bancaire, il faut immédiatement prévenir la banque."

Bientôt des policiers arrivèrent les uns après les autres, l'intérieur de la maison s'anima, et il n'était plus question de petit déjeuner. Grand-mère Rosa se mit à trembler comme une feuille, madame Yoneda restait plantée là le visage livide, ma tante allait et venait en tous sens, comme si l'effet de ses excès de boisson s'était dissipé instantanément.

Pourtant Mina et moi n'avions pas peur du tout. Attachées à ceux qui coulaient du plâtre sur les traces de pas ou relevaient les empreintes digitales, nous posions tout un tas de questions, par exemple : "C'est quoi cette poudre blanche ?" Nous ne pouvions empêcher l'excitation de nous gagner en présence de cette brusque agitation, et nous espérions secrètement que peut-être nous n'irions pas à l'école.

Seule Pochiko gardait son calme. La tête enfoncée dans un buisson, elle éternuait, buvait bruyamment l'eau du bassin, et quand les policiers entreprirent d'inspecter le jardin, elle agita la queue d'un air bougon.

Finalement, le coffre-fort n'avait pas été forcé. Mis à part le Fressy et le lait concentré, seules une cartouche de cigarettes et deux bouteilles de whisky de marque étrangère avaient disparu des provisions de ma tante dans le fumoir. D'après les suppositions des policiers, le cambrioleur ne s'était pas intéressé aux œuvres d'art car on les aurait retrouvées trop facilement, ou alors ce n'était pas un véritable cambrioleur, mais un simple vagabond affamé.

— Il n'y a rien d'autre ? Vérifiez bien s'il vous plaît, nous répétaient les policiers pour que nous restions attentives.

D'après les déductions de Mina, le cambrioleur se serait donné des forces avec le Fressy, et au moment où il s'était mis à chercher le coffre-fort, il aurait aperçu Pochiko dans le jardin de l'autre côté de la terrasse, et sous le coup de la surprise, se serait enfui précipitamment.

— S'il ne connaissait pas Pochiko, ça prouve que ce n'était pas quelqu'un d'ici, me chuchota-t-elle à l'oreille.

Madame Yoneda fut la plus atteinte par cette histoire. Personne ne l'accusait, mais elle avait décidé que c'était sa responsabilité de ne pas avoir vérifié si la porte était bien fermée. Cela ne l'empêcha pas pour autant de ne pas nous donner l'autorisation de manquer l'école.

— Quelle raison auriez-vous de ne pas y aller ? Ce serait faire le jeu du cambrioleur, nous fit-elle remarquer et, tapotant le derrière de Pochiko, elle s'apprêtait à nous dire au revoir avec entrain lorsque, ayant plongé les deux mains dans la grande poche de son tablier, après un temps de retard, elle poussa un petit cri.

— Le billet pour le voyage a disparu !

Le lendemain de l'événement, mon oncle arriva précipitamment avec des spécialistes qui changèrent toutes les serrures de la maison pour des modèles sophistiqués, et installèrent des alarmes dans les chambres à coucher et le couloir. Je le trouvais toujours aussi beau, alors qu'il donnait ses ordres avec vivacité, prenait rapidement des décisions, et vérifiait jusque dans les moindres recoins de la maison. Il utilisait son stylo à plume comme baguette pour indiquer un point du plan, et les spécialistes passaient aussitôt à l'action, faisant le travail qu'il attendait d'eux. Il ne faisait pas le fier, et pourtant il dégageait une majesté fascinante.

Je pensais secrètement que ce n'était pas à madame Yoneda de se sentir responsable de cet incident, mais plutôt à mon oncle absent de la maison. Mais en le revoyant toujours aussi superbe, je fus aussitôt disposée à tout lui pardonner.

Le travail se termina, et on testa l'alarme. Grand-mère Rosa appuya sur le bouton rouge tout neuf, ce qui déclencha une sonnerie stridente à déchirer les tympans. Même Pochiko qui ne perdait jamais son sang-froid glissa sur le rebord du bassin et tomba sur le derrière.

— Hmm, avec ça on est tranquille, dit mon oncle en croisant les bras avec satisfaction, avec ça, tout le quartier se réveillera.

Nous étions tous en admiration devant la puissance de l'alarme, et nous nous répétions que nous pouvions nous rassurer.

Mais je m'interrogeais intérieurement. L'alarme pouvait être puissante et alerter du danger, étaitelle suffisante pour atteindre l'endroit où se trouverait mon oncle ?

Bien sûr, je ne le disais pas à haute voix. Si tout le monde se réjouissait des nouvelles serrures et de l'alarme, cela me convenait très bien.

Même si cette fois-ci il était rentré en urgence sans que ce ne soit prévu, mon oncle ne partit qu'après avoir réparé les objets cassés. Une agrafeuse avec une agrafe coincée dedans et un parapluie aux baleines tordues.

Tout en prenant notre bain de lumière, Mina et moi nous parlions du cambrioleur qui avait pris le billet de voyage pour Hokkaido. La boîte d'allumettes que Mina venait d'utiliser était posée à côté de la lampe, un peu à l'écart sur le sol. Elle était décorée d'un petit ours brun qui posait, vêtu d'un manteau entièrement recouvert de marimo comme il y en a dans le lac Akan. Il avait presque l'air de se tortiller au contact de ces petites algues rondes et vertes.

— C'est un cambrioleur vraiment maladroit, mais logique dans le choix des choses qu'il a emportées, dit Mina.

— Qu'est-ce que tu veux dire ?

— Il a choisi des objets qui avaient de la valeur à ses yeux, mais pas à nos yeux.

Mina était maigre comme un faon, mais dans la mesure où elle n'avait pas fait une seule crise de toutes les vacances d'été, les traces de piqûres sur ses bras avaient pratiquement disparu.

— Grand-maman est plutôt contente que les cigarettes et le whisky de maman aient été volés, et madame Yoneda est rassurée que son billet pour Hokkaido ait disparu.

— Ah bon ?

— Oui, sûrement. Elle n'a plus à se poser de problème aussi compliqué que de savoir avec qui elle devrait y aller.

— Effectivement.

— Elle doit être drôlement soulagée qu'un cambrioleur inconnu aille là-bas à sa place.

— Je me demande s'il a quelqu'un avec qui partir en couple, dis-je.

— Je ne sais pas…

Après avoir réfléchi un peu, Mina répondit.

— Il a bien dû se faire des amis en prison. J'en suis sûre.

— Hmm, tu as raison.

Ayant fini d'exposer le devant de notre corps à la lumière, nous nous sommes retournées sur le ventre, les mains croisées devant nous, le menton posé dessus. En écoutant les ampoules tourner en grinçant, nous pensions au voyage du voleur en couple à Hokkaido. Nous les imaginions buvant du whisky dans l'avion, fumant des cigarettes au bord du lac Akan, en train d'acheter des marimo ou des sculptures d'ours brun en bois dans les magasins de souvenirs. Puisque c'était ainsi, nous espérions qu'ils feraient un bon voyage.

Quelques jours après, les policiers vinrent nous annoncer qu'ils avaient arrêté le coupable. Grâce à une de ses empreintes laissée sur une crotte de Pochiko.

— Je te l'avais bien dit, hein ? C'est elle qu'il faut féliciter, se vanta Mina.

Nous avions oublié de demander si le voleur avait eu le temps de faire son voyage à Hokkaido.

32

Avec le recul, je peux dire maintenant que la personne la plus enracinée dans la maison d'Ashiya n'était autre que madame Yoneda.

Grand-mère Rosa avait ses souvenirs dans la lointaine Allemagne. Et ma tante venait d'Okayama. Mina allait à l'école tous les jours, à quinze minutes à dos de Pochiko, tandis que son frère Ryuichi avait quitté sa chambre d'enfant relativement tôt. Et mon oncle était ce qu'il était.

Mais madame Yoneda n'avait pas d'autre maison où rentrer, pas d'endroit où aller, elle ne postait du courrier que pour ses concours, et son espoir de recevoir une réponse était quasiment nul. Elle passait son temps à s'occuper des autres et vivait comme si elle était du même sang que la famille.

Madame Yoneda était peut-être arrivée dans cette maison bien avant grand-mère Rosa, ma tante ou Pochiko, et elle y avait peut-être toujours fait la même chose. J'avais l'impression qu'elle était déjà la même grand-mère depuis sa naissance, enfournant le pain, lavant les carreaux, réparant les habits déchirés.

Madame Yoneda était comme la neige à l'intérieur d'une boule de verre. Sur la paroi était dessiné l'intérieur de la maison. Toutes les chambres étaient parfaitement propres, l'ensemble sentait bon la cuisine. Les rires des habitants s'y répercutaient.

Il suffisait de retourner la boule de verre pour que la neige voltige, enveloppant tout. Et elle venait s'accumuler sur le sol comme pour protéger tout le monde en silence.

On pouvait toujours secouer très fort cette boule, la neige ne sortait pas à l'extérieur. Casser le verre aurait été considéré comme une erreur stupide. A l'extérieur, ce que l'on prenait pour de la neige se changeait en une matière humide indéfinissable et ne pouvait plus redevenir comme avant. C'est pourquoi nous étions incapables d'entraîner madame Yoneda hors de la maison.

Le dimanche, si pour une fois grand-mère Rosa et madame Yoneda durent se séparer, ce fut à cause de l'agitation provoquée par le cambriolage. Ce jour-là, ma tante et grand-mère Rosa devaient se rendre à l'hôtel Shin-Osaka pour assister au mariage du fils d'une vieille connaissance. Normalement, elles auraient dû y aller toutes les trois, mais inquiète à l'idée de nous laisser seules garder la maison aussitôt après le cambriolage, madame Yoneda avait décidé de rester.

Après leur départ en voiture de location, monsieur Kobayashi qui aurait dû être en congé arriva. Avec un bébé dans les bras.

Sa fille qui était mariée lui avait confié son petit-fils pour la journée, mais sa femme qui avait glissé dans les toilettes souffrait d'un lumbago. Ne pouvions-nous pas garder l'enfant le temps qu'il emmène sa femme aux urgences ?... Nous expliqua-t-il d'un air désolé alors que le bébé dormait bien sagement.

Ayant de la sympathie pour lui qui ne se bornait pas à emmener Mina à l'hôpital quand elle avait une crise, mais devait également s'y rendre pendant son congé, nous lui répondîmes qu'il pouvait accompagner sa femme sans inquiétude, nous allions garder le bébé.

— Je suis vraiment désolé. Vous me sauvez. S'il se met à pleurer, il faut lui chatouiller la plante des pieds. En général ça suffit. Vous trouverez tout le nécessaire là-dedans.

Le sac qu'il nous tendait pesait plusieurs fois le poids du bébé.

Nous avons d'abord couché le bébé sur le sofa de la salle de séjour. Mina, moi et madame Yoneda, ayant du mal à nous éloigner de lui, nous nous sommes plongées dans la contemplation de son visage endormi jusqu'à en oublier le travail qui nous attendait (les devoirs, la lessive).

Enroulé dans un vêtement en tissu éponge jaune avec un motif de locomotive appliqué dessus, ses petits poings serrés au niveau de ses oreilles, le bébé continuait à dormir, inconscient de ce qui lui arrivait. Ses cheveux se dressaient en désordre, un peu de lait apparaissait au coin de ses lèvres. Ses yeux fermés étaient enfoncés dans ses grosses joues rondes.

— Il respire ? questionna madame Yoneda avant de coller son oreille aux lèvres du bébé.

— Arrêtez, ne dites pas de bêtises, madame Yoneda, lui dis-je.

— J'ai l'impression qu'il ne respire plus…

Madame Yoneda fronçait les sourcils en écoutant avec concentration. Ce n'était pas suffisant, il fallait qu'elle lui touche la joue avec circonspection, presque avec crainte.

— Ce n'est pas froid.

— C'est évident.

A ce moment-là, les poings du bébé se crispèrent un instant. Surprise, elle sursauta et son coude alla cogner le coin de la table.

— Dites, regardez. On dirait qu'il va se réveiller, nous fit remarquer Mina en montrant le bébé du doigt.

Il semblait mal à l'aise, tournait le cou de gauche à droite. Il entrouvrit les yeux en remuant les fesses. Puis il croisa le regard de madame Yoneda qui frottait son coude douloureux et se mit à pleurer avec énergie.

Il n'y avait plus à s'inquiéter au sujet de sa respiration, c'était un bébé très en forme. Ses cris étaient encore plus stridents que l'alarme.

— Sur le sofa il risque de tomber. Ce ne serait pas plus prudent qu'il dorme par terre ? proposa Mina.

— Oui oui, répondit madame Yoneda, et elle étendit une couverture en éponge sur le tapis.

Mina prit le bébé dans ses bras, le porta sur son nouveau lit. Les pleurs augmentaient en puissance petit à petit.

— La première chose à laquelle on pense, c'est les couches, dit-elle et je me mis à fouiller dans le sac.

Comme l'avait dit monsieur Kobayashi, tout ce qui concernait le bébé se trouvait dedans. Biberon, lait en poudre, coton hydrophile, désinfectant, hochet, tablier, gilet et bonnet de laine, talc, huile de camélia, carnet de la mère et de l'enfant. Bien sûr, il y avait aussi des couches de rechange.

Je regardais les deux morceaux de tissu pliés en rectangle en me disant, c'est donc comme ça une couche ? Nous pensions que ce serait madame Yoneda, la plus âgée, mais aussi celle qui avait causé le réveil du bébé, qui le changerait tout naturellement, mais elle avait un air ennuyé, presque pitoyable.

— Excusez-moi, mais je ne suis pas douée avec les enfants. Non, ce n'est pas que je ne les aime pas. C'est juste qu'ils me font peur.

— Mais vous ne vous êtes pas occupée de Mina et Ryuichi quand ils étaient petits ?

— A cette époque il y avait une nurse au pair. Et j'étais débordée par les tâches ménagères, prétexta-t-elle.

C'était la première fois que je la voyais hésiter.

— Dans ce cas c'est moi qui vais le faire, décida Mina, madame Yoneda, apportez-moi du coton imbibé d'eau.

Elle s'assit à la japonaise aux pieds du bébé, et défit la partie collante du plastique qui recouvrait la couche. C'est alors que nous sûmes qu'il s'agissait d'un garçon.

— Oui, tout de suite, obéit aussitôt madame Yoneda.

On ne pouvait pas dire que Mina avait l'air habituée, mais ses gestes montraient sa volonté de ne pas vouloir blesser le bébé. Tout en cherchant par tâtonnement la force idéale, que ce soit pour soulever ses pieds ou essuyer ses fesses avec le coton hydrophile, elle agissait avec délicatesse et concentration. On aurait même cru pouvoir déceler en elle du respect pour la couche souillée.

— Bon, ensuite on prépare le lait en poudre.

Tout en vérifiant que la couche était bien mise, Mina lançait ses directives. Je sortis du sac le biberon et la boîte de lait, madame Yoneda emporta le tout à la cuisine à petits pas pressés. Les pleurs, pendant ce temps-là, ne cessaient toujours pas, et je faisais de mon mieux pour chatouiller la plante des pieds du bébé. C'était chaud, souple, agréable au toucher, mais contrairement à ce que monsieur Kobayashi nous avait dit, cela n'eut aucun effet apaisant sur le bébé.

Toujours assise à la japonaise, Mina le prit dans ses bras, porta le biberon à son front pour s'assurer qu'il n'était pas trop chaud. Le bébé, tirant avec énergie sur la tétine, commença à téter. Bientôt les pleurs cessèrent, et l'on n'entendit plus que le bruit de succion au niveau de l'embout en caoutchouc.

Je me demandais pourquoi Mina était si douée pour faire téter le bébé. Il est vrai que l'équilibre était instable. Son torse et ses bras paraissaient bien trop faibles pour accueillir un bébé, même si elle enroulait ses deux bras autour de son corps, ses petits pieds dépassaient sur le côté. Et pourtant le bébé avait posé sa tête sur le coude osseux de Mina et, ses fesses gonflées par la couche bien calées au creux de ses hanches, il tétait d'un air parfaitement rassuré. Une main posée sur le biberon, des larmes toujours accumulées au coin des yeux, il levait de temps à autre son regard dans notre direction. Mina ne cillait pas, retenait même sa respiration, et inclinait doucement le biberon au fur et à mesure que le niveau du lait baissait à l'intérieur. Madame Yoneda, qui ne voulait pas détruire cette tranquillité en se comportant d'une manière intempestive, serrait fortement les lèvres.

L'après-midi, après avoir installé le bébé repu dans le landau, nous nous sommes promenées dans le jardin. Nous avions toutes les trois sorti à grand-peine du grenier le landau de fabrication allemande, et nous en avions essuyé la poussière. Même si, à court d'huile, les roues grinçaient un peu, il n'avait rien perdu de son élégance. Le bébé, mordillant le fil de la boîte à musique ou donnant des coups de pied dans les coussins, en appréciait le confort à sa manière.

Nous arrivâmes au bord du bassin et Pochiko s'approcha pour jeter un coup d'œil à l'intérieur. Elle lécha le visage du bébé d'un coup de langue. La joue brillante de salive, le bébé éclata de rire.

Le soir, le bébé retourna dans les bras de monsieur Kobayashi sain et sauf, et ma tante et grand-mère Rosa revinrent du mariage. Grand-mère Rosa et madame Yoneda s'assirent sur le banc sous la pergola, pour contempler ensemble le soleil couchant. Cette longue journée de séparation achevée, elles paraissaient soulagées de retrouver enfin leurs habitudes. Elles avaient abandonné leur chapeau de paille pour se coiffer d'un béret assorti. Sur leur tête, le feutre marron était posé délicatement de la même manière. Ils se rapprochaient, se frôlaient, comme pour mieux se raconter les événements de la journée. Et le soleil couchant éclairait leur dos de façon identique.

33

— Je ne vous ai pas demandé votre impression sur “La Garden Party” de Katherine Mansfield et l’album de photos d’Auschwitz.

Monsieur Tokkuri, derrière le comptoir de prêt, avait interrompu son travail.

— Ah… oui.

Je baissai la tête comme si on me grondait. Comme d’habitude je n’étais pas capable de me comporter naturellement dans une situation capitale.

Mais au fond de mon cœur, j’étais folle de joie que monsieur Tokkuri se souvienne des livres que j’avais empruntés. Beaucoup de gens venaient quotidiennement, je me réjouissais intérieurement qu’il se souvienne de ce qu’avait emprunté une banale écolière du primaire.

— C’est, c’est vrai. Oui, euh, pas encore, lui répondis-je en bégayant.

— C’était comment ? Je crois que quelqu’un comme vous peut parfaitement comprendre.

Monsieur Tokkuri classait des paquets de cartes d’emprunt en les tapotant sur le comptoir. Il bougeait à peine les mains et tout ce qui se trouvait sur le comptoir était impeccablement rangé.

— Parfaitement, non quand même…

Evidemment, monsieur Tokkuri était toujours dans le malentendu. Il était loin de se douter que je ne faisais que répéter les paroles de Mina. Plus il me complimentait, plus je me troublais.

— Mais…

— Mais, quoi ?

Monsieur Tokkuri, sans se douter de rien, me regardait avec confiance en attendant la suite.

— La fin de “La Garden Party” m’a étonnée. Au début j’ai trouvé l’histoire ennuyeuse. C’était seulement l’histoire d’une femme riche qui éprouve de la sympathie pour un homme pauvre. Mais je m’étais trompée.

— Oh, intéressant.

— Euh, en fait, ça n’avait rien à voir avec la richesse ou la pauvreté. Tout le roman prend son sens à la fin, quand Laura découvre de la beauté dans le visage de l’homme qui est mort après une chute de cheval.

Je n’ai pas dit que cela venait de Mina.

— Laura a été touchée par la noblesse de l’homme qui accueille la mort sans se rebeller, presque avec satisfaction, ai-je continué, en me demandant si c’était là tout ce qu’elle m’avait dit, et si je n’avais rien oublié.

— Peut-être que Laura vous ressemble ? me fit remarquer monsieur Tokkuri.

— Hein ?

Je fus troublée par son opinion inattendue, et ne sus quoi dire. Il ne me restait plus rien de Mina en stock pour lui répondre.

— Vous qui pouvez comprendre “Les Belles Endormies” de Kawabata, vous auriez certainement su voir de la noblesse dans le visage de l’homme mort dans la pauvreté, tout comme Laura.

La lumière qui provenait du plafond élevé de la salle de lecture faisait doucement ressortir son profil. Pour un samedi après-midi il y avait peu de monde, et l'on entendait par-ci par-là entre les rayonnages le léger bruit des pages que l'on tourne.

— C'est pour ça que c'est triste, dis-je.

Je parlais d'une petite voix de manière à ce que monsieur Tokkuri soit le seul à m'entendre

— Les personnes dans les photos d'Auschwitz n'avaient plus rien. Ni noblesse, ni nom, ni cheveux, ni même des gens pour les pleurer.

Monsieur Tokkuri acquiesça en silence. Comme d'habitude, ses cheveux trop longs retombaient sur son front.

— Parmi toutes les écolières abonnées, vous faites vraiment la fierté de la bibliothèque d'Ashiya.

Comme pour m'en montrer la preuve, il me remit les nouveaux livres que j'empruntai cette semaine-là avec ma carte.

— Merci beaucoup.

Je me dépêchai de les ranger dans mon sac, le saluai et quittai précipitamment la bibliothèque. Sans savoir pourquoi j'étais si pressée, je courus d'une traite jusqu'à l'arrêt d'autobus de Yamauchide.

Ce jour-là, j'avais battu mon record de temps passé à parler avec monsieur Tokkuri. Je ne connaissais ni son nom ni son âge, et j'avais été troublée de pouvoir parler autant avec lui uniquement au sujet des livres. Mais peut-être est-ce que je courais seulement à cause du livre que je venais d'emprunter. "Premier amour" de Tourgueniev. Pourquoi Mina voulait-elle lire un livre au titre aussi honteux ? Monsieur Tokkuri, réfléchissant au sens de "Premier amour", n'avait-il pas trouvé ça bizarre ? J'avais eu peur de ça, ce qui m'avait fait fuir en courant.

Toutes sortes de pensées tourbillonnaient en moi, rendant ma respiration encore plus difficile. Je courus le long du sanctuaire de Yamauchide Tenjin, tournai à gauche sur la nationale, ne cessant de courir même après avoir vu l'arrêt de l'autobus.

Mais je l'avais bien compris. Mon impression concernant l'album photo n'était ni celle de Mina ni celle de quelqu'un d'autre. Mais ma propre réflexion. J'avais parlé pour la première fois à monsieur Tokkuri avec mes propres mots. Peut-être avais-je couru parce que j'en étais heureuse.

D'un autre côté, il y avait une petite avancée dans le premier amour de Mina. La stratégie du volley-ball s'étant terminée par un échec, la situation stagnait, mais le dernier mercredi de septembre, le jeune homme qui venait livrer adressa exceptionnellement la parole à Mina.

— Tu sais que le 8 octobre, on pourra voir la pluie d'étoiles filantes de la comète Giacobini ?

Mina secoua la tête.

Ce n'était donc pas le volley-ball, mais les étoiles qu'il aimait, me dis-je dans l'ancien guichet du jardin zoologique Fressy. Et j'ai envoyé des encouragements muets à Mina pour qu'elle montre plus d'intérêt même si pour cela elle devait mentir.

— La trajectoire de la comète Giacobini se rapproche de la terre et il va y avoir la nuit des étoiles filantes la plus importante de ce siècle.

— Ah bon.

L'attitude de Mina était aussi froide que d'habitude.

— Comme il y a une étoile sur le logo Fressy, je me suis dit que tu étais peut-être intéressée…

Le jeune homme montrait du doigt les bouteilles vides qu'il venait tout juste de prendre. Ils restèrent un moment sans rien dire, à regarder la remorque du camion.

Ça ne sert à rien de regarder les bouteilles vides. Il faut parler des étoiles, dire n'importe quoi. Puisque tu lis tellement, tu as sûrement dû lire aussi des livres sur les étoiles, Mina. Je mourais d'impatience, dans l'ombre à l'intérieur du guichet.

— De quel observatoire peut-on les voir ? lui demanda-t-elle enfin.

— Ce n'est pas la peine d'aller dans un observatoire, il suffit de lever la tête vers le ciel. Bah, je pense aller dans les monts Rokko à partir d'Okuike. Parce que plus on est loin de la lumière des villes, mieux on voit.

— Hmm.

Mina dirigea à nouveau son regard vers les bouteilles vides.

Demande-lui de t'emmener, c'est l'occasion rêvée.

— Bon.

Après avoir acquiescé en silence, Mina ne fit qu'accompagner du regard le jeune homme de dos qui prenait place au volant du camion.

— Tiens, regarde.

En me voyant sortir de l'ancien guichet, Mina me tendit quand même la main d'un air joyeux. Elle avait sur sa paume une boîte d'allumettes décorée d'une jeune fille qui tendait une bouteille vers le ciel nocturne comme pour recueillir des étoiles filantes.

Le lendemain soir, madame Yoneda me demanda de faire une course.

— Chez le boucher en face de la pâtisserie traditionnelle tout de suite à gauche dans la rue commerçante de Yamate, je voudrais que tu achètes des paquets de confit de bœuf. Il y a les grands, les moyens et les petits. Deux moyens. N'oublie pas de les faire envelopper pour un cadeau. Ça ira ? Deux moyens, en paquet cadeau, me répéta-t-elle comme si elle parlait à une enfant.

Ayant fait mon achat, je me faufilai entre les personnes qui sortaient de la gare Ashiyagawa de la ligne Hankyu, et en traversant le passage piéton, remarquai sur l'autre rive un camion stationné devant l'école maternelle. Je réalisai aussitôt qu'il s'agissait de celui du jeune homme du mercredi.

Toujours avec sa casquette de base-ball et sa tenue de travail, il était assis au bord de l'eau. Peut-être qu'ayant terminé ses livraisons, il n'avait plus qu'à retourner à l'usine. L'air détendu, les jambes allongées dans l'herbe, il souriait comme jamais nous ne l'avions vu, Mina et moi. A côté de lui était assise une inconnue.

Ah, le jeune homme du mercredi était donc quelqu'un qui pouvait rire d'un air aussi heureux, pensai-je en serrant contre mon cœur les paquets de confit de bœuf. Le bruit de la rivière tombant d'un mur de pierres entassées en son milieu et celui des trains de la ligne Hankyu m'empêchaient d'entendre ce qu'ils disaient. Leur profil était à moitié dissimulé dans le crépuscule, si bien que je ne voyais pas bien si la fille était aussi belle que Mina.

La seule chose dont j'étais sûre était que ces deux-là avaient une relation particulière. Je le voyais clairement. Ils se tenaient par la main.

34

Je ne pensais pas que madame Yoneda, qui prenait pour des dévergondés ceux qui étaient encore debout à onze heures du soir, nous accorderait facilement la permission de monter jusqu'à Okuike pour voir la pluie d'étoiles filantes de la comète Giacobini. Mina aussi le savait très bien, et elle employa des moyens à la hauteur pour la persuader. Elle insista sur le fait qu'il ne s'agissait pas d'un simple divertissement, mais d'une étude scientifique tout à fait respectable.

— Qu'est-ce que c'est, ce Jaco je ne sais quoi ?

Madame Yoneda, qui avait du flair, ne se laissait pas avoir comme ça.

— C'est le nom d'une comète. Il va tomber une pluie d'étoiles filantes. C'est le plus gros événement du siècle. C'est une chance merveilleuse. C'est une étude scientifique.

Madame Yoneda croisa les bras et se mit à réfléchir.

— Même si on veille tard le dimanche soir, comme on fait le pont jusqu'à mardi, on sera pas trop fatiguées.

Quant à l'inquiétude au sujet de ses crises, elle prit les devants :

— Je ne dépasserai pas mes limites, et si je ne me sens pas bien on rentrera tout de suite. Les étoiles ne sont visibles que la nuit. Si on veut les étudier, on ne peut pas faire autrement. Vous voulez bien, hein ?

La demande de Mina devenait petit à petit plus pressante. En réalité, j'avais envie de me joindre à elle, mais avoir été témoin du rendez-vous du jeune homme du mercredi me retenait, j'étais dans le vague et n'arrivais pas à participer réellement à tenter de convaincre madame Yoneda.

Le jeune homme avait sûrement convenu avec cette fille assise à côté de lui d'aller en voiture jusqu'à Okuike contempler les étoiles. C'était l'idéal pour un rendez-vous amoureux. Elle n'était pas habillée comme pour sortir en ville, mais en vêtements ordinaires, elle portait des sandales, si bien qu'elle était peut-être vendeuse dans un des magasins proches de la gare. Ses vêtements décontractés renforçaient l'impression d'intimité qu'ils dégageaient.

Il n'y avait pas de mensonge dans le désir de voir les étoiles chez Mina, mais si c'était moitié à cause de la proposition du jeune homme ?… Et si elle le voyait en compagnie de la fille ?… A cette pensée, j'estimai qu'il valait mieux que madame Yoneda ne donne pas son autorisation.

Finalement, elle annonça : "Je vais demander à votre papa. Je ne peux pas décider seule." Même si on ne le voyait pas, il existait semble-t-il un moyen inconnu des enfants pour prendre contact avec mon oncle.

La seule condition que mon oncle imposa pour nous autoriser à aller voir les étoiles fut de lui produire une note concernant notre observation.

— Votre papa va contrôler le fruit de votre travail, dit madame Yoneda.

— Ça c'est facile. On pourra le produire. Hein, Tomoko ?

Mina sautait de joie. Je fis semblant d'être contente, tout en faisant attention à ne pas être soupçonnée.

Okuike était un lac de retenue d'eau à mi-pente des monts Rokko. Le long de l'école primaire Y où allait Mina, il fallait prendre l'autoroute à péage en direction d'Arima, et c'était un peu plus haut dans la montagne. Par là-bas, il n'y avait ici ou là que des sanatoriums ou des auberges de jeunesse, c'était loin des néons de la ville, et de plus, au bord du lac il y avait une base de loisirs, si bien que l'on n'avait pas à s'inquiéter pour aller aux toilettes, et comme l'avait dit le jeune homme du mercredi, l'endroit était parfait pour l'observation des étoiles.

Bien qu'il eût donné son autorisation, mon oncle n'était pas revenu, alors finalement, comme toujours dans ce genre de situation, nous ne pouvions compter que sur monsieur Kobayashi. Nous avons décidé de partir le dimanche 8 octobre après dîner, vers sept heures, à bord de la camionnette conduite par monsieur Kobayashi.

Mina prit un nouveau cahier, écrivit en gros caractères sur la couverture : "Dossier concernant l'observation de la pluie de météorites Giacobini. 8 octobre 1972 (dimanche)". Je courus à la bibliothèque, et suivant les conseils de monsieur Tokkuri, j'empruntai trois livres, "Les Mystères du ciel étoilé", "Les Secrets des comètes" et "A la recherche des étoiles filantes". Mina les étudia, et utilisa le fruit de ses lectures pour écrire une introduction dans le cahier.

I. Motif d'observation.

Le phénomène des pluies d'étoiles filantes est très rare et beau. Le rythme des étoiles étant plus lent que celui des humains, si on le rate, il se peut qu'une autre chance ne se représente jamais. L'observation de la pluie d'étoiles filantes Giacobini est sans doute une précieuse occasion de connaître l'aspect de l'univers. Par ailleurs, l'étoile est un symbole important pour notre maison. Nous devons pouvoir observer le phénomène avec la même sympathie que lorsque nous décapsulons une bouteille de Fressy.

II. A propos de la pluie d'étoiles filantes Giacobini.

Les poussières de la comète qui brûlent en entrant à toute vitesse dans l'atmosphère terrestre forment les étoiles filantes. Quand la terre traverse la trajectoire de la chevelure d'une comète, on peut observer une pluie d'étoiles filantes. Le nom correct de la comète à l'origine de la pluie d'étoiles filantes Giacobini est Giacobini-Zinner. Tous les treize ans elle se rapproche de la terre.

Direction nord-nord-ouest. Comme plus la nuit avance, plus l'altitude baisse, la période la plus propice à l'observation se situe donc à partir du coucher du soleil jusqu'au milieu de la nuit. Les étoiles filantes rayonnent à partir de la tête de la constellation du Dragon. En 1933 et 1946, des milliers voire des dizaines de milliers d'étoiles filantes sont apparues en l'espace d'une heure. Très lentement, en voltigeant, plus comme de la neige que de la pluie, paraît-il.

III. Le matériel à emporter.

Cahier, crayon de bois, boussole, compteur, pile électrique (mettre un filtre rouge pour atténuer la lumière), lanterne portable, allumettes, matelas, couverture, chaufferettes, boissons chaudes, une petite collation.

IV. Les autres observateurs.
Tomoko, monsieur Kobayashi, Pochiko.

L'avis selon lequel ce serait bien d'emmener Pochiko ne vint de personne en particulier, mais fut aussitôt adopté à l'unanimité.

— Si Pochiko est là, elle fera un parfait garde du corps.

— Il suffit que son gros corps apparaisse dans l'obscurité pour que n'importe quel malfaiteur en soit pétrifié.

— Elle pourrait en profiter pour nager dans le lac ? Elle aussi doit avoir envie d'espace de temps en temps.

— Oui, Pochiko est un animal nocturne. Plus il fait nuit, plus elle est en forme.

Chacun expliqua à quel point elle était digne de nous accompagner.

J'avais du mal à croire que des malfaiteurs puissent venir observer les étoiles, je pensais que, comme pour la photo de famille qui avait été prise dans le jardin, elle serait plutôt une gêne, mais je n'eus pas le courage de faire une objection.

Malheureusement, ce jour-là, le 8 octobre, le temps était nuageux. Dès le matin, Mina sortit plusieurs fois sur la terrasse, levant les yeux vers le ciel pour chercher une trouée dans les nuages. Aux nouvelles à la télévision, on montra des maniaques de l'observation des étoiles qui partaient à la recherche du meilleur poste d'observation, à

Hokkaido ou dans le nord de Honshu, au mont Fuji, à Norikura, et même jusqu'à Irkoutsk en Union soviétique.

Lorsque ce fut enfin le moment de partir, Mina et moi nous retrouvâmes équipées comme pour une expédition sur le mont Everest. Sous prétexte que la nuit en montagne il faisait froid et que l'on pouvait s'habiller aussi épais que possible ce ne serait jamais trop, madame Yoneda, ma tante et grand-mère Rosa, chacune à son tour nous avaient couvertes de tout ce qui leur tombait sous la main. Chemise à manches longues en flanelle et pull, manteau à capuche, culotte de laine, gants, bottes de ski, col de renard… L'ensemble et l'harmonie des couleurs étant ignorés, Mina était presque comme une boule de laine à motifs marbrés.

Ne se contentant pas de nous mettre des épaisseurs sur le dos, elles conseillèrent aussi monsieur Kobayashi pour sa tenue. Il écouta gentiment, superposa des chaussettes, et mit des protections pour les oreilles en poil de lapin.

— Bon on y va.

Monsieur Kobayashi utilisa la planche pour faire monter Pochiko à l'arrière de la camionnette, et pour éviter qu'elle soit projetée, il fit passer une corde dans son collier qu'il attacha aux crochets de la plate-forme.

Nous étions plus ou moins excitées par cette nuit spéciale, seul monsieur Kobayashi était aussi posé que d'habitude. Alors que la plus grande pluie d'étoiles filantes de ce siècle s'apprêtait à tomber, son attitude était la même que lorsqu'il accompagnait Mina à l'école ou nettoyait les crottes de Pochiko. Il vérifia seul et en silence si nous n'avions rien oublié, si le bouchon de la thermos était bien fermé, si les piles de la lampe électrique marchaient encore.

Peu après avoir commencé à rouler, la camionnette fut aspirée dans l'obscurité. La montée devenait de plus en plus rude, seuls les panneaux signalant les virages ressortaient dans la lumière des phares avant de disparaître. Les maisons s'interrompirent alentour, et une profonde forêt accentua encore plus les ténèbres. En cours de route, au péage de la route de Royu, un homme d'âge moyen qui nous demandait d'une voix amicale si nous allions voir les étoiles ouvrit de grands yeux en apercevant Pochiko, nous rendit la monnaie d'une main tremblante, et se tut.

Le front appuyé contre la vitre, je regardais le ciel nocturne. Il n'y avait pas encore d'étoiles filantes, mais je fis quand même un vœu.

— Faites que nous ne croisions pas le jeune homme du mercredi.

35

Monsieur Kobayashi gara la camionnette à côté du lac. Je cherchai immédiatement des yeux la voiture du jeune homme du mercredi, mais les alentours étaient entièrement plongés dans l'obscurité, et de l'autre côté du lac de faibles voix s'élevaient de la base de loisirs.

Mais en réfléchissant bien, le garçon du mercredi ne risquait pas de sortir avec son camion de livraison Fressy, et je ne pouvais pas savoir quelle voiture il avait en privé.

— Je pense que par là, on pourra voir tranquillement les étoiles… Pochiko, attends un peu, sois sage.

Monsieur Kobayashi, ayant gentiment tapoté la tête de Pochiko, déchargea les affaires, alluma la pile électrique, et se dirigea vers les bois qui entouraient le lac comme pour mieux s'éloigner de la base de loisirs. Mina et moi, pour ne pas nous égarer, nous le suivîmes, nos corps rembourrés collés l'un à l'autre.

Du côté de la base de loisirs, il y avait de fortes possibilités de rencontrer le jeune homme du mercredi. Comme d'habitude, monsieur Kobayashi avait raison. C'est ce que j'ai pensé.

Non loin apparut une clairière où poussait l'herbe. Connaissait-il l'endroit et avait-il repéré cet emplacement à l'avance ? il dit sans hésiter : “Oui, ici c'est bien", en posant toutes les affaires sur le sol. En nous aidant de la lumière de la pile électrique, nous avons cherché à la boussole la direction nord-nord-ouest, et nous avons installé le matelas en conséquence.

— Monsieur Kobayashi, allez d'abord promener Pochiko. Il n'y a pas de problème pour nous deux, dit Mina.

— Ah bon ? Alors je vais aller la baigner un peu. S'il y a quelque chose, vous n'aurez qu'à souffler là-dedans pour me prévenir.

Alors que ce n'était pas dans la liste des objets à emporter sur le cahier d'observation, monsieur Kobayashi nous passa des sifflets autour du cou.

— Ce sera bien s'il y a des étoiles filantes, murmura-t-il, se parlant à lui-même, et il remit ses protections d'oreilles en lapin qui avaient glissé, avant de retourner près de Pochiko.

Dès que nous fûmes étendues de tout notre long sur le matelas, notre manière de voir le paysage changea du tout au tout. Les ténèbres s'éloignaient, tandis qu'en plein centre de notre champ visuel s'étendait un ciel outremer. L'odeur de terre qui s'élevait dans notre dos calmait notre excitation et nous apaisait. Nous sommes restées immobiles un moment, et bientôt nous avons entendu les arbres bouger au fond des bois et les poissons sauter à la surface du lac. Alors, progressivement, nos corps sont devenus plus petits, tandis que nous avions l'impression que le ciel se rapprochait de nous à toute vitesse.

Mina ouvrit son cahier, et le compteur qui allait servir à dénombrer les étoiles filantes serré dans la main gauche, elle se mit en position, prête à réagir immédiatement. Mais malheureusement le ciel n'était pas entièrement dégagé, tout était flou comme s'il y avait du brouillard, et de temps en temps, seulement lorsque le vent emportait les nuages, on apercevait les étoiles.

— Mais il va en tomber plusieurs dizaines de milliers, alors ça va.

— Elles tomberont à travers les nuages, nous disions-nous pour nous encourager.

— Les étoiles filantes sont des étoiles qui meurent. Tu savais ? me demanda Mina.

— Eh, vraiment ? Je croyais que c'étaient des étoiles qui voyageaient.

— Non, c'est pas vrai. Si les étoiles filantes brillent avec éclat, c'est parce qu'elles sont attirées par la gravitation de la terre, et que le frottement de l'atmosphère les fait brûler.

— Ah bon.

— Autrement dit, pendant que nous les regardons avec fascination, les étoiles filantes sont en train de mourir.

— Ah bon… C'est comme les allumettes qui brillent avec éclat juste avant de s'éteindre.

— Et tu sais, ce sont les comètes qui ont apporté les éléments de la vie sur la terre qui n'était alors qu'un amas de roches. Enfin, les comètes sont des étoiles faites de glace, hein ? Une grosse comète est venue se cogner contre la terre qui venait de naître, lui apportant ce qui allait former les mers.

— Alors la comète Giacobini aussi contient les éléments qui nous constituent ?… Mais comment tu sais ça ?

— Tout est écrit dans les livres de la bibliothèque. C'est toi qui les as empruntés. Tu es comme une comète qui m'apporte des livres. Au fait, dis-moi, c'est quoi ton vœu ? Quand les étoiles filantes vont pleuvoir.

Toujours allongée, Mina avait tourné la tête vers moi. La moitié inférieure de son visage était plongée dans une étole de renard bien trop belle. Le sifflet de monsieur Kobayashi roula sur sa poitrine. Même dans l'obscurité, je distinguais très nettement ses yeux.

— Et le tien ?

— C'est un secret. Si on le dit, le vœu ne se réalise pas.

— C'est pas juste. Dans ce cas moi non plus je ne te le dirai pas.

— Ah bon… Tant pis.

Mina remit le sifflet sur sa poitrine et reprit le compteur dans sa main.

Je me demande quel était le vœu que Mina s'apprêtait à faire en regardant la pluie d'étoiles filantes Giacobini. La guérison de son asthme. S'entendre encore mieux avec le jeune homme du mercredi. Que Pochiko vive longtemps. Que mon oncle revienne.

A moins qu'elle n'ait eu un désir secret que ni moi ni même le Kokkuri-san de notre jeu n'aurions pu deviner.

Quant à moi, même s'il s'agissait de la plus grande chance du vingtième siècle, je n'arrivais pas à savoir ce que je voulais. Bien sûr, j'avais plusieurs petits souhaits un peu puérils, mais je crois que c'était quand même le jeune homme du mercredi qui me préoccupait le plus.

Quand nous entendions se rapprocher le bruit d'une voiture au loin ou des bruits de pas dans l'herbe au bord du lac, je me disais en tremblant : "Si ça se trouve, c'est le jeune homme du mercredi avec la fille." En plus, il était nécessaire que Mina ne s'aperçoive pas de mes tremblements. Mes nerfs s'épuisaient plus à essayer de deviner leur entrée en scène plutôt qu'à chercher les étoiles filantes.

Leur silhouette, main dans la main, épaule contre épaule, les yeux levés vers le ciel nocturne, vint s'imposer à moi. Je battis des paupières de toutes mes forces, pour dissiper cette illusion.

Plusieurs étoiles filantes pouvaient bien tomber, ne pouvait-on se faire exaucer qu'un seul vœu ? En tout cas, cette nuit-là, le souhait le plus pressant que j'avais en mon cœur, était que nous ne tombions pas sur le lieu de rendez-vous du jeune homme du mercredi.

— Elles n'arrivent toujours pas.

— Non.

Au fur et à mesure que nos yeux s'habituaient, le nombre d'étoiles que nous distinguions entre les nuages augmentait, nous pouvions même discerner le rythme de leur scintillement, mais rien ne nous faisait pressentir une pluie d'étoiles filantes. Le ciel nocturne était immobile, étalé sur la voûte céleste.

— Je me demande s'il y a des signes avant-coureurs. Le ciel pourrait devenir blanc comme à l'aube, ou alors il pourrait se produire un son.

J'étais allongée, et pourtant je commençais à me sentir fatiguée.

— Je ne sais pas, mais je pense que ça doit commencer dans le silence. Un événement aussi exceptionnel.

Contrairement à moi, Mina était de plus en plus en forme. Contrairement à moi qui étais préoccupée par toutes sortes de choses, elle était entièrement tournée vers le ciel.

A ce moment-là, le bruit de Pochiko qui nageait dans le lac parvint à nos oreilles. Elle ne troubla pas l'air rempli d'espoir, nous eûmes plutôt l'impression qu'elle s'enfonçait profondément dans le calme. Les gouttes d'eau qui glissaient sur son dos, ses narines qui se gonflaient de l'air qu'elle inspirait, ses pattes trop courtes qui remuaient librement dans l'eau apparaissaient dans l'obscurité pour s'effacer ensuite. Nous savions, même si nous ne les distinguions pas, que monsieur Kobayashi et Pochiko se trouvaient juste à côté.

— Dis, on fait une pause ? proposai-je, et Mina, ayant répondu oui, d'accord, elle prit la lampe dans le sac à dos et l'alluma avec ses allumettes. La boîte qu'elle avait dans la poche de son manteau était bien sûr celle qui représentait une jeune fille essayant d'attraper des étoiles avec une bouteille.

La flamme de l'allumette fut d'abord orange, pour aussitôt se teinter de bleu, et bientôt éclairer en tremblotant les doigts de Mina. A la lueur de l'allumette, ils paraissaient encore plus fins. Après avoir attendu suffisamment que le bâtonnet brûle, elle alluma la mèche de la lampe. On aurait dit qu'avant la véritable pluie que nous attendions, une étoile filante avait brillé entre ses mains.

Nous avons bu la citronnade chaude que nous avait préparée madame Yoneda dans la thermos et mangé des Bolo. L'herbe paraissait fraîche de la rosée du soir, mais nous n'avions pas du tout froid grâce à notre culotte de laine.

Nous étions parfaitement prêtes, et comme pour ne pas déranger les étoiles filantes Giacobini qui pouvaient tomber d'un instant à l'autre, nous parlions à voix basse, laissant fondre les Bolo dans notre bouche avant de les avaler sans faire de bruit. Même alors, nous n'avons pas oublié de garder les yeux levés vers le ciel.

36

Je me demande encore pourquoi, en cet automne de l'année 1972, la pluie d'étoiles filantes Giacobini n'a pas eu lieu.

L'orbite de la comète et l'axe de la chevelure de poussières auraient été décalés, la quantité de matières aurait été insuffisante, la répartition de la chevelure n'aurait pas été homogène et le hasard aurait voulu que ce fût la partie la moins dense qui était entrée en contact avec la terre… Toutes sortes d'hypothèses avaient été émises, mais finalement, même les astronomes n'avaient pas l'air de vraiment connaître la raison.

Ce jour-là, des étoiles filantes avaient été observées dans très peu d'endroits, à Hokkaido, Kirigamine à Nagano, Yahikomura à Niigata, au mont Nosemyoken à Osaka, mais leur nombre variant entre deux et six, l'espoir d'en voir une pluie avait été déçu.

Même les astronomes amateurs qui étaient allés jusqu'à Irkoutsk n'en avaient pas vu une seule malgré un ciel absolument dégagé.

Par la suite, avec la comète de Halley et les Léonides, il y a eu un léger boom de l'astronomie, et il est arrivé que les conversations tournent autour de ce qui avait été fait en 72 pour celle de Giacobini. Quelqu'un s'était vu offrir son premier télescope. Un autre avait déclaré sa flamme à une amie qui l'avait rejeté. D'autres encore n'en avaient jamais entendu parler... Il y avait toutes sortes de réponse.

Moi je répondais que j'avais passé la première nuit blanche de ma vie. Accueillir l'aube sans avoir dormi a fait que ce jour-là, j'ai senti que je n'étais plus une enfant.

— Mina, c'est bien plus long que je ne le pensais, la nuit.

— C'est suffisant pour que le père Noël distribue ses cadeaux.

— Oui.

— Ça me rend triste de savoir qu'un temps aussi long s'écoule pendant qu'on dort.

Pochiko, sa baignade terminée, amenée par monsieur Kobayashi, revint d'un pas satisfait, et se coucha l'air soulagé. Bientôt son corps brun se fondit dans la nuit, devenant invisible, seul le léger bruit de sa queue battant l'herbe attestait sa présence. Monsieur Kobayashi gardait simplement le silence, assis à côté d'elle.

Mina referma son cahier. Nous savions déjà. Nous pourrions toujours attendre, la pluie d'étoiles filantes Giacobini ne se produirait pas. Au bord de la nuit attendait la lumière du matin, retenant son souffle. La comète solitaire s'était éloignée de nous sans que personne ne l'accompagne.

— Rentrons, dit Mina.

Ni moi, ni monsieur Kobayashi, ni Pochiko ne nous y opposâmes. Elle appuya nerveusement sur le compteur qu'elle n'avait pas utilisé une seule fois.

— Tiens, il est cassé.

Elle avait beau appuyer, le chiffre indiquait toujours zéro.

V. Résultat de l'observation.

Nous n'avons pas pu voir la pluie d'étoiles filantes Giacobini.

Mina déposa sur la table du bureau de mon oncle le cahier dans lequel elle avait seulement ajouté ces deux lignes et le compteur cassé.

Même si nous n'avions pas vu d'étoiles filantes, mon vœu avait été exaucé. Nous n'avions pas rencontré le jeune homme du mercredi.

Le lendemain dans le journal du soir, au milieu des titres qui se bousculaient, tels que "Le spectacle de l'espace esquive le coup" ou "Déception des astronomes amateurs", Mina repéra un petit article dans un coin.

"Le 9 octobre, vers 5 heures 50 du matin, dans le village OO de Niigata, au milieu des rochers d'un affluent de la rivière A, un employé de la ville ΔΔ à Saitama, monsieur Xshima Xo (39 ans) a été découvert inanimé par le patron d'un motel de la région. Il était décédé d'un traumatisme crânien. Monsieur Xshima était arrivé la veille pour pêcher avec un ami dans les torrents, mais le 8 vers 10 heures du soir, il était parti seul en disant qu'il allait observer la pluie d'étoiles filantes Giacobini et n'était pas revenu le lendemain matin. On suppose qu'en cherchant les étoiles il a glissé, tombant sur les rochers."

Même si elle ne tenait plus debout à cause du manque de sommeil, Mina lut sans interruption l'article à voix haute. Comme pour le vieillard solitaire qui s'était tué après Kawabata, tout le monde avant de se mettre à table fit une prière pour l'employé.

Contrairement à l'été qui remontait de la mer, l'hiver à Ashiya descendait en soufflant des monts Rokko. La forme des nuages changeait, le bruit du vent dans les arbres augmentait, et en même temps, la mer s'éloignait petit à petit.

Fin novembre, on faisait du feu dans la cheminée du salon. Bien sûr c'était le rôle de Mina d'allumer le petit bois.

Le premier mercredi qui suivit l'agitation provoquée par Giacobini, le livreur qui apporta le Fressy n'était plus le même jeune homme. Il était vêtu de la même tenue de travail, mais n'avait rien à voir avec lui, c'était un homme au ventre rebondi et qui parlait beaucoup.

— Vous n'êtes pas le livreur qui vient d'habitude.

— Les itinéraires de livraison ont changé. Le préposé a changé. A partir de cette semaine, c'est moi qui vous livre, vous pouvez compter sur moi.

— Tiens donc.

— C'est bien une caisse comme d'habitude ? Quand il fait froid, les commandes de Fressy diminuent. Bien sûr, les ventes de chocolats chauds et de thés au citron augmentent. L'entreprise y gagne. Les affaires vont bien, on attend avec impatience le bonus d'hiver.

— Allons bon, je suis contente pour vous. Chez nous, hiver comme été, on commande une caisse de Fressy par semaine.

— C'est noté.

L'homme et madame Yoneda avaient parlé longtemps dans la cuisine, sans plus se préoccuper du jeune homme du mercredi.

Mina, l'air égaré, était figée dans l'entrée de service. Elle avait mis une jupe avec des poches afin d'y glisser aussitôt sa nouvelle boîte d'allumettes, et tout en regardant vaguement la porte, elle répétait en vain dans sa tête ce qu'elle avait l'intention de dire à propos de la pluie d'étoiles filantes Giacobini qui ne s'était pas produite.

Je sortis de l'ancien guichet en courant, et criai au livreur qui montait dans son camion.

— Où est parti le jeune homme qui venait jusqu'à la semaine dernière ?

— Je ne sais pas… Il doit faire une autre tournée, répondit l'homme sans paraître intéressé, en coinçant son gros ventre sous le volant avant de démarrer.

Mina plongea les deux mains dans ses poches vides et retourna dans sa chambre.

Je me sentais un peu responsable de cette situation. Je me demandais si ce qui était arrivé ne venait pas de ce que j'avais prié trop fort pour que le jeune homme du mercredi disparaisse.

Mina ne se risquait pas à parler de lui, mais le mercredi elle se tenait systématiquement à l'entrée pour attendre le camion. Elle espérait peut-être que le changement serait temporaire et qu'il y aurait une chance pour qu'il revienne bientôt. Mais malheureusement, chaque fois son attente était déçue.

Je ne pense pas que ce fut à cause du choc, mais plutôt à cause des dépressions atmosphériques du changement de saison, car Mina eut encore une crise et fut admise à l'hôpital Konan.

Je décidai d'aller voir à l'usine de mon oncle. Les choses ne s'arrangent jamais quand on se contente d'attendre en hésitant. A l'usine, je pourrais peut-être voir le jeune homme, et j'obtiendrais certainement des détails sur la situation. Je me sentais capable d'assumer la responsabilité d'une telle démarche.

J'allai d'abord dans le fumoir extraire du tas de papiers que ma tante avait laissé la brochure publicitaire de l'entreprise de mon oncle. Il me semblait qu'il comportait un encart annonçant les journées portes ouvertes de l'usine. Ma tante était sans arrêt à l'hôpital pour s'occuper de Mina, j'eus donc tout mon temps pour le chercher.

"Les deuxième et quatrième dimanches de chaque mois, l'entreprise Fressy ouvre ses portes au public. A une heure de l'après-midi, devant la gare d'Amagasaki, ligne Hanshin, il y a une navette directe pour l'usine (gratuite). La visite dure une heure. Il y a un cadeau (une bouteille de Fressy). Ne désirez-vous pas observer la procédure de fabrication du Fressy ? Nous vous attendons."

Comment pouvais-je aller jusqu'à la gare Amagasaki de la ligne Hanshin ? Pouvais-je y aller seule ?

Je me rendis aussitôt à la bibliothèque. Seul monsieur Tokkuri pouvait m'aider sans chercher à en savoir plus sur notre secret, à Mina et à moi.

— Ce n'est pas compliqué.

Par chance, monsieur Tokkuri se trouvait au comptoir de prêt.

— Avec ça, vous n'avez aucune inquiétude à vous faire. Il y a le plan des lignes et une liste des établissements officiels.

Le livre qu'il me tendait s'intitulait "Plan détaillé de la zone Osaka-Kobe".

— Il y a aussi des plans dans les bibliothèques ?

— Bien sûr.

— Mais moi je ne suis jamais sortie toute seule d'Ashiya.

— Avec vous, pas de problème. Vous pouvez aller où vous voulez, me dit-il.

37

Le minibus qui partait de la gare d'Amagasaki ligne Hanshin quitta de la zone résidentielle, franchit plusieurs ponts, et roula de l'autre côté de la rivière. Il dépassa la station électrique, des hangars et la station d'épuration, se dirigea vers la baie d'Osaka pendant un moment, et bientôt sur la gauche apparut l'usine Fressy.

L'atmosphère à l'intérieur de la navette était animée par les parents avec leurs enfants, et j'étais la seule à ne pas être accompagnée. Mais je n'étais pas inquiète.

Comme l'avait dit monsieur Tokkuri, ce n'était pas du tout difficile d'aller jusqu'à la gare d'Amagasaki de la ligne Hanshin. Il fallait prendre le même bus que pour aller à la bibliothèque, descendre à la gare d'Ashiya, où il suffisait de monter dans le train pour Umeda. En plus, la navette était directe pour l'usine, on ne risquait pas de se perdre.

Dans mon sac il y avait le "Plan détaillé de la zone Osaka-Kobe" que monsieur Tokkuri m'avait prêté, la brochure publicitaire de l'usine et les deux mille yens que ma mère m'avait donnés pour le cas où. Deux billets que j'avais repliés en tout petit et cachés dans mon dictionnaire. C'était vraiment "le cas où" et ma mère ne se mettrait sans doute pas en colère. C'est ce que je me répétais pour mieux me convaincre.

J'avais dit à madame Yoneda que je partais travailler à la bibliothèque. Comme Mina était hospitalisée, tout le monde s'affairait avec inquiétude et personne n'avait le temps de se soucier de moi.

Après avoir franchi le grand portail où se trouvait le gardien, on arrivait immédiatement sur un immense parking, et il y avait à perte de vue tout un tas de camions identiques à celui du jeune homme du mercredi, portant l'étoile de la marque Fressy. Les bouteilles dont ils étaient chargés, recevant la lumière de ce début d'hiver, resplendissaient jusqu'aux lointaines vagues de la baie d'Osaka.

— Ça alors… dis-je tout simplement.

Je fus la seule des passagers de la navette à fairc preuve d'autant d'admiration dès notre arrivée dans le parking.

C'était une superbe usine. Une usine digne d'être dirigée par mon oncle. Les machines sophistiquées fonctionnaient en rythme, parfaitement propres jusque dans les moindres recoins, et les employés étaient tous plongés en silence dans leur travail. Tout était démesurément grand, et si les quantités étaient incroyables, il y avait aussi de l'ordre et de la finesse. On aurait dit que toute la grandeur de mon oncle avait pris forme pour apparaître ici.

— Ici, la surface totale de l'usine d'Osaka est de 120 000 mètres carrés. Cela représente trois stades de base-ball comme le Koshien. Il y a environ deux cents employés. En une journée, nous fabriquons 900 000 bouteilles de Fressy.

Nous étions guidés par une jeune femme en uniforme bleu avec un foulard autour du cou. Il suffisait d'avancer dans le sens de la visite en écoutant ses explications pour, surplombant l'usine par une galerie vitrée à l'étage, suivre les différentes étapes de la fabrication. Ceux avec qui j'avais pris la navette, pour ne pas se perdre, marchaient derrière elle en formant bloc.

— C'est ici que nous nettoyons les bouteilles et que nous les vérifions. Nous lavons celles que nous avons récupérées auprès de nos clients dans une eau à 80 °C, et nous vérifions une par une à la main qu'elles sont intactes et parfaitement propres. La machine que vous voyez ici, la plus moderne du Japon, peut nettoyer 9 800 bouteilles à la fois. Et l'employé est entraîné à vérifier 200 bouteilles par minute.

La jeune femme qui ne cessait de sourire parlait en toute confiance comme si c'était elle qui avait inventé cette machine ou entraîné l'employé chargé du contrôle. Les adultes hochaient la tête d'un air admiratif, et les enfants se collaient la figure contre la vitre ou couraient dans la galerie.

J'avais envie de leur crier que ce n'était pas cette jeune femme qu'il fallait admirer, mais mon oncle qui en était le directeur. En même temps, j'étais inquiète à l'idée que ce serait difficile de trouver le jeune homme du mercredi dans une usine aussi grande.

— Ensuite, veuillez avancer par ici. A gauche vous pouvez voir trois grands réservoirs en forme de gélule. C'est là que les ingrédients du Fressy sont mélangés. Ils font deux mètres de diamètre et quatre mètres de haut. Vous voulez connaître le contenu ? Il y a du sucre, des arômes, et de l'acidulant entre autres. Là se trouvent les secrets de la fraîcheur et du goût du Fressy, mais nous ne pouvons pas tout vous dévoiler, malheureusement. Je vous prie de nous excuser.

Elle remettait en place son foulard qui se décalait au fur et à mesure de ses explications qui devenaient de plus en plus vivantes.

Je concentrais mon regard sur les employés autour des machines. Je me disais que selon les jours de la semaine, il était possible que des livreurs y travaillent. Mais ils avaient tous un uniforme blanc, avec un bonnet et des bottes blanches, et on ne pouvait pas les différencier.

— Venez, nous allons maintenant mettre le Fressy en bouteilles. Les bouteilles vides circulent sur ce tapis roulant qui les transporte une à une vers la machine de remplissage. Cette machine est encore une fois la plus puissante du Japon… Aah, là sous cet angle, on peut voir le Fressy rentrer dans la bouteille. Qu'en dites-vous ? La bouteille a à peine le temps de faire un tour sur elle-même qu'elle est déjà remplie à ras bord. A côté de la machine à remplir, il y a celle à encapsuler. C'est pour mettre les capsules. Et en bout de chaîne, on effectue un dernier contrôle manuel. Ce qui est encore plus important que la vitesse, c'est l'hygiène et la sécurité. Tous les employés qui travaillent ici fournissent des efforts quotidiennement pour donner satisfaction à la clientèle…

Tout le monde colla son visage à la vitre pour mieux voir le produit fini.

Il n'y avait qu'une seule vitre de séparation, mais tout me paraissait très éloigné. Les projections d'eau de la machine à laver les bouteilles, les pancartes "Attention à la tête" qui pendaient du plafond, les vérificateurs qui avaient les yeux rivés sur les bouteilles, employés de contrôle regardant uniquement les bouteilles, tout cela semblait se dérouler dans un royaume secret auquel je n'avais pas accès.

La vibration ininterrompue des machines couvrait tous les autres bruits, créant par contraste un calme étrange. Les hommes en blanc se consacraient entièrement au Fressy sans se disperser en paroles inutiles, les pistons étaient parfaitement réglés, les roues dentées s'engrenaient sans un millimètre de décalage et la chaîne respectait une vitesse constante. Comme pour mieux répondre à leur ferveur, les bouteilles de Fressy s'alignaient en bon ordre, attendant patiemment leur tour, et lorsqu'enfin elles recevaient leur capsule, elles avançaient avec fierté.

Les bouteilles arrivaient l'une après l'autre. La production se poursuivait. Indéfiniment. Et pourtant, il n'y avait pas une ombre de fatigue dans l'usine. Au milieu des machines grises, seul le liquide bleu clair du Fressy recevait la lumière, comme une bénédiction.

Jusqu'alors j'en avais bu sans réfléchir, et jamais ne m'était venu à l'idée qu'il était fabriqué avec autant de soin et des moyens aussi importants. Tout en m'excusant pour cette impolitesse manifeste, je sentis monter au fond de moi un respect de plus en plus grand pour le roi de ce royaume, mon oncle.

— Eh bien, mesdames et messieurs, dit alors la jeune femme sur un ton enjoué, nous avons préparé du Fressy et des friandises dans la pièce à côté. Prenez votre temps. La navette de retour est prévue pour quinze heures. Soyez tous rassemblés à quatorze heures cinquante-cinq devant le portail d'entrée.

Les petits enfants se précipitèrent dans la pièce au bout du couloir en poussant des cris. Dans la salle de repos, il y avait une bouteille de Fressy par personne et des Bolo dans des assiettes en carton.

— Allez, me dis-je.

Les petites attentions de la jeune femme étaient agréables, mais ce n'était pas le moment de manger des Bolo.

Sans aucune certitude, je me suis esquivée de la salle de repos, ayant décidé de me rendre sur le parking des camions de livraison. Si c'était difficile de trouver le jeune homme dans l'usine, le seul moyen pour essayer d'en savoir davantage était de s'approcher des camions.

J'ai pris l'escalier pour descendre au premier étage, et faisant semblant d'aller aux toilettes, je suis allée jusqu'au bout du couloir et je suis sortie par la porte réservée aux employés. Je me suis faufilée entre les réservoirs d'eau, les chariots élévateurs et les caisses empilées, et j'ai couru jusqu'au parking. J'ai rencontré plusieurs personnes de l'usine, que je croisais tête baissée pour éviter qu'elles ne m'adressent la parole après avoir rapidement vérifié qu'il ne s'agissait pas du jeune homme du mercredi.

Il n'y avait personne dans le parking. Il ne devait pas y avoir de livraisons le dimanche. Je ne m'en étais pas rendu compte en arrivant, il y avait non seulement des camions, mais aussi des voitures de tourisme, des minibus comme le nôtre et des motos. Chaque chose était à sa place, rien ne venait déranger l'ordre.

J'ai remarqué soudain dans un coin du parking une maison préfabriquée. Une petite maison toute simple, un peu plus grande que le guichet du jardin zoologique Fressy.

"Aiguillage" y avait-il écrit sur une pancarte au-dessus de la porte. Elle n'était pas fermée à clé et s'ouvrit sans difficulté.

A l'intérieur il y avait un bureau, deux chaises tubulaires et un meuble à tiroirs dans la pénombre. J'ai trouvé sur la table un vieux cahier abandonné.

"Mouvement des véhicules".

Je tendis craintivement la main, et à l'instant où j'ouvrais le cahier, j'entendis une voix rauque tout près de mon oreille :

— Que fais-tu là ?

Effrayée, j'ai poussé un cri.

38

— Que fais-tu là, hein ? a répété le propriétaire de la voix sur un ton encore plus brutal.

— Excusez-moi, je suis désolée, ai-je dit en posant précipitamment le cahier sur la table, excusez-moi, je suis simplement venue pour la visite.

— La visite ne passe pas par là, normalement.

— C'est vrai. Excusez-moi. C'est de ma faute si je me suis perdue, ai-je continué à m'excuser avec ardeur.

Le propriétaire de la voix, toujours aussi soupçonneux, me fixait avec des yeux écarquillés.

Où s'était-il donc caché ? Quand j'avais regardé à mon arrivée, je n'avais pourtant vu aucune silhouette humaine, et soudain, il avait surgi comme une chauve-souris de derrière le meuble à tiroirs. Est-ce qu'il s'y était caché ?

Il était terriblement vieux. J'étais pourtant habituée avec grand-mère Rosa ou madame Yoneda, mais j'avais reculé instinctivement. Plutôt maigre, pas plus grand que moi, il avait un front sombre et luisant, et n'avait des touffes de cheveux que derrière les oreilles. A cause de sa tenue de travail trop grande, ses gestes étaient malhabiles, et ayant perdu ses dents de devant, il zozotait.

— Je crois pas que ce soit intéressant pour toi de regarder ça, dit-il en désignant le cahier de son menton proéminent.

J'ai aperçu son badge sur sa poitrine, qui indiquait : "Chef de bureau".

Le chef de bureau chauve-souris avait deviné que l'intrus ne s'était pas perdu. Sinon il ne m'aurait pas regardée d'un œil aussi perspicace. Je réfléchissais intensément à ce que je devais faire, et jusqu'où dire la vérité pouvait me servir.

— Tu sais, moi… commença l'homme sans me laisser le temps de m'expliquer, ça fait plus de cinquante ans que je suis responsable d'ici. J'ai toujours été à la manœuvre depuis l'époque de l'ancien directeur. Tu peux chercher partout dans l'usine, tu ne trouveras personne qui connaisse mieux que moi ce grand parking.

Le chef de bureau s'assit à sa table, croisa difficilement ses courtes jambes. Je hochai la tête en silence.

— De la différence du bruit des moteurs de chaque camion jusqu'aux variétés d'herbes qui poussent au pied des clôtures, je suis au courant de tout. Même un tricycle ne pourrait pas sortir d'ici à mon insu.

— Ah bon ? dis-je, impressionnée.

Il se racla la gorge et se gratta le peu de cheveux qui lui restait. Des pellicules s'éparpillèrent sur le cahier.

Il n'y avait toujours personne d'autre que nous dans le parking, les véhicules étaient tous rangés, immobiles, à leur place réservée. C'était bientôt l'heure du départ de la navette, mais j'ai pensé que ça n'avait pas de sens de m'en aller après être venue jusque-là, alors j'ai pris la parole, avec tout mon courage.

— Dans ce cas, vous devez connaître aussi les conducteurs des camions.

— Evidemment.

Cette fois, de la salive fut projetée d'entre ses dents manquantes.

— Je fais la répartition des camions en fonction de la manière de conduire des livreurs, leur caractère, leurs conditions de travail. Mon travail d'aiguillage consiste à faire en sorte que le produit soit distribué en toute sécurité. C'est ma mission. Regarde ça.

Il releva ses manches trop longues, désigna le mur. Il y avait un petit tableau noir à cet endroit.

— Tu vois ce qui est écrit ?

— Oui, "zéro accident, 7 281 jours consécutifs".

— Exactement. Jusqu'à présent pendant 7 281 jours, on a pas eu un seul accident. J'ai l'œil sur les livreurs. Celui qui ne me salue pas quand il passe est foutu.

— Chez moi aussi, tous les mercredis, on nous livre du Fressy.

Il leva vers moi ses yeux rouges et chassieux.

— Un jeune homme très gentil. Mais ces temps-ci, ce n'est plus le même.

— Où est ta maison ?

— A Ashiya.

— Ashiya ? Aah, la tournée du mercredi Ashiya-Nishinomiya par le nord. Aah, le livreur taciturne. Il a arrêté.

— Arrêté ?

— Il s'est marié et il est reparti à la campagne.

— Marié ? répétai-je bêtement, embarrassée par ce dénouement imprévu de la situation, mais avec tous ces camions, comment pouvez-vous savoir sans regarder dans les papiers ?

— C'est ennuyeux de me sous-estimer ainsi. Comme je viens de te le dire, je suis au courant de tout ce qui concerne le parking. Tout est là, dit-il en tapotant sa tempe du bout du doigt.

Marié… Sûrement avec la fille assise au bord de la rivière Ashiya. L'avait-il demandée en mariage à Okuike, la nuit des étoiles filantes ? La nuit où Mina serrait dans son poing le compteur cassé…

Imaginant la tête que ferait Mina à l'hôpital, j'ai poussé un soupir. A ce moment-là, soudain, mon regard s'est posé sur le cahier ouvert. Une écriture soigneuse, contrastant avec l'apparence du chef de bureau, en remplissait les lignes. "Jour X mois X, voiture du président : usine —> bureau Dojima —> Royal mansion Ezaka" ; "jour X mois X, voiture du président : usine —> centre de distribution —> Royal mansion Ezaka" ; "jour X mois X, voiture du président : bureau Dojima —> Bâtiment des réunions internationales —> Hôtel Shin-Osaka —> Royal mansion Ezaka".

C'était quoi ce "Royal mansion Ezaka" ? Pourquoi la voiture de mon oncle allait-elle toujours là-bas ?

J'étais de plus en plus perdue, et je ne savais plus pourquoi je me trouvais dans cette maisonnette préfabriquée. Le chef de bureau, content d'avoir fait le fier, sortit une cigarette de la poche de sa tenue de travail, qu'il alluma.

Une allumette ?

Je regardai la boîte sur la paume de sa main noire comme une aile de chauve-souris. Il y avait là le dessin d'une jeune fille que j'avais déjà vu. Celle qui cherchait à attraper les étoiles avec sa bouteille. Elle avait fini son ramassage et refermait la bouteille.

— Monsieur le chef de bureau, lui demandai-je, vous ne pourriez pas me donner cette boîte d'allumettes ?

Au moment où j'arrivais au portail d'entrée, essoufflée d'avoir couru, le moteur du minibus tournait déjà et le départ était imminent. J'allai vite m'asseoir à ma place et, tout en reprenant mon souffle, j'ouvris le "Plan détaillé de la zone Osaka-Kobe" pour y chercher l'endroit qui s'appelait Ezaka. Le bibliothécaire avait raison. Ce nom de lieu y était bien. Il fallait changer à la gare d'Umeda pour la ligne de métro Midosuji, et descendre à la cinquième station.

C'était un quartier dont je n'avais jamais entendu parler, et je me demandais si je pouvais y aller toute seule. J'étais déjà troublée d'être venue ainsi jusqu'à Amagasaki, et prendre le métro constituait un obstacle majeur, je me demandais si j'allais y arriver. Mais avant tout, que voulais-je faire en allant là-bas ?

Je plongeai la main dans mon sac pour y prendre la boîte d'allumettes. Le chef de bureau chauve-souris qui m'avait fait si peur me l'avait donnée facilement en disant : "Tiens." Comme s'il avait compris le rôle important que jouait cette petite boîte. Alors il ne mentait pas quand il se vantait de savoir tout ce qui se passait sur le parking.

En moi continuaient de vibrer les paroles de monsieur Tokkuri : "Avec vous, pas de problème. Vous pouvez aller où vous voulez." Quand la navette arriva à la gare d'Amagasaki, je pris le train pour Umeda, en sens inverse d'Ashiya.

La gare d'Umeda était un labyrinthe rempli de gens. Et il n'y avait là personne de ma connaissance. Pour prendre le métro, j'ai demandé à au moins dix personnes. La dernière dame pensa sans doute que j'étais en danger, car elle me prit par la main pour m'emmener jusqu'au guichet et me demanda en plus si j'avais de l'argent.

Et, arrivée à Ezaka, j'ai à nouveau demandé plusieurs fois mon chemin aux passants.

— C'est où la royal mansion ?

Je ne pensais à rien, et je marchais simplement dans la direction que l'on m'indiquait.

Il y avait la poste, le cabinet d'un rebouteux et une salle de réunions publiques. Si on levait les yeux, on voyait l'autoroute Meishin traverser le ciel. L'atmosphère différait pas mal de celle d'Ashiya. On ne voyait pas de montagnes, pas le moindre morceau de mer, et de quel côté que l'on se tourne, ce que l'on voyait se reflétait avec froideur.

En fait de royal mansion, la résidence se trouvait dans une rue derrière les bistrots et les commerces. Et elle n'était pas aussi luxueuse que cela. Les fleurs des parterres de l'entrée étaient fanées, les rambardes des balcons rouillées par endroits et des mouches volaient aux alentours des poubelles à l'entrée de service.

Pourtant je sus immédiatement qu'il s'agissait de l'endroit qui était noté dans le cahier. Tout simplement parce que la superbe Mercedes de mon oncle stationnait dans le parking.

39

Je me suis approchée silencieusement de la voiture. Je me souvenais de ma surprise, la première fois que je l'avais vue à la gare de Shin-Kobe. L'image de mon oncle appuyé au capot me revenait, ses longs bras, ses longues jambes et ses yeux marron clair s'harmonisant parfaitement à la ligne de la voiture. La vendeuse du magasin d'uniformes, les crêpes Suzette ou la plage de Suma, toutes sortes de scènes apparaissaient et disparaissaient sur les vitres.

La place du parking portait le numéro 202. Je suis entrée dans la résidence en serrant plus fort la poignée de mon sac et suis allée regarder les boîtes aux lettres alignées sur ma gauche. Le rideau de la fenêtre du gardien était fermé. Sur la boîte aux lettres du 202 était écrit le nom d'une femme.

Je ne me souviens plus de ce nom. Je crois que contrairement à Mina ou Rosa, il n'avait rien de particulier, que c'était un nom banal, qu'on trouve partout. C'est la seule fois où je le vis, en ce dimanche après-midi. Par la suite, que ce soit dans la maison d'Ashiya ou ailleurs, je ne l'ai jamais entendu prononcer et bien sûr, je n'en ai jamais parlé à personne.

J'ai gardé le secret pendant si longtemps que j'ai fini par me demander si je n'avais pas rêvé ce qui s'est passé ce jour-là. J'avais treize ans et dans ma jupe à bretelles confectionnée par ma mère, je me tenais toute seule dans l'entrée de la Royal mansion d'Ezaka. Incapable de faire quoi que ce soit d'autre, j'avais les yeux rivés sur la boîte aux lettres numéro 202. Il en dépassait une publicité à moitié déchirée pour un magasin d'alcool.

Je me rappelle avoir regardé le chiffre 202 avec beaucoup de haine. Parce que les 2 se tenaient gentiment côte à côte de chaque côté du 0. Il y avait un 203 et aussi un 301, alors pourquoi justement ce 202 ? cela me paraissait absurde. Mon oncle, sa Mercedes, le magasin d'uniformes, les crêpes Suzette, la plage de Suma, jusqu'à la profonde émotion ressentie un peu plus tôt à l'usine, tout était sali par ce 202.

Je ne sais pas moi-même pourquoi j'ai fait ça, mais avant de repartir, j'ai sorti de mon sac la feuille d'information de l'usine pour entourer d'un gros rond le G de Gressy trouvé par ma tante, et je l'ai coincée sous l'essuie-glace de la voiture.

A mon retour à Ashiya, il faisait presque nuit, les réverbères étaient allumés, et il y avait un croissant de lune dans le ciel. J'ai gravi lentement la pente vers la maison. Je n'avais pas pensé que ce dimanche aurait été aussi long et mes pas étaient lourds.

A la sortie du dernier virage, j'ai vu des ombres regroupées devant le portail.

— Tomoko.

Grand-mère Rosa s'était détachée du groupe la première pour se précipiter. Brandissant sa canne, traînant les pieds, elle prononça mon nom à plusieurs reprises. Et derrière elle, les autres firent leur apparition, m'entourant en un rien de temps.

— Où es-tu allée ? Jusque si tard. On était inquiets.

— On est allés te chercher à la bibliothèque, mais c'était fermé aujourd'hui.

— J'étais morte d'inquiétude.

— Tomoko est rentrée saine et sauve. C'est suffisant.

Ma tante s'était approchée en pleurant à moitié, et même monsieur Kobayashi, lui d'habitude toujours calme, semblait avoir perdu son sang-froid. Je ne sais pourquoi madame Yoneda tenait une assiette de sandwichs, et comme si elle pensait qu'il fallait que je mange immédiatement pour ne pas perdre connaissance, elle me dit : "Allez, allez, tu dois mourir de faim", en voulant absolument me faire manger sur place.

En les voyant ainsi, pour la première fois je compris à quel point je les avais inquiétés. Puis, flairant l'odeur du pain, de la mayonnaise et du jambon, je réalisai à quel point j'avais faim.

Mais le plus surprenant pour moi fut la présence de mon oncle dans le groupe. Il souriait comme d'habitude, et je fus assaillie par la sensation qu'au milieu de cette famille qui m'était si chère, il s'en trouvait un seul que je voyais pour la première fois.

Ma tante, inquiète de mon retard, sans savoir que je rôdais autour de la résidence d'Ezaka, avait téléphoné à mon oncle pour lui demander de l'aide. Il était rentré à Ashiya en Mercedes, plus vite que moi qui avais pris le train. J'appris tout ça un peu plus tard.

— Excusez-moi, vraiment, alors que Mina est hospitalisée et que c'est déjà assez dur.

Mais personne n'écoutait mes excuses.

— Bah, rentrons à la maison.

— Et puis il faut d'abord dîner.

— Heureusement que l'on n'a pas prévenu Tokyo. Ça aurait été des soucis inutiles.

— Aah, tant mieux, tant mieux.

Volubiles, maintenant qu'ils étaient rassurés, ils s'étaient remis à bavarder entre eux, et personne ne tendait l'oreille à mes excuses.

Pourquoi personne ne m'a-t-il demandé à ce moment-là où j'étais allée ? En constatant que la bibliothèque était fermée, ils auraient dû avoir des soupçons.

J'avais même prévu une excuse pour me disculper. Des camarades d'école m'avaient invitée à les accompagner dans les grands magasins d'Umeda et j'avais voulu m'amuser avec l'argent de poche que ma mère m'avait donné en secret, et comme Mina n'était pas là, c'était une bonne occasion, je suis désolée. Mais comme personne ne m'a rien demandé, je n'ai pas eu à mentir de cette manière.

Peut-être avaient-ils pensé que, puisque j'étais encore une enfant, ma mère devait me manquer, et que c'était donc normal de vouloir marcher sans but précis. A moins que, trop épuisés par l'inquiétude, ils n'aient été ennuyés à l'idée de pousser plus loin leurs investigations. Je me suis dit aussi que peut-être ils savaient déjà tout. Et que, ne recevant pas de réponses aux questions que je leur posais, ils était normal que je me sois retrouvée dans une telle situation.

Cette nuit-là, je jetai un coup d'œil dans le bureau de mon oncle.

— Aah, Tomoko.

La maison était tellement calme qu'il était difficile de croire qu'elle avait été plongée dans une telle agitation un peu plus tôt. On n'entendait que le crépitement des bûches dans le poêle.

— Tu n'arrives pas à dormir ?

Il lisait, assis sur le sofa. J'ai secoué la tête.

— Je suis désolée pour aujourd'hui.

— C'est pas grave.

Il n'a rien dit d'autre. Les jambes nonchalamment croisées, le livre posé sur ses genoux, il me regardait l'air de dire qu'il avait tout son temps pour moi.

Le tapis à mes pieds était doux, la lampe de la pièce éclairait les murs de caramel blond, et sur l'étagère ornementale, la trotteuse de la pendule égrenait le temps. Derrière la fenêtre, la rambarde de la véranda aux motifs sculptés de pampres flottait dans l'obscurité, et encore plus loin, on distinguait la silhouette de Pochiko qui broutait.

Je ne savais pas quoi dire à mon oncle. Et j'avais peur que si je gardais le silence, la silhouette du chef de bureau chauve-souris en train d'écrire : "Voiture du président —> Royal mansion Ezaka" ou celle de mon oncle en train de regarder dans la boîte aux lettres de l'appartement 202 ne viennent s'installer dans ma tête.

Sur son bureau, il y avait le compte rendu d'observation de la pluie d'étoiles filantes Giacobini, le compteur cassé, et la brochure publicitaire de l'entreprise avec Gressy entouré d'un rond. Mon oncle ne l'avait pas déchiré, il l'avait rapporté à la maison.

— Bonne nuit, dis-je d'une petite voix.

— Bonne nuit.

Il rouvrit son livre.

Au moment de sortir de sa chambre, je me retournai encore une fois.

— Vous voulez bien réparer le compteur de Mina ? Et puis la coquille Gressy. S'il vous plaît.

Mina revint sans problème de l'hôpital.

— Ecoute-moi bien.

Nous étions assises face à face dans la salle de bains de lumière.

— Il s'est passé plein de choses pendant que tu étais hospitalisée.

Mina a hoché la tête.

— Le jeune homme du mercredi est venu nous dire au revoir.

Les rayons lumineux, tremblants et cliquetants, nous réchauffaient le dos.

— Il a été muté dans un endroit éloigné, et il ne peut plus venir faire ses livraisons ici. Mais il a dit qu'il ne t'oublierait jamais. Il est encore en train de livrer du Fressy quelque part. Il trouve des boîtes d'allumettes et se souvient de toi qui les aimes tant. Tiens, voici son cadeau d'adieu.

Je lui ai donné la boîte avec la fille qui fermait sa bouteille remplie d'étoiles.

Et lorsque la pièce est devenue sombre après que les rayons se furent interrompus, Mina avait toujours les yeux rivés sur la boîte d'allumettes.

Soudain, j'ai eu l'impression que quelque chose frôlait mes oreilles. Aah, c'est donc ça le message des anges. Je venais de comprendre qu'ils étaient en train de recoudre leurs ailes, posés sur mes lobes.

40

Jour de cérémonie de fin d'études du deuxième trimestre. Je rentrais du collège avec mon carnet lorsque je suis tombée sur Mina. Je descendais la pente quand Mina fit son apparition, sur le dos de Pochiko, à la sortie du dernier virage.

Pochiko gravissait pas à pas la côte abrupte avec ses adorables petites pattes qui pointaient de son corps tout rond. Tête basse, remuant parfois sans raison les mâchoires, elle fixait un point sur le sol. Ses yeux étaient petits et vagues au point que l'on pouvait se demander s'ils lui étaient vraiment utiles, mais son pas était sûr, et vigoureux le bruit de ses ongles qui griffaient l'asphalte. Sa peau brune était marquée par les nombreuses années où elle avait rempli son rôle.

Mina, une écharpe autour de sa bouche pour ne pas respirer l'air froid, se balançait tranquillement en cadence. Elle ne m'avait pas encore remarquée. Son sac à déjeuner qui contenait son tablier était posé sur ses genoux. Dans la mesure où Pochiko était là, elle n'avait aucune inquiétude à se faire, elle était rassurée.

Monsieur Kobayashi était comme d'habitude. Il tenait la cordelière, attentif à ce que Pochiko ne se balance pas trop, tout en surveillant les voitures. Ils ne se mêlait de rien, ne prononçait pas de paroles inutiles, et gardait l'attitude de quelqu'un persuadé qu'il ne peut faire que des petites choses. Et pourtant, lorsque nous avions un problème, il était toujours là, remplissant un rôle que lui seul pouvait tenir, que personne d'autre ne pouvait jouer à sa place.

Pochiko, Mina et monsieur Kobayashi. Tous les trois formaient une équipe. Une équipe parfaitement équilibrée, où rien n'était tordu, où ils se soutenaient mutuellement, où chacun était indispensable.

— Tomoko.

Mina m'avait repérée. Monsieur Kobayashi me fit signe de la main. Pochiko se contenta de lever à peine la tête comme si elle voulait dire qu'il lui restait quelques mètres à franchir, secoua la queue, continua à gravir en silence ce qui restait de la côte.

— Tomoko, comment est ton carnet ? me cria Mina, de sa voix pleine d'entrain.

Noël vint. Il était prévu que ma mère et moi nous profiterions des vacances de l'école de couture de Tokyo pour retourner fêter le Nouvel An à Okayama, mais ma mère avait attrapé la grippe, ce qui l'avait empêchée de revenir. On décida finalement que je resterai à Ashiya pendant les vacances d'hiver. Mais cette nouvelle désolante fut vite balayée par le pressentiment d'un Noël merveilleux, tel qu'on ne peut pas croire qu'il y en ait en ce monde, que j'allais vivre pour la première fois. Au contraire, je fus plutôt reconnaissante à ma mère d'avoir attrapé la grippe.

Au fur et à mesure que Noël approchait, les gens de toutes sortes de magasins se présentèrent de plus en plus à la porte de service. La plupart des choses qu'ils apportaient m'étaient inconnues, je ne savais même pas leur nom. Poudres d'étranges couleurs, bouquets de petites branches que l'on ne pouvait imaginer provenir que des alentours, boîtes de conserve où les lettres de l'alphabet s'alignaient en motifs fleuris, liquides dans des petites bouteilles qui auraient pu sortir tout droit d'un laboratoire scientifique…

Chaque fois que je demandais de quoi il s'agissait, grand-mère Rosa me répondait, mais je ne pouvais pas m'en souvenir. Echalotes, menthe verte, cherry, gingembre en poudre, anchois, romarin… Toutes ces choses allaient être utilisées pour le repas de Noël. Et elles avaient toutes un nom charmant, caractéristique de cette fête.

Oui, ce fut grand-mère Rosa et non madame Yoneda qui prit la direction de la cuisine de Noël. Quand la semaine commença, grand-mère Rosa fit son entrée en cuisine, l'air de dire que c'était enfin son tour, où avec toute la dignité de sa fonction, elle nous donnait des tas d'instructions, à madame Yoneda, Mina et moi. Les rôles étaient inversés uniquement pendant cette période.

Le plus surprenant de ce qui nous fut livré a été un sapin qu'un jardinier apporta attaché dans son camion. Il venait juste d'être abattu car il sentait encore la terre et ses branches étaient couvertes de rosée. Au début, je n'ai même pas réalisé qu'il s'agissait du sapin de Noël.

— Quoi, le sapin de Noël, c'est pas un jouet en plastique ?

Je n'avais même pas le souvenir de ce jouet en plastique à Okayama.

— Pourquoi le faire en plastique ? Pas besoin, des arbres, il en pousse autant qu'on veut, dit grand-mère Rosa.

C'était l'affaire de tous les ans, le jardinier semblait habitué, il installa joliment le sapin à côté du piano dans la salle de séjour.

Cela ne se cantonnait pas à la cuisine, les instructions de grand-mère Rosa étaient nécessaires pour tout ce qui concernait Noël. Descendre du grenier les décorations de l'arbre, préparer la vaisselle dorée, les porcelaines à pattes de chat et les nappes rouges que l'on n'utilisait pas d'habitude, mettre des bougies dans tous les chandeliers de la maison, accrocher une couronne de houx dans l'entrée.

Dans ce domaine, c'est mon oncle qui a travaillé, obéissant aux ordres de grand-mère Rosa. Depuis ce fameux dimanche, il ne quittait plus la maison. Ce fut le record depuis mon arrivée à Ashiya.

Grand-mère Rosa était brusquement en pleine forme. On ne savait pas si c'était à cause de Noël ou parce que mon oncle était à la maison, en tout cas, son teint était meilleur, sa voix plus énergique, et sa canne lui servait plus souvent à donner des ordres qu'à la soutenir.

Tout le monde dans la maison se fiait à elle. Elle était déterminée à ne pas commettre de maladresse qui aurait pu gâcher ce précieux Noël. Elle ne négligeait pas la moindre petite cuillère, la moindre décoration en forme d'étoile, s'appliquait de tout son cœur à ne pas détruire les scènes de bonheur inscrites à l'intérieur.

Œufs farcis, poulet rôti, purée de pommes de terre, sauce aux airelles, soupe de cresson, salade de fruits, biscuits au gingembre. Nous avons fabriqué tous ces régals dans la cuisine. L'inoxydable étincelait dans la lumière, le feu du gaz n'avait pas le temps de se reposer, le mixer faisait du bruit sans retenue. Il s'élevait de la vapeur, de la poudre voltigeait, des odeurs appétissantes et douces se mélangeaient. Tout le monde parlait et riait sans arrêt.

Le moment le plus animé fut celui où nous avons farci le ventre du poulet tout nu. Les traces des plumes qu'on lui avait enlevées étaient encore vives, tandis que ses pattes s'étaient retrouvées attachées avec du fil à cerf-volant.

— C'est un poulet jeune. Donc juteux. Rien à l'intérieur. Le boucher a nettoyé. Donc ça va, me dit grand-mère Rosa alors que j'hésitais.

— On fait comme ça, Tomoko, dans le trou des fesses, on pousse.

J'eus un sursaut devant la manière de faire audacieuse de Mina qui était habituée. Je me rappelais la spécialité de Pochiko. Madame Yoneda, qui mélangeait la soupe, pouffa.

La farce était constituée de foie, d'oignon, de marron, et d'un mélange d'herbes et de beurre. Je saisis craintivement les pattes du poulet, et tout en lui adressant des excuses en mon cœur, le bourrai de farce. Mina, sans se soucier de se salir les mains, caressa le ventre rebondi du poulet en disant :

— Bon, avec ça il est devenu appétissant.

Mina et moi nous avons écrasé les pommes de terre, trié les airelles rongées par les vers, moulé les cookies au gingembre. Nous avons surveillé la température du four, écalé les œufs durs, découpé les feuilles de menthe. Rien qu'en la préparant, on comprenait à quel point cette cuisine était bonne.

Bien sûr, pour Pochiko aussi, il y eut un menu spécial. Un gâteau de foin à trois étages, décoré de nandines.

Quand un plat était prêt, madame Yoneda en offrait à grand-mère Rosa qui prenait tout son temps pour y goûter. Elle portait la cuillère à sa bouche, mâchonnait en faisant claquer ses fausses dents, et disait : "Délicieux, parfait, ausgezeichnet."

Quand je pense que cette année 1972 fut celle du dernier Noël dont grand-mère Rosa prit la direction, je ne peux m'empêcher d'être reconnaissante à Dieu d'avoir eu la chance d'y assister. Les différentes décorations qui tremblotaient dans le sapin, la flamme des bougies, les délices maison, et les modestes cadeaux pleins de délicatesse. Le jour de Noël, tout ce que j'ai touché débordait de sa chaleur.

Elle et madame Yoneda, accompagnées par Mina, ont bien voulu nous interpréter beaucoup de chants de Noël. La parfaite harmonie dont elles étaient coutumières ravit tout le monde. Les deux voix qui ne se séparaient plus depuis de longues années étaient proches comme s'il en était ainsi bien avant leur naissance. J'ai prié Dieu car j'aurais voulu que ce Noël fût éternel, mais je savais bien qu'il n'était pas question d'être exaucée.

Je m'endormis profondément. Le ventre plein, j'avais chaud dans mon lit, normalement tout aurait dû être parfait le lendemain matin. Le sapin dans la lumière de l'aube serait sûrement magnifique. Au petit déjeuner, il y aurait des biscuits au gingembre trempés dans du lait. J'ai rêvé de cela dans mon sommeil.

Mais quand je me suis réveillée, tout était encore noir dehors. Pendant un petit moment, je n'ai pas compris ce qui m'avait tirée du sommeil. Puis j'ai réalisé que l'alarme sonnait. Elle résonnait dans toute la maison, déchirant les tympans, les ténèbres et les vestiges de Noël.

41

— Levez-vous tous, entendis-je ensuite crier mon oncle, Mina, Tomoko, habillez-vous.

Pendant ce temps-là, l'alarme continuait à sonner. Je suis sortie du lit, j'ai voulu allumer la lumière de la chambre, mais il devait y avoir une coupure de courant, car j'eus beau appuyer sur le bouton tout était noir.

— Tomoko, par ici. Ne te précipite pas.

J'ai suivi le couloir vers la voix en tâtonnant le long du mur et j'ai trouvé Mina déjà blottie près de mon oncle. Elle tremblait légèrement.

Presque portées dans ses bras, nous sommes descendues au rez-de-chaussée, et dans l'entrée, nous avons trouvé madame Yoneda, grand-mère Rosa et ma tante. Elles étaient toutes en tenue de nuit.

— En tout cas, si on est au vent, il n'y a pas à s'inquiéter. Par précaution, on va sortir voir ce qui se passe.

— Et toi ?

— Je rassemble les choses importantes et je vous rejoins.

— Ça ira ? Reviens vite.

— Je sais. Je n'en ai pas pour longtemps. Allez, restez près de maman pour ne pas vous égarer.

En dehors de mon oncle qui donnait des ordres, nous étions tous silencieux. Madame Yoneda sortit nos chaussures et grand-mère Rosa réajusta son filet à cheveux. Je me suis retournée au moment de partir et j'ai vu le sapin de Noël, encore étincelant quelques heures plus tôt, comme une ombre noire plongée au cœur des ténèbres.

Bizarrement il faisait plus clair à l'extérieur. La lampe de l'entrée était éteinte, il n'y avait pas de lune et pourtant le ciel était teinté d'une superbe couleur orange au lointain. C'était à croire que les étoiles filantes Giacobini s'étaient enfin rassemblées là-bas pour brûler.

— Il y a le feu dans la montagne, murmura Mina.

Nous avons ouvert le portail qui était fermé à clef, et nous sommes sortis sur la route côté nord. Plusieurs personnes du voisinage étaient debout, çà et là, au bord de la route, qui regardaient en direction des flammes avec inquiétude. Le bruit de l'alarme provenant de la maison s'est fait entendre encore un moment avant d'être recouvert par les sirènes des pompiers.

— Ça ne devrait pas venir jusque-là.

— Non, mais si le vent tourne, on ne sait jamais.

— Vous croyez que c'est un incendie volontaire ?

— Parce que ces temps-ci, il y avait une alerte à la sécheresse.

Nous écoutions en silence les voisins rassemblés parler à mi-voix. Respectant les mises en garde de mon oncle, je me répétais qu'il ne fallait pas prendre d'initiative et je restais auprès de ma tante sans bouger.

C'était le nord-est de la montagne, en direction opposée à celle du collège, qui brûlait. Les flammes changeaient de plus en plus de forme, crachaient de la fumée, et projetaient des escarbilles. Où que l'on regarde dans le ciel noir, l'obscurité était totale, seul cet endroit était lumineux. Les flammes rampaient de temps à autre à flanc de montagne, ou bien s'élevaient très haut, devenant de plus en plus denses. C'était comme la suite d'un rêve lointain, et j'avais l'impression que le feu pouvait d'un instant à l'autre se propager à la maison.

Sans se soucier de son cardigan qui glissait de ses épaules, le regard fixe, Mina observait l'incendie. Ses yeux reflétaient une lueur orange qui ondoyait comme les flammes dans le vent. Bien plus grandes que toutes celles qu'elle avait allumées jusqu'alors, bien plus violentes, elles auraient pu envelopper la totalité de son corps, il en serait largement resté.

— J'espère que ça va, pour papa, monologua ma tante, avec toutes ces étincelles…

— Les pompiers sont là. Ils vont éteindre le feu immédiatement. Il y a beaucoup de haies vives, le feu n'arrivera pas jusqu'à la maison. Ça va, dit grand-mère Rosa.

— Oui, c'est vrai, renchérit madame Yoneda en hochant vigoureusement la tête.

Mais nous avions beau essayer de nous calmer, il n'y avait pas à se leurrer, l'incendie continuait à s'étendre, les camions de pompiers se contentaient de faire hurler leurs sirènes, et là où nous nous trouvions, nous pouvions encore moins comprendre comment ils avaient l'intention de l'éteindre. Entre les hululements de sirènes, on entendait aussi le crépitement des branches qui brûlaient. Le vent entraînait les escarbilles vers les hauteurs du ciel.

— Vous ne trouvez pas que papa tarde un peu ? On s'en fout des choses importantes, on ferait mieux de descendre tout de suite de la montagne, dit ma tante d'une voix enrouée, je vais le chercher.

Grand-mère Rosa l'en empêcha :

— Papa ne fera pas de bêtises. Il ne se trompe jamais. On lui a promis de rester ici, il faut respecter notre promesse et ça ira.

Nous nous étions rapprochées comme pour mieux contenir notre inquiétude. Nous avions toutes un contact physique l'une avec l'autre. Ma tante tenait le bras de grand-mère Rosa, qui entourait les épaules de Mina qui tenait le cordon de la robe de chambre de madame Yoneda, qui avait posé sa main sur mon dos. Le vent devait être froid mais nous ne le sentions pas.

— Excusez-moi, je vous ai fait attendre.

Mon oncle qui venait de franchir le portail arrivait enfin. Sans se soucier de notre inquiétude, il s'était habillé et s'était même coiffé. Nous nous sommes précipitées vers lui pour l'intégrer à notre cercle. Je me suis agrippée à sa ceinture.

Il n'y avait plus d'inquiétude à se faire. Si nous restions groupés tous ensemble au même endroit, plus rien ne nous ferait peur, même ma tante pouvait être rassurée, et j'ai pensé que je ne devais surtout pas lâcher cette ceinture.

— J'ai regardé du balcon au premier étage, ça a l'air assez loin. Je crois qu'il n'est pas nécessaire d'exagérer, mais en tout cas, j'ai tout arrangé pour que nous puissions aller nous réfugier au foyer de Fukae. Allez, tout le monde dans la voiture.

Mon oncle agissait comme s'il nous emmenait pique-niquer.

— Hein, c'est où, c'est loin ?

Il me répondit avec gentillesse, alors que je l'interrogeais sans lâcher sa ceinture.

— Pas plus de dix minutes en voiture. C'est un foyer pour les célibataires de l'entreprise. Il n'y a pas à s'inquiéter.

A partir du moment où nous n'avons plus vu les flammes, ce fut comme une véritable excursion. Mina et moi, en surnombre dans la Mercedes, tout excitées par cette petite randonnée en voiture, nous avons fureté un peu partout dans le foyer, mues par la curiosité, allant jusqu'à oublier de remercier le gardien venu nous accueillir en pleine nuit.

En tout cas, nous faisions les folles, tellement nous étions contentes de pouvoir dormir ensemble dans un endroit aussi exceptionnel, en plus dans un lit superposé d'une des chambres libres de ce foyer pour célibataires. Nous avions complètement oublié à quel point nous avions été terrorisées un moment plus tôt. Même après que le calme se fut installé dans la chambre d'amis du gardien où les adultes se reposaient, nous avons continué à bavarder sur la couchette du haut et du bas du lit superposé comme si la soirée de Noël se poursuivait. Nous sommes arrivées à la conclusion que finalement cet incendie en montagne était peut-être un cadeau un peu spécial de la part du père Noël.

Le lendemain matin très tôt, lorsque nous sommes rentrés à Ashiya, il était clair que l'incendie n'avait pas été aussi grave, malgré la panique qu'il avait déclenchée. Une toute petite partie de la montagne à nu était calcinée, et les abords du sommet baignaient tranquillement dans le brouillard matinal. Aucune maison n'avait été endommagée, et nous étions les seuls à avoir évacué la zone. Les gens du voisinage balayaient devant chez eux, allaient faire leurs courses, vivant comme d'habitude.

L'alarme ne sonnait plus, l'électricité était revenue. Madame Yoneda se précipita pour préparer le petit déjeuner. La table était encore recouverte de sa nappe rouge, de la cire fondue s'était solidifiée dans la coupelle des chandeliers, et l'étoile argentée accrochée au sommet du sapin de Noël brillait dans les rayons du soleil matinal. Mon oncle, Mina et moi sommes allés tous les trois vérifier s'il n'y avait pas de dégâts dans le jardin.

C'est Mina qui s'en est aperçue la première.

— Pochiko !

Son cri s'est répercuté à travers toute la propriété.

Pochiko, allongée sur le côté, flottait sur le bassin. Comme elle avait toujours l'air empoté, sur le moment, j'ai cru qu'elle nageait bizarrement. Ce fut du moins ce dont j'ai essayé de me persuader.

— Pochiko.

Cette fois-ci Mina l'avait appelée gentiment, comme lorsqu'elle jouait avec elle. Mais Pochiko ne bougea pas. Sa mâchoire qui ruminait sans cesse béait et sa queue, la partie la plus réactive de son corps, pendait sans force.

— Qu'est-ce qui t'arrive, Pochiko ? Allez, viens par ici.

Mina s'est agenouillée pour frapper la surface de l'eau. Pochiko ondula au gré des rides qu'elle avait provoquées.

Nous étions toutes les trois figées. Au bord du bassin, il y avait des traces de son gâteau de Noël d'herbes sèches que nous lui avions offert la veille. Un fruit de nandine avait roulé sur le sol.

42

— Elle a eu une longue vie. Elle est venue du Liberia à l'âge d'un an, et cette année elle en avait trente-cinq. Pour son espèce, c'est très vieux. Elle a vécu très longtemps, nous expliquait le vétérinaire du zoo de Tennoji en nous regardant à tour de rôle, Mina et moi.

— Est-ce que c'est à cause de l'incendie ?

Les lèvres de Mina étaient bleuies de froid.

— Non, ça n'a rien à voir, elle n'a pas respiré de fumée, et la chaleur ne l'a pas atteinte. L'incendie, Noël et le décès de Pochiko ont eu lieu au même moment par hasard.

— Mais c'est possible qu'elle se soit noyée, paniquant à cause des flammes et des sirènes des pompiers ?

Mina avait les yeux rivés à ses pieds.

— Pochiko se serait noyée ? C'est impossible. Tu es la première à savoir à quel point elle nageait en toute liberté dans ce bassin.

Le vétérinaire posa sa main sur l'épaule de Mina, et le stéthoscope qui écoutait le cœur de Pochiko qui ne rebattrait plus se balançait autour de son cou. Mina hochait la tête en gardant obstinément les yeux fermés pour contenir ses larmes.

— Est-ce qu'elle a souffert ? questionnai-je à sa place.

— Elle n'a pas une seule blessure, et ses prunelles sont claires. Où vois-tu les traces d'une quelconque souffrance ? Regarde. Elle faisait la grasse matinée, et on l'a rappelée au paradis. C'est pas ce que tu penses ?

Pochiko, qu'on avait déposée au bord du bassin, avait ses quatre pattes allongées, l'air confiant, les narines closes, et sa tête était tournée vers le soleil levant. Son corps rond qui n'était pas encore tout à fait sec luisait doucement. Avait-elle trouvé bon son gâteau de Noël d'herbes sèches ? Son ventre était rebondi et on voyait ses tétons roses. Je découvris pour la première fois que Pochiko avait elle aussi des mamelons. Des mamelons qui n'avaient jamais donné de lait, dans la mesure où elle n'avait pas eu de petits.

Au moment où j'ai pensé ça, ne pouvant plus me retenir, je me suis mise à pleurer.

Le corps de Pochiko fut incinéré au zoo de Tennoji, et ses cendres nous revinrent. Elle qui marchait si majestueusement avec Mina sur son dos était maintenant réduite à si peu qu'elle tenait tout entière entre les mains de Mina.

Nous nous sommes tous rassemblés sous l'arbousier de la tombe des animaux du jardin zoologique Fressy. Monsieur Kobayashi s'est mis a creuser un trou profond. Jusqu'à ce que mon oncle lui dise : “Comme ça, ça devrait aller…”, il a continué de creuser en silence, le front luisant de sueur. Nous écoutions tous le bruit de la terre retournée.

Mina s'est agenouillée au bord du trou pour, les bras tendus au maximum, déposer l'urne tout au fond. Sa jupe s'est couverte de terre.

— Je ne vais pas tarder à te rejoindre. Attends-moi.

— Oui, on se reverra très vite.

Grand-mère Rosa et madame Yoneda, se soutenant mutuellement, jetèrent une poignée de terre sur Pochiko. Leurs sanglots, en parfaite harmonie comme un duo, s'élevèrent au-dessus de la tombe, portés par le vent.

— Pardon de t'avoir laissée seule dans tes derniers moments, hein ? dit ma tante avant de plonger son visage dans ses mains.

— Tu as déjà retrouvé Saburo, le chef de train ? J'espère qu'ils seront tous gentils avec toi.

Mon oncle voulait sourire comme d'habitude mais il n'y arrivait pas, il baissa les yeux et caressa le dos de ma tante.

— Merci, hein. Merci vraiment pour tout ce temps.

Monsieur Kobayashi, accablé, semblait avoir pris de l'âge d'un seul coup. Ses mains qui tenaient la pelle étaient rouges et boursouflées.

J'avais ramassé une poignée de terre que je serrais dans mes mains sans bouger. Le ciel était limpide et l'ombre des feuilles de l'arbousier se découpait en formes variées sur le sol. Le bassin qui n'avait plus de propriétaire était redevenu calme, et la tanière au creux du tertre béait, noire et silencieuse. Les monts Rokko avaient retrouvé leur aspect habituel, l'horizon était loin, pas un son ne nous parvenait du dehors. J'ai lancé à Pochiko la poignée de terre qui s'était réchauffée dans ma main.

Mina fut la seule à ne pas pleurer. On aurait dit qu'elle tremblait de colère, alors que, le visage dur comme si elle essayait de refouler son dépit, elle regardait au fond de la tombe.

— Au revoir, Pochiko, dit-elle simplement.

Monsieur Kobayashi a comblé le trou avec sa pelle et remis en place la plaque de bois gravée : "Dorment ici les compagnons du jardin zoologique Fressy."

Une bonne moitié du troisième trimestre qui était court fut occupée par le deuil de Pochiko et les préparatifs du déménagement à Okayama et de mon changement d'école. Aussitôt après les fêtes du Nouvel An, le bassin de Pochiko fut comblé, détruite la cabane et son système de filtration de l'eau. La pelleteuse et le camion des entrepreneurs sont entrés dans le jardin et, sous les ordres de monsieur Kobayashi, le travail fut expédié en deux jours et demi. Ce fut là véritablement la fin du jardin zoologique Fressy.

C'était difficile de se retrouver devant la terre noire fraîchement retournée, comme si tout ce qui s'y était passé autrefois, Pochiko qui éclaboussait partout ou se laissait flotter, disparaissait dans une illusion. Nous n'avons jamais osé en parler, mais Mina et moi nous nous demandions pourquoi nous ne nous étions pas inquiétées pour elle et nous le regrettions. Non seulement nous ne nous étions pas souciées d'elle, mais en plus nous avions fui en l'abandonnant, et nous étions même surexcitées. Restée seule, n'avait-elle pas été terriblement angoissée, à regarder le ciel sans étoiles ni lune ? Elle nous avait tellement amusées, et nous n'avions rien pu faire pour elle en retour. Quand nous commencions à y réfléchir ainsi, il n'y avait pas d'issue.

A la fin des travaux, monsieur Kobayashi prit l'habitude de venir s'asseoir devant la tombe après son travail pour se recueillir un long moment. Il n'était pas le seul. Les membres de la famille, impuissants, se relayaient, entre les tâches ménagères ou les heures d'études, avant de partir au travail, aux heures tristes du crépuscule, allant près de la tombe passer un moment. Nous ramassions des fruits qu'elle avait tant aimés et au pied de la plaque de bois gravée, il y avait déjà des graines de potiron ou des pommes en offrande.

Même mon oncle avait perdu son énergie. C'était normal puisque Pochiko avait été le cadeau de son dixième anniversaire. Mais il était le seul capable de nous raconter joyeusement des anecdotes sur Pochiko que Mina ne connaissait pas, qui nous persuadaient tous, au lieu d'être tristes ou de regretter, d'être d'abord reconnaissants.

Le compteur sur son bureau avait fini par être réparé, et tout ce qui avait été cassé était rangé, mais mon oncle revenait à la maison tous les soirs. Que devenait la personne de l'appartement ? bien sûr, je n'avais aucun moyen de le vérifier. Mais sur sa table était posée la brochure que j'avais glissée sous les essuie-glace de la Mercedes et qu'il n'avait pas jetée. Elle était restée ouverte à la page où ma tante avait trouvé la coquille Gressy, comme si elle pointait en silence la faute que mon oncle avait commise et qu'il voulait montrer qu'il avait décidé d'accepter franchement cette déclaration.

Le matin de la cérémonie de fin d'études du troisième trimestre, Mina prit son sac qui contenait ses chaussons, mit des gants, et sous le regard des adultes, elle est sortie avec moi. Evidemment Pochiko n'était pas dans l'allée devant les cycas, mais ne se laissant pas impressionner, elle redressa résolument la tête et dit d'une voix calme : "A tout à l'heure." Aucun des adultes ne prononça de paroles en trop pour lui conseiller de marcher lentement ou de ne pas forcer, ils lui répondirent seulement : "A tout à l'heure."

Mina se mit à marcher vers son école. Elle marchait toute seule. J'ai regardé sa petite silhouette descendre la côte jusqu'à ce qu'elle disparaisse dans le virage.

— Je suis venue vous rendre ceci, ai-je dit en posant ma carte d'emprunt sur le comptoir.

Monsieur Tokkuri me regarda d'un air interrogateur.

— Je déménage en mars. Je retourne à Okayama, à cause de mes parents.

— Ah bon ?…

Monsieur Tokkuri portait le même col roulé que lors de notre première rencontre. Il était tout aussi blanc et frais que le jour où j'avais fait sa connaissance.

— Je vous remercie pour tout ce temps.

— C'est dommage. Je ne vais plus pouvoir parler de livres avec vous.

Il avait les yeux sur ma carte. En regardant la liste qui commençait par "Les Belles Endormies", je peux me remémorer toutes les discussions qui ont eu lieu à ce comptoir. Je me rappelle tout, son sourire quand il me faisait des compliments, la couleur de la lumière qui éclairait son profil, et même ses gestes quand il me désignait un rayonnage.

— Le départ de la collégienne la plus intelligente inscrite à la bibliothèque d'Ashiya est une grande perte pour nous. Même à Okayama, il faudra continuer à emprunter beaucoup de livres, hein ?

— Oui.

— Ce n'est pas nécessaire de la rendre, ajouta-t-il en me tendant ma carte, parce qu'elle garde la trace des livres que vous avez lus et la manière dont vous avez vécu. C'est à vous.

J'ai acquiescé.

— Au printemps, je pense qu'une de mes amies va venir faire faire une nouvelle carte. Je suis sûre que vous la reconnaîtrez immédiatement. Elle est petite, ses yeux et ses cheveux sont châtain clair, et c'est vraiment la personne la plus intelligente d'Ashiya. Elle s'appelle Mina.

— Oui, c'est d'accord. Je l'attends avec impatience, eut-il la gentillesse de répondre.

43

Fin février, la neige s'est installée. De la neige fondue s'était mise à tomber au crépuscule, qui avait dû se changer en neige durant la nuit, car le matin au réveil, l'aspect du jardin s'était transformé du tout au tout. Les rails du petit train, le tertre de Pochiko et la tombe du jardin zoologique Fressy, tout était recouvert de neige.

Mina et moi, après avoir passé un manteau pardessus notre pyjama, nous nous sommes précipitées, courant un peu partout sur la neige vierge, pour y dessiner avec nos pieds les motifs qui nous plaisaient. Il n'y avait pas de vent, le ciel était dégagé, l'air froid nous piquait douloureusement les joues. Laisser nos empreintes de pas ne nous satisfaisant plus, nous nous sommes roulées toutes les deux sur le sol enneigé, l'une à côté de l'autre. Dès que nous bougions, nous soulevions de la poussière de neige qui brillait dans les rayons du soleil matinal.

En réalité, nous aurions dû sentir le froid, mais c'était de la chaleur qui se transmettait à notre dos. Soudain nous nous sommes aperçues que nous nous trouvions à l'emplacement du bassin de Pochiko.

— Aah, c'est comme si j'étais sur son dos.

Mina en avait fermé les yeux de satisfaction.

— C'est bien vrai, dis-je en imitant son accent du Kansai.

— Mais non. L'intonation est complètement différente, me corrigea-t-elle aussitôt, d'ailleurs, toi Tomoko, tu n'es jamais montée sur le dos de Pochiko.

— C'est bien vrai, essayai-je à nouveau.

— C'est toujours aussi bizarre.

Mina éclata de rire avant de rouler sur la neige comme si elle voulait en savourer un peu plus la sensation.

— Allons bon, et toutes les deux dans cette tenue.

Madame Yoneda s'approchait d'un pas incertain sur la neige, avec des écharpes, des bonnets de laine et des gants plein les mains.

— Il faut vous habiller un peu plus chaudement.

Le bruit de ses pas se rapprochait progressivement de nous.

— Madame Yoneda, ici.

Mina et moi, nous lui avons fait signe.

Cet hiver-là, Mina supporta les masses d'air froid et les dépressions atmosphériques et ne fut pas une seule fois hospitalisée. Elle fit plusieurs crises, eut mal au ventre et attrapa la grippe, mais s'en sortit avec de simples visites chez le médecin.

Bientôt à l'approche du printemps, le nombre de ses crises diminua fortement. La toux que j'entendais derrière le mur disparaissait avec le sommeil, et sa respiration sifflante disparut également comme par magie.

Le printemps est arrivé à Ashiya, venant des deux directions, la mer et la montagne, pour envelopper la ville entière. L'air froid qui recouvrait la crête des monts Rokko s'en alla, le vert devint de plus en plus doux, et le chant des petits oiseaux changea. Dans le même temps la brume vint recouvrir la mer, l'horizon s'adoucit et le nombre de bateaux qui flottaient augmenta.

Les saisons avaient fait un tour. Le jour de mon retour à Okayama fut fixé au samedi 24 mars.

— Comment tu vas collectionner les boîtes d'allumettes maintenant ? demandai-je à Mina, qui se contenta pour toute réponse d'acquiescer.

Les lampes de la salle de bains de lumière, même si elles grinçaient, continuaient honnêtement leur révolution.

— Si j'en trouve des bien à Okayama, tu voudras que je te les envoie ?

Toujours sur le ventre, Mina secoua la tête.

— J'en ai assez collectionné. Si j'en voulais d'autres elles déborderaient de sous mon lit.

C'est vrai que les boîtes de boîtes d'allumettes avaient atteint un nombre si grand qu'elles tenaient à peine dans leur cachette.

— A partir du mois prochain je suis collégienne, et le jeune homme du mercredi ne reviendra plus, alors je pense que c'est bien de s'arrêter maintenant.

La combinaison de Mina semblait un peu juste. Sa poitrine n'avait pas changé, mais ses cuisses qui dépassaient paraissaient pleines. Et sa culotte jusqu'alors trop grande lui allait parfaitement.

— Mais il ne faut pas jeter les histoires que tu as écrites. Parce qu'elles me plaisent beaucoup.

— Si c'est toi, Tomoko, qui me dis ça, je vais peut-être les garder précieusement. Je vais les mettre dans un carton, et dessus ce sera marqué : "Dorment ici les histoires qui n'ont été lues que par une seule lectrice." Et je vais entreposer ça dans le landau du grenier.

A ce moment-là, nous avons perçu les voix des adultes rassemblés dans la salle de séjour. Ma mère qui avait terminé son école de couture à Tokyo arrivait pour la première fois à Ashiya pour me ramener à Okayama. Elle comptait rester trois jours, jusqu'au 24, pour profiter pleinement de ses retrouvailles avec sa sœur et sa famille. Là encore, c'était la Mercedes de mon oncle qui l'avait amenée de la gare de Shin-Kobe. La réaction qu'elle avait eue dans l'entrée avait été la même que la mienne l'année d'avant.

— Okayama, c'est tout près, hein, dit Mina.

Chaque fois que les lampes oscillaient, les arabesques qui se reflétaient sur son dos tremblaient.

— Oui, rien qu'une heure en Shinkansen, répondis-je.

— Dans ce cas tu peux revenir n'importe quand, que ce soit pour les vacances d'hiver ou d'été.

— Bien sûr.

On entendit alors des éclats de rire. Les sœurs qui ne s'étaient pas vues depuis longtemps devaient avoir des tas de choses à se dire.

Cheminées de marbre noir, lits à baldaquin, lustres, tapis persans et vitraux... Toutes les choses qui étonnèrent ma mère avaient eu le même effet sur moi, sauf qu'elle ne put rencontrer Pochiko. Mina et moi nous lui avons montré en gesticulant à tour de rôle son allure, son caractère, et comment elle marchait jusqu'à l'école primaire. "Aah", disait ma mère, émerveillée.

Après en avoir terminé avec son émerveillement, ma mère s'inclina devant tout le monde et dit : "Excusez-moi pour la peine que vous a donnée Tomoko pendant tout ce temps." Aussitôt, mon oncle et ma tante, mais aussi grand-mère

Rosa et madame Yoneda, ont pris tous ensemble la parole en même temps :

"Mais elle ne nous a absolument pas dérangés" ; "Elle s'est très bien comportée" ; "Comme la grande sœur de Mina, et sa meilleure amie, hein" ; "Mais oui. Au point que nous aimerions la garder toujours avec nous…"

Madame Yoneda était au bord des larmes.

— Mina peut venir nous rendre visite à Okayama. Bien sûr, ce n'est pas du tout comparable, la maison est toute petite, mais on peut étendre les futons dans ma pièce de travail et dormir ensemble.

A l'opposé de la gaieté qui régnait dans la salle de séjour, la salle de bains de lumière était profondément silencieuse, et notre conversation fondait lentement dans les rayons lumineux orange.

— Je me demande si on peut avoir le mal des transports dans le Shinkansen.

— Mais non, il n'y a pas de gaz d'échappement.

— Ah oui. Tu as raison.

Rassurée, Mina se retourna sur sa couchette.

Jusqu'au 24, nous n'avons cessé de répéter que Ashiya et Okayama étaient proches, et que le Shinkansen était un moyen de transport très confortable. Aucune de nous deux ne voulait prendre l'initiative des adieux.

Bientôt le compteur revint à zéro, les rayons lumineux s'éteignirent, et la salle de bains de lumière se retrouva éclairée uniquement par la lampe.

— Si ça ne te gêne pas, je voudrais te faire cadeau de ça.

Mina sortit quelque chose de petit de la poche de sa jupe qui était dans la panière à linge. Au bruit que cela fit, je compris immédiatement de quoi il s'agissait. Un carton de médicament pour l'asthme à inhaler contenait les deux boîtes d'allumettes de la série de la jeune fille qui recueillait des étoiles dans sa bouteille.

— C'est ce que tu as de plus précieux… commençai-je, mais elle m'interrompit.

— Je n'ai rien d'autre à t'offrir.

Assises l'une à côté de l'autre sur la couchette, nous avons lu ensemble la derrière histoire des boîtes d'allumettes. Les adultes étaient pris par leur bavardage, personne ne trouvait curieux que nous tardions tant à sortir de la salle de bains de lumière, et ils voulurent bien nous laisser seules toutes les deux, nous les enfants, autant que nous le voulions.

Autrefois, il existait une petite fille qui voulait absolument savoir ce que l'on devenait après la mort. Elle réfléchissait à sa manière, en se demandant si on disparaissait en s'éteignant. Elle s'imaginait dans cet état, et n'arrivait pas à garder son calme.

Passionnée de recherches, elle décida de rassembler toutes sortes de cadavres pour les observer. Les yeux du poisson et l'os de la patte de poulet qu'elle avait mangés au dîner, un gecko desséché, une mue de cigale, roses séchées, clémentines pourries, ongles et dents de lait tombées. Elle cacha toutes ces choses sous son lit, et tard le soir, quand les adultes étaient couchés, elle les sortait un à un, les observant pour voir de quelle manière ils disparaissaient.

Mais elle avait beau attendre, rien ne se produisait. Seule la forme changeait. Une chose se liquéfiait, une autre s'effritait, une autre encore sentait mauvais. Insensiblement le dessous de son lit se remplit de toutes ces objets.

A ce moment-là, la petite fille découvrit dans un livre que les étoiles filantes étaient des étoiles qui mouraient. Elle prépara donc le plus de bouteilles possibles, y recueillit vite fait les étoiles qui tombaient, et les boucha hermétiquement pour les empêcher de filer.

Aah, c'est donc ces choses-là qui disparaissent en s'éteignant ? pensa-t-elle en regardant à travers une bouteille. Parce qu'à l'intérieur, c'était transparent, calme, et cela ne sentait rien. Mais si elle secouait la bouteille, n'y avait-il pas une goutte de rosée au fond ? En observant mieux, elle y découvrit son reflet. Qui la regardait fixement.

C'est ainsi qu'elle comprit que si par hasard on meurt, on ne disparaît pas forcément. Les choses de ce monde ne disparaissent pas, elles changent seulement de forme. La petite fille fut un peu rassurée. En s'imaginant après sa mort devenir mue d'insecte ou étoile filante, elle eut l'impression qu'elle pourrait dormir tranquillement. Elle se glissa rassurée dans son lit sous lequel étaient cachés beaucoup de cadavres.

44

Alors que nous nous étions dit tant de fois avant de nous séparer que nous pourrions nous revoir n'importe quand, Ashiya et Okayama étant proches et le Shinkansen ne dégageant pas de gaz d'échappement, on peut compter le nombre de fois où Mina et moi nous nous sommes vues au cours des trente années qui ont suivi.

Nous ne nous étions pas du tout éloignées l'une de l'autre. Mais le temps s'était écoulé plus vite que dans notre imagination d'enfant.

Au contraire, plus le temps et la distance augmentaient, plus le souvenir des jours passés avec Mina à Ashiya devenait vif et dense, et se gravait profondément en mon cœur, devenant le lieu géométrique de ma mémoire.

La boîte d'allumettes offerte par Mina, la carte de prêt de la bibliothèque municipale d'Ashiya et la photo de famille prise dans le jardin de la maison sont encore à portée de ma main. Les nuits d'insomnie j'ouvre le carton et je relis l'histoire de la petite fille qui recueillait des étoiles filantes. Je me souviens de l'aventure de ce dimanche, quand je me suis rendue toute seule à l'usine Fressy, où le vieux monsieur qui avait l'air d'une chauve-souris m'avait donné cette boîte, avant de partir à la recherche de la Royal mansion Ezaka. Quand je repense à tout cela, je me sens protégée par les heures du passé.

Après mon retour à Okayama, j'ai revu Mina pour la première fois au cours de l'hiver 1974, à l'occasion des funérailles de madame Yoneda.

Par une nuit particulièrement froide, elle avait fermé toutes les portes comme d'habitude, dit bonsoir à tout le monde, s'était couchée, et le lendemain matin ne s'était pas réveillée. Elle était partie seule, sans déranger personne.

L'assistance, composée de toute la famille de mon oncle, de monsieur Kobayashi, moi et ma mère, et de quelques voisins, était peu nombreuse, mais nous étions tous profondément tristes. Nous nous sommes inclinés devant la grandeur de la tâche qu'elle avait accomplie.

Notre seule consolation était que l'esprit de grand-mère Rosa errait déjà dans un monde où elle ne pouvait pas comprendre que madame Yoneda était morte. Devenue un peu plus petite, elle était assise sur une chaise roulante et n'arrêtait pas de sourire. J'eus beau la saluer, lui serrer les mains, et même écrire le caractère de mon nom sur sa paume, elle semblait ne pas savoir qui j'étais.

Mina me dit que sa grand-maman ne parlait plus que l'allemand. Malgré tout, avec madame Yoneda, elle avait continué à se faire comprendre dans un mélange de japonais et d'allemand. Si curieux que cela paraisse, on aurait dit que cela prouvait qu'elles étaient comme deux véritables sœurs jumelles.

Toutes sortes d'objets furent placés dans le cercueil. Son tablier qu'elle aimait tant, du lait concentré, des cartes postales de concours, un stylo à bille, des photos, des fleurs. Grand-mère Rosa toucha ses paupières fermées, et toujours souriant, y glissa discrètement chapeau de paille et béret.

Mina et moi, nous avons regardé bras dessus bras dessous madame Yoneda monter vers le ciel sous forme de fumée. Mais les membres de Mina n'étaient plus aussi fins que les pattes d'un faon. Elle n'avait plus ces petits bras qui tremblaient comme s'ils menaçaient de se briser d'un instant à l'autre, lorsqu'elle avait pleuré debout sur la plage de Suma, encouragé avec acharnement l'équipe masculine de volley-ball, ou reçu une boîte d'allumettes des mains du jeune homme du mercredi. Ils débordaient d'énergie, comme si elle s'apprêtait à saisir un futur encore invisible.

L'été de l'année suivante, après le départ de grand-mère Rosa qui avait suivi tranquillement madame Yoneda, Mina n'attendit pas la cérémonie de fin d'études du collège pour aller en Europe dans un internat suisse. Ensuite elle étudia la littérature à l'université de Francfort, et après avoir travaillé dans une entreprise d'import-export puis dans une ambassade, à trente-cinq ans, elle fonda une agence littéraire à Cologne. Un bureau qui servait d'intermédiaire pour la publication de traductions d'œuvres littéraires entre l'Europe et le Japon. Juste l'année où se produisit le grand tremblement de terre de la région Osaka-Kobe.

Pendant tout ce temps, même lorsque l'entreprise de mon oncle fut rachetée par une grande compagnie de fabricants de boissons et que la propriété d'Ashiya fut cédée à la compagnie, elle ne revint pas au Japon.

La petite fille qui ne pouvait aller à l'école qu'à dos de Pochiko marchait désormais dans un endroit lointain inconnu de moi.

Tomoko

C'est bientôt la plus belle saison à Cologne. Comment ça se passe à Okayama ? Est-ce que ta mère va toujours bien ?

De mon côté je travaille beaucoup et avec joie, tout en me plaignant que ça ne paie pas. Etre agent littéraire pour les traductions est un métier modeste dont personne ne me fait beaucoup de compliments, mais qui m'apporte parfois d'irremplaçables petits bonheurs. Aujourd'hui dans une librairie de la ville, j'ai croisé une petite fille avec un livre pour enfants auquel j'ai travaillé. Je l'ai regardée partir sans ciller jusqu'à ce que son dos disparaisse, alors qu'elle tenait le livre précieusement, main dans la main avec sa mère. Je me suis souvenue de mon impatience quand je t'attendais dans l'entrée, alors que tu étais partie emprunter des livres pour moi.

Eh bien, les vacances d'été approchent. Si tu veux, cette année, tu pourrais enfin venir me voir à Cologne ? Puisque ton petit dernier est maintenant au lycée, bientôt ce ne sera sans doute plus nécessaire de s'inquiéter pour tes enfants en ton absence.

En fait, l'autre jour j'ai retrouvé par le plus grand des hasards l'appartement de Berlin où toute la famille de grand-maman habitait autrefois. C'est dans l'ancien quartier de Berlin-Est. Bien sûr maintenant d'autres personnes y vivent, mais par miracle l'immeuble a été épargné par les bombardements, et il est resté tel quel. Je l'ai fait savoir à papa, qui m'a dit qu'il voulait absolument voir ça, et il pense venir cet été. Bien sûr, maman sera avec lui. Ils comptent aussi aller se recueillir sur la tombe de Berlin où les cheveux de grand-maman sont inhumés, ensuite ils ont prévu d'aller se reposer dans leur maison de vacances des environs d'Arles.

C'est ainsi que j'ai pensé que tu pourrais peut-être venir avec papa et maman. A moins que ce ne soit plus approprié de te demander de veiller sur deux personnes âgées pendant leur voyage. Je serais si contente si cela pouvait se réaliser. Il y a énormément de choses et d'endroits que je voudrais te montrer.

J'espère que tu vas y réfléchir positivement. J'attends une bonne réponse. Vu l'âge et l'état de santé de papa, je suis presque sûre que c'est la dernière fois que mes parents pourront voyager ensemble à l'étranger.

Prends soin de toi. Je vais te réécrire. De tout cœur.

Mina.

Chère Mina

Merci pour ta lettre. Je te remercie de ton invitation qui me va droit au cœur. Il se trouve que justement, la semaine dernière, j'étais invitée à l'anniversaire des soixante-dix-sept ans de ton père, je viens donc de voir tout le monde, et je me disais qu'il fallait que je te raconte.

A la réflexion, cela fait dix ans, puisque la dernière fois c'était pour aider juste après le tremblement de terre, que je n'étais pas retournée à la résidence de Kurakuen. C'est surprenant.

La famille de Ryuichi était là elle aussi, ce fut une réunion animée et joyeuse. Il n'était pas question de se faire livrer par l'hôtel des monts Rokko, mais nous avons bu à la santé de tous, les adultes avec du vin allemand, les enfants avec du jus de fruit, et nous avons mangé des sushis délicieux. Quelqu'un a dit qu'autrefois, dans ce genre d'occasion, on aurait bu du Fressy. Je me demande depuis combien d'années la fabrication de Fressy s'est arrêtée.

Ton père et ta mère avaient l'air en forme, et ça m'a rassurée. Ton père a tellement bonne mine que c'est difficile de croire qu'il vient tout juste d'être opéré du cœur, il a bon appétit, et il est toujours aussi dandy qu'autrefois. Ta mère était aux petits soins pour lui, et même si elle s'est amusée avec ses petits-enfants, finalement, elle s'inquiète toujours pour toi qui es seule si loin.

Ce serait merveilleux de réaliser ce projet de vacances d'été en Europe. La bibliothèque est fermée pendant une semaine à la mi-août pour la fête bouddhique du

Bon, je dois pouvoir prendre un congé, mais je crains d'être un poids pour tes parents plutôt que de veiller sur eux. De toute façon il va falloir que je commence d'abord par m'occuper de mon passeport.

Bon, fais bien attention à ta santé. J'attends avec impatience que nous puissions nous revoir.

Tomoko.

P.S. En rentrant de Kurakuen, j'ai eu soudain l'idée de descendre du train à Ashiya, et je suis allée voir ce qui reste de la propriété. J'adorais cette maison de style occidental, et ne voulant pas reconnaître qu'elle n'existait plus, j'ai toujours fait en sorte de ne pas m'en approcher, mais quand j'ai vu la ville à travers la vitre du train de la ligne Hankyu, je ne sais pourquoi, mon cœur en a été troublé. Peut-être parce qu'avait grandi en moi quelque chose qui ressemblait à de la confiance, comme quoi le paysage pouvait bien changer, il ne blessait pas pour autant les souvenirs.

Conformément à ce que j'avais entendu dire, l'endroit avait été aménagé en foyer des employés d'une société de produits chimiques et immeuble d'appartements. Non seulement le terrain a été divisé, mais les maisons environnantes ont tellement changé, que si on ne fait pas suffisamment attention, on risque de passer devant sans même s'en rendre compte. A peine si une partie du mur de pierres est restée en l'état.

Il se trouve que quelqu'un, sans doute le gardien du foyer, faisait du ménage dans le hall, je lui ai expliqué la situation, et il m'a laissé entrer. Mais cela m'a plongée encore plus dans la confusion. La mer que l'on apercevait par la fenêtre de la salle à manger était minuscule, le jardin envahi de mauvaises herbes, et juste en face s'étendait le parking de l'immeuble d'appartements.

Mais en jetant un coup d'œil par une fenêtre orientée à l'est, j'ai découvert l'arbousier. Il était devenu si grand qu'il fallait lever la tête pour le voir en entier, mais c'était bien le même arbousier qui veillait sur le jardin zoologique Fressy.

De la sauge poussait non loin. Ses fleurs étaient d'un joli rouge, comme si les graines avaient fait le voyage depuis le pays d'origine de Pochiko, le Liberia, pour venir s'épanouir en cet endroit.

OUVRAGE RÉALISÉ
PAR L'ATELIER GRAPHIQUE ACTES SUD
ACHEVÉ D'IMPRIMER
SUR ROTO-PAGE
EN DÉCEMBRE 2007
PAR L'IMPRIMERIE FLOCH
A MAYENNE
POUR LE COMPTE DES ÉDITIONS
ACTES SUD
LE MÉJAN
PLACE NINA-BERBEROVA
13200 ARLES

DÉPÔT LÉGAL
1re ÉDITION : JANVIER 2008
N° impr. : 69902
(Imprimé en France)